DESCENDENTE

Lesley Livingston

DESCENDENTE

Um Romance da Saga Starling

Tradução
MARTHA ARGEL
HUMBERTO MOURA NETO

JANGADA

Título do original: *Descendant.*

Copyright © 2013 Lesley Livingston.

Copyright da edição brasileira © 2015 Editora Pensamento-Cultrix Ltda.

Texto de acordo com as novas regras ortográficas da língua portuguesa.

1ª edição 2015.

Todos os direitos reservados. Nenhuma parte desta obra pode ser reproduzida ou usada de qualquer forma ou por qualquer meio, eletrônico ou mecânico, inclusive fotocópias, gravações ou sistema de armazenamento em banco de dados, sem permissão por escrito, exceto nos casos de trechos curtos citados em resenhas críticas ou artigos de revistas.

A Editora Jangada não se responsabiliza por eventuais mudanças ocorridas nos endereços convencionais ou eletrônicos citados neste livro.

Esta é uma obra de ficção. Todos os personagens, organizações e acontecimentos retratados neste romance, são também produtos da imaginação do autor e são usados de modo fictício.

Editor: Adilson Silva Ramachandra
Editora de texto: Denise de C. Rocha Delela
Gerente editorial: Roseli de S. Ferraz
Preparação de originais: Marta Almeida de Sá
Produção editorial: Indiara Faria Kayo
Assistente de produção editorial: Brenda Narciso
Editoração eletrônica: Join Bureau
Revisão: Bárbara C. Parente

Dados Internacionais de Catalogação na Publicação (CIP)
(Câmara Brasileira do Livro, SP, Brasil)

Livingston, Lesley
    Descendente : sua família a criou, mas é seu amor que a define / Lesley Livingston ; tradução Martha Argel, Humberto Moura Neto. – São Paulo : Jangada, 2015.

    Título original : Descendant
    ISBN: 978-85-5539-023-4

    1. Ficção canadense 2. Ficção fantástica. I. Título.

15-06286   CDD-813

Índices para catálogo sistemático:
1. Ficção : Literatura canadense em inglês   813

Jangada é um selo editorial da Pensamento-Cultrix Ltda.

Direitos de tradução para o Brasil adquiridos com exclusividade pela EDITORA PENSAMENTO-CULTRIX LTDA., que se reserva a propriedade literária desta tradução.
Rua Dr. Mário Vicente, 368 – 04270-000 – São Paulo, SP
Fone: (11) 2066-9000 – Fax: (11) 2066-9008
http://www.editorajangada.com.br
E-mail: atendimento@editorajangada.com.br
Foi feito o depósito legal.

Para Janna e Dayln

I

ason...

Fennrys, o Lobo, ergueu os olhos para a noite enquanto a fumaça e os resíduos flamejantes rodopiavam a seu redor, brasas ardentes caíam pelo céu escuro que se estendia acima dos restos da ponte que já fora chamada de Hell Gate. O Portal do Inferno.

Naquela noite, a ponte havia feito jus a seu nome, de várias maneiras.

Ela se foi... se foi...

A respiração ofegante entrava e saía de forma irregular dos pulmões de Fennrys, e a parte da frente de sua camisa estava banhada de sangue, por conta do ferimento à bala em seu ombro. Sua cabeça era invadida por uma névoa branca. Porém tudo que ele conseguia fazer era ficar lá, olhando para cima. Procurando em vão a garota de cabelos negros que havia desaparecido na noite... que cruzara a ponte para fora do reino mortal.

Era como se ela tivesse arrancado o coração dele e o levado consigo.

Mason...

Toda a parte central da Hell Gate, que antes cruzava o East River de Nova York, entre Manhattan e Queens, havia desaparecido, como resultado de uma tremenda explosão. Uma fumaça penetrante ainda subia em direção ao céu, e fragmentos em chamas da ponte estavam espalhados por toda a ilha Wards. Fennrys e Rafe haviam conseguido descer por uma das escadas de manutenção da ponte e agora ouviam as sirenes invadindo a noite.

No céu acima deles, os relâmpagos iluminavam a parte inferior de turbulentas nuvens de tempestade. Com alguma sorte – e sorte era um artigo que andava escasso para Fennrys naquela noite –, a tempestade que se aproximava ao menos manteria fora dali os helicópteros da polícia. A última coisa de que eles precisavam era que o holofote de uma aeronave os localizasse na escuridão e equipes da SWAT fossem mandadas para investigar.

Enquanto Fennrys arriava de encontro a uma fundação de concreto, seu olhar vagueou até onde Rafe agora estava agachado, respirando com dificuldade, com as mãos sobre os joelhos. O antigo deus egípcio dos mortos havia meio carregado, meio arrastado Fennrys para longe da Hell Gate, indo na direção sul ao longo da costa da ilha Wards e para o abrigo proporcionado pelas sombras da ponte Triborough. Ele tinha motivo para estar sem fôlego. No entanto, para *ele,* os problemas físicos paravam por aí. Rafe se aproximou e ajoelhou-se ao lado de Fenn para examinar-lhe o ombro.

– Cara... – ele sacudiu a cabeça enquanto puxava para um lado a camisa encharcada de sangue. – Lembra quando eu disse que você estava com uma aparência péssima? Pois agora está um desastre.

Naquelas circunstâncias, Fennrys não ia discutir com ele. Afinal de contas, aquela noite já tinha ido de ruim a catastrófica em poucos minutos.

O que vem depois de catastrófico? – ele se perguntou vagamente.

Aquela sensação lhe era familiar. Ele a ignorou e, em vez disso, concentrou-se na próxima tarefa. Se parasse por um segundo sequer para pensar no que acabava de acontecer... no que havia *perdido...*

– A bala está alojada em seu ombro. Você sabe que vamos precisar encontrar um jeito de tirá-la daí, certo? – a voz de Rafe soava distante. – E logo. Ou você vai estar morto antes do amanhecer.

De algum modo, Fennrys conseguiu forçar uma sombra de sorriso em seu rosto.

— Está se esquecendo de uma coisa — disse, em uma voz que a seus próprios ouvidos tinha um som de cascalho e vidro quebrado. — Eu já estou morto.

— Você vai estar *mais morto* — retrucou Rafe, sem se impressionar com a bravata sombria de seu companheiro. — Sei do que estou falando.

Rafe deixou-o para percorrer os poucos passos até a linha da água, onde seus olhos varreram a extensa escuridão por cima do rio.

— Cadê aquele maldito barco? — ele perguntou.

Barco? Que barco?

Então, de repente, algo foi arremessado do meio das águas escuras. Algo redondo, negro e reluzente, que aterrissou aos pés deles com um som abafado e oco, espalhando o cascalho. Rafe curvou-se para pegá-lo.

Era um capacete de motociclista.

O mesmo que Calum Aristarchos estava usando enquanto ele e Fennrys perseguiam um trem na ponte de Hell Gate. A viseira de plástico transparente estava rachada, e o lado esquerdo do capacete tinha um rombo e estava todo riscado com uma tinta cor de ferrugem que parecia sangue. Rafe virou-o. A correia havia se partido em um dos lados. Os olhos dele se estreitaram, e ele praguejou baixinho.

No rio, a água negra como tinta se agitou e começou a espumar. Fachos de uma luz verde de aparência radioativa brilharam e se contorceram por baixo da superfície, indo na direção deles rapidamente, e uma criatura de pesadelo se ergueu das ondas.

Na escuridão, os olhos de Fenn espreitaram o monstro que subia pela faixa estreita de praia rochosa, aproximando-se deles. Do peito para cima, a incrível criatura era uma mulher, nua e linda. Linda até o momento em que sorriu. Enquanto se arrastava para fora do rio, seus lábios rubros se abriram e revelaram uma boca cheia de dentes que pareciam lâminas. Da cintura para baixo, duas caudas de serpente, saindo de onde deveriam sair as pernas, rastejavam sobre as pedras, espalhando pedriscos por onde passavam. Um trio de criaturas horrendas, que Fennrys só conseguia descrever como cães-tubarões, estava preso por correntes a um pesado cinto ornamentado que rodeava-lhe a cintura. Elas nadavam pelo ar como se estivessem nas profundezas do oceano, mordendo o ar com suas mandíbulas pesadas e malformadas.

Rafe entrou na frente de Fennrys, estendendo a mão para ampará-lo.

— Afaste-se, Scylla — ele disse, com uma voz tão grave que era quase um rosnado subsônico.

O ar estremeceu com o troar dela.

Scylla?, pensou Fennrys. *Essa é a Scylla? É brincadeira...*

Ele sabia que aquele pequeno monte onde estavam agora era parte de um parque chamado Scylla Point, batizado por algum funcionário criativo do serviço de parques, nos anos 80, para fazer par com um *playground* no parque Astoria, na outra margem do East River, chamado Charybdis. Fenn sempre achou um tremendo mau gosto a ideia de batizarem lugares onde as crianças brincavam com os nomes de dois terríveis monstros comedores de gente, tirados da mitologia grega. Ele nunca imaginou que também seria profético.

Nova York, Nova York... Uma cidade do outro mundo.

E ultimamente parecia cada vez mais.

Mas era sua cidade. E de Mason. E Fennrys não tinha tempo para isso. Ele precisava encontrar a garota, onde quer que ela estivesse, e trazê-la de volta. Era o que Rafe havia prometido que fariam.

— Olha, nós não queremos nenhum problema — disse Rafe, entregando a Fennrys o capacete quebrado e ficando entre ele e Scylla. — Nós só...

— Vocês têm sido meninos levados — ronronou a criatura monstruosa, indicando com a cabeça o capacete de Cal. — As filhas de Nereu estão muito bravas. Vocês quebraram o brinquedo favorito delas. Elas me enviaram até aqui para castigar vocês.

— Que diabos ela está dizendo? — Fennrys baixou os olhos para a viseira rachada. — Está se referindo a Calum?

— Não foi culpa nossa — disse Rafe, ignorando Fenn naquele instante. — E, para começo de conversa, as Nereidas não deviam estar incomodando o jovem Aristarchos. Você sabe disso tão bem quanto eu.

— Ele era um bom brinquedo. Assim como seu amigo aí. — Ela apontou para Fennrys. — Seu amigo-prestes-a-morrer.

Fennrys não conseguia tirar os olhos do capacete danificado. Cal devia ter batido com a moto depois que Fenn pulou da garupa para o trem onde Mason estava prisioneira do irmão dela. Fenn não vira o que havia acontecido com Cal depois de pular. Ele havia imaginado que o rapaz tivesse ficado bem.

Uma nova onda de dor invadiu o corpo de Fennrys, sem ter nada a ver com seus ferimentos. Ele não desejara nada daquilo. Nem de perto. O rapaz era irritante, com certeza. Arrogante, esquentado, muito atraente e obviamente apaixonado por Mason Starling. Um rival por conta da afeição por ela? Claro, talvez fosse... No entanto, Fenn não queria que ele tivesse se acidentado. Ou coisa pior.

— O que aconteceu? — ele perguntou a Rafe.

Rafe ergueu um ombro, sem tirar os olhos de Scylla, enquanto ela se movia ao redor deles para bloquear-lhes o caminho.

— Não sei. Ele perdeu o controle, não sei exatamente por quê. A moto o lançou contra uma das vigas como se ele fosse atirado por uma catapulta, e ele caiu no rio como uma pedra. Aí a ponte explodiu.

Scylla fez um tsc-tsc e sacudiu na direção deles um dedo que era uma garra.

— Levados — ela disse de novo e lambeu os lábios. — Fui enviada a este lugar para fazer vocês pagarem. Sangue por sangue.

— Eu disse para você ficar longe, Scylla — rosnou Rafe. — Ou isto não vai acabar bem...

Scylla sibilou.

— Você pode ser um deus, Cachorro Morto, mas esse aí é só um mortal. Vejo como ele sangra. Posso sentir o cheiro. E *vou* provar o sabor da carne dele.

— Só quando eu esmurrar a sua boca — disse Fennrys.

O sorriso largo de Scylla ampliou-se, cheio de expectativa.

Os cães-tubarões morderam o ar com violência, arreganhando os dentes e quase estourando suas coleiras cheias de pontas. Através de uma névoa de dor e fúria, Fennrys decidiu que já era o bastante. Deu um passo à frente e acertou a cabeça de uma das bestas com o capacete de Cal. Agarrou outra pela garganta e, envolvendo sua cabeça com o braço bom, quebrou-lhe o pescoço, espesso e feio. Scylla uivou furiosa ao ver o segundo cão-tubarão cair ao solo.

— Você não é mesmo muito chegado a diplomacia, né? — murmurou Rafe. — Agora vai ter que lutar com o monstro marinho. Você sabe disso, né?

— Eu estava apostando nisso.

Enfurecida, Scylla enterrou suas garras no solo coberto de pedras e arrastou-se mais para cima, em direção à praia. Agora ela mostrava os dentes com tanta fúria que chegava a arrancar sangue dos próprios lábios, e cuspia uma espuma vermelha enquanto sacudia a cabeça com violência.

Fennrys sentiu uma exultação selvagem e familiar crescendo dentro de si.

Foi para isso que eu nasci.

Lutar, matar... *esse* era seu destino. Ele percebeu isso naquele momento, para além das sombras do desconhecimento que haviam enevoado por semanas sua mente. Desde que retornara, sem memória, para o reino mortal. Mas agora que tinha de volta suas lembranças, e compreendia para onde, e *de* onde, ele tinha vindo, não sentia a menor hesitação em entregar-se à tempestade da batalha, vermelha e devastadora, como uma onda terrível que fervia dentro dele. Quando Fennrys encarou o monstro, sua fúria ergueu-se para varrer qualquer outro ímpeto, exceto a necessidade imperiosa de matar.

A dor de seus ferimentos, a dor de perder Mason Starling — a garota que se tornara tão preciosa para ele, em tão pouco tempo — somente serviam para alimentar sua fúria.

— A única coisa que pode melhorar este dia é livrar o mundo de algo tão feio quanto você — ele grunhiu para Scylla e atirou-se sobre o último dos horríveis animais de estimação.

Ele agarrou as mandíbulas do animal e com um estirão rasgou-as, separando-as com um som horrível. Porém, desta vez, Fennrys não teve muita sorte. Os espinhos venenosos das nadadeiras dorsais da criatura açoitavam de um lado para outro, enquanto ela estrebuchava nos estertores da morte, acertando-lhe a caixa torácica de um lado a outro e reduzindo sua camisa a tiras ensanguentadas. Ele mal sentiu o beijo lancinante da toxina. A sedução agridoce de sua ira *viking* abateu-se como um nevoeiro espesso e rubro, e ele levou o braço às costas, onde trazia um grande punhal, muito bem afiado, escondido na bainha sob a camisa.

Fenn avançava e desviava, mas, com a bala alojada em seu ombro esquerdo, apenas um de seus braços estava totalmente funcional. Seus ataques eram lentos e desgovernados. Os membros longos e musculosos de Scylla cortavam o ar, e suas caudas de serpente faziam-na deslocar-se com rapidez, embora desajeitada. Um passo em falso e Scylla poderia envolvê-lo em suas voltas e puxá-lo para si.

Bem, pensou Fennrys. *Por que não?*

Ele se agachou, passando por baixo das garras que tentavam segurá-lo... e parou. No mesmo instante, as caudas monstruosas se ergueram e o envolveram, trazendo-o mais para perto, em um abraço mortal. Os membros serpentinos apertaram ainda mais e a criatura lançou-lhe seu sorriso horrendo, as mandíbulas escancaradas. Fennrys então precipitou-se contra ela e, como prometera, socou-a bem na boca, com a mão que brandia o punhal.

Fennrys enfiou a faca direto entre os dentes dela, atravessou-lhe o céu da boca e enterrou a lâmina no cérebro da criatura. Em sua convulsão final, os dentes de Scylla cravaram-se no braço de Fenn. O monstro ficou rígido e tombou para trás, arrastando Fennrys junto, e os dois combatentes despencaram no chão, em uma confusão de sangue e pedaços de corpos. Fennrys ficou lá, arquejante, o punho ainda alojado com firmeza dentro da boca do monstro marinho. Quando Scylla finalmente parou de se contorcer, Rafe postou-se ao lado da cabeça de Fennrys, olhando para baixo.

— Você matou um monstro marinho. Olha, isso é... abominavelmente impressionante.

Fennrys virou a cabeça para olhar para o antigo deus egípcio da morte.

— Alguma coisa boa *tinha* que acontecer nesta noite — disse, numa voz debilitada pela exaustão.

— Também foi nojento — continuou Rafe. — E corajoso... e um bocado idiota.

— Ahã — resmungou Fenn, arfando.

— E você está entalado. — Rafe apontou para o ponto onde o braço de Fenn estava preso.

Os dentes de Scylla formavam um ângulo para trás, como as farpas de um arpão. Se Fennrys tentasse puxar o braço, isso arrancaria toda a carne ao redor dos ossos.

— O que exatamente você vai fazer agora? — perguntou Rafe.

— Sei lá. Você poderia me ajudar, talvez?

A visão de Fenn estava começando a ficar turva. Pelo visto, ele supôs, Rafe não tinha planejado aquilo até o fim. Rafe lançou-lhe um sorriso sombrio e sacudiu o pulso, conjurando do nada uma longa lâmina cor de cobre, e ergueu-a acima do braço de Fennrys.

— Certo — ele disse, com um brilho nos olhos. — Acho que vamos ter de amputá-lo.

A lâmina desceu e Fennrys berrou um protesto entrecortado, preparando-se para a explosão excruciante de dor que viria quando Rafe amputasse seu braço. No entanto, a lâmina acertou seu alvo cerca de um centímetro abaixo do membro preso de Fenn, seccionando de uma vez o pescoço de Scylla. Com a coluna vertebral do monstro cortada, Rafe passou o braço por trás da cabeça dele e enfiou os dedos em uma saliência por baixo do crânio. As mandíbulas da criatura se abriram como o capô de um carro, e Fennrys puxou o braço, livre, deixando sua lâmina enterrada no cérebro de Scylla.

Cambaleando, ficou em pé; seu braço direito doía, o esquerdo estava totalmente inútil por conta do ferimento à bala. Engraçado. Ele estivera tão ocupado lutando contra aquele monstro marinho imortal, uma lenda milenar, que quase se esquecera do mero mortal que tentara matá-lo pouco antes. Ele olhou fixamente para a criatura aterrorizante que agora jazia morta a seus pés, lembrando que Rory Starling ainda estava vivo.

— A imortalidade não é mais o que costumava ser — murmurou, enquanto suas pernas ameaçavam ceder.

— De fato não é — concordou Rafe, sustentando-o de pé.

À distância, Fennrys ouviu o som de um pequeno motor de popa. Ergueu o olhar e viu um velho bote de pesca de alumínio emergindo da escuridão, pilotado por um homem forte, encurvado, com pele cor de café e uma longa barbicha prateada, vestido com uma capa de chuva cinzenta e andrajosa. A ponta de seu cigarro brilhava como um pequenino farol vermelho na escuridão. O bote encostou no cascalho da praia, raspando no fundo até parar. Com a ajuda de Rafe, Fennrys arrastou-se pela água gelada e oleosa até esta chegar à altura de seu joelho.

— Ele ainda não está morto — disse o marinheiro quando Fenn meio que caiu dentro do bote.

— Não, ele não está morto, pelo menos não desta vez, e também não vai morrer — Rafe respondeu irritado. — Não no que depender de mim.

— Amolecendo, chefe? — o homem perguntou, dando uma tragada no cigarro.

— Cale a boca, Aken. — Rafe agarrou a proa da pequena embarcação e a empurrou de volta para águas mais profundas antes de passar uma perna por cima da borda e embarcar. — Esta é só uma carona, não uma viagem final.

— Muito irregular. — O barqueiro sacudiu a cabeça, olhando para Fennrys desconfiado. — Ele pode pagar?

— Essa é por minha conta. — Rafe deu um sorriso sombrio. — Leve-nos para onde precisamos ir antes que ele morra, e eu perdoo uma semana de sua dívida no bar.

Aken animou-se consideravelmente com a oferta e acelerou o motor.

Ele deve ter uma conta e tanto, pensou Fenn. *Vai saber quanto eu vou ficar devendo quando tudo isso terminar...*

— Para onde, chefe? — perguntou Aken.

E então um nevoeiro espesso e cintilante desceu, e o último pensamento coerente de Fennrys foi uma lembrança, a imagem de Mason, em pé no alto do vagão de trem, seu cabelo abrindo-se como asas e a espada pendendo a seu lado, as duas mãos estendidas para ele enquanto o brilho do portal da ponte Bifrost envolvia-a em sua luz.

Ela desapareceu.

Ela se foi.

Através da ponte.

II

V océ não pode atravessar a ponte. Coisas ruins vão acontecer. Você entende? As palavras ecoavam na cabeça de Mason. Onde teria ouvido aquilo? Quando?

Coisas ruins...

— Olá, Mason. Bem-vinda a Hel.

Pesadelos. Tenho pesadelos o tempo todo. Este é só mais um.

Acorde, Mason. Vai, acorde logo.

— Sou sua mãe e estive esperando por você.

E, naquele momento, Mason soube que não era sonho.

Minha mãe...?

A mulher de cabelos escuros estendeu os braços na direção de Mason, mas parou antes de abraçá-la. Em vez disso, segurou o medalhão de ferro que pendia do pescoço de Mason por um cordão de couro trançado. O medalhão de Fenn. Um talismã que, ele prometera, iria mantê--la a salvo. Que lhe traria sorte.

Fennrys...

— Então. Ele falhou... e agora você está aqui.

— Eu não sei onde é *aqui* — Mason disse.

Não sei quem você é.

— Não importa. Você tem que ir embora — disse a mulher. — Imediatamente.

— Você acabou de dizer que estava esperando por mim...

— E ficaria muito feliz se tivesse que esperar durante uma eternidade. — Um sorriso sem nenhum humor curvou os cantos da boca da mulher. — Talvez fosse mais correto dizer que estive *temendo* este momento, não esperando por ele...

Ela soltou o medalhão. Doeu quando o disco de metal atingiu a pele de Mason, como se ele pesasse mais do que deveria. Mason tentou, sem sucesso, não estremecer.

Sentiu uma brisa soprar, trazendo uma umidade fria, desoladora. Filetes esparsos de névoa ergueram-se no chão e a envolveram. À medida que o nevoeiro se tornava mais denso, Mason pensou distinguir vultos, surgindo do chão com o manto de névoa. Pessoas, ou suas sombras, acocoradas ou estendidas, parecendo fantasmas. Por todos os lados, para onde quer que Mason se voltasse, não havia nada além de uma planície aberta, deserta, até onde a vista alcançava. Ela olhou para o chão sob si e viu faces. Corpos contorcidos, mãos que se estendiam. A planície infindável onde ela estava parecia composta de um número infinito de corpos, todos compactados formando uma massa sólida. Os olhos do rosto para o qual Mason olhava — atordoada de horror — pareceram naquele instante devolver-lhe o olhar. O chão pareceu estremecer muito de leve. Ela sentiu o estômago revirar.

Sua mão esquerda apertou convulsivamente a borda da bainha de couro negro que pendia a seu lado, onde estava sua espada rapieira de guarda-mão em curva. A mão direita segurou o punho da espada. Ambas as mãos estavam escorregadias de sangue. Mason havia dilacerado as pontas dos dedos, arrancando boa parte das unhas, ao escapar do porta-malas do carro do irmão, quando tentava fugir.

Ela ainda não sabia sequer por que ele tinha feito aquilo.

E agora não sabia onde estava.

Naquele momento, não importava.

Num instante, Mason estivera em pé no alto do compartimento de carga do trem particular de seu pai, enquanto este cruzava a ponte Hell Gate na cidade de Nova York. No momento seguinte, estava ali naquele lugar. Em uma terra desolada, imersa na penumbra do crepúsculo, uma vasta paisagem vazia, rodeada por nuvens de tempestade. Era um lugar assustador, estranho, que por instinto Mason sabia ser muito, muito distante de casa. Ela ouviu sua própria voz gritar e fechou os olhos com força.

O brilho havia engolido Mason, e então a escuridão.

E então... aqui.

— Mason! Você ouviu o que eu disse? — As palavras, ásperas e imperiosas, a tiraram de seu devaneio. — Para seu próprio bem, e para o bem de *todos*, você deve ir embora deste lugar.

— Eu não sei como voltar — Mason respondeu; sua voz soava desamparada.

Ela se virou para encarar a mulher alta, linda, envolta pela escuridão, que tinha diante de si. Sua mãe. Ao menos... foi quem ela disse ser. Mason sentiu a garganta fechar-se; tinha vontade de chorar.

— Eu nem sei como cheguei aqui...

— Eu *sei* como mandar você para casa — disse a mulher. — Eu governo este lugar, e posso ajudar você. Mas você precisa vir comigo. Agora.

Espere. Você é minha mãe... e uma rainha... e...

— Você quer que eu vá embora? — Mason perguntou.

Não era essa a pergunta que ela queria fazer, e sim a outra que estava presa em sua garganta. *Você é minha mãe?*

— Sua presença aqui é uma anomalia.

Uma anomalia. Não era uma coisa muito maternal para dizer à filha com quem você se encontra pela primeira vez.

— Eu não disse isso para ser cruel. — O semblante da mulher suavizou-se, como se ela tivesse pressentido os pensamentos de Mason. — Porém sua presença nos Reinos do Além cria um... desequilíbrio. Algo que pode se ampliar para uma situação muito pior se você ficar. Eu sinto muito, mas você precisa voltar.

A mãe tentou segurar-lhe o braço, como se fosse arrastá-la dali à força, e Mason recuou. Sua mão se fechou, ensanguentada, ao redor do punho da espada, e ela quase sacou a arma que Fennrys lhe dera de presente.

Espere.

Fennrys...

Ele havia estado lá.

Sobre... sobre o trem.

O trem...

Fennrys estivera no mesmo trem que a trouxe a este lugar. Não foi? Mason fechou os olhos com força e tentou descobrir o que, exatamente, havia acontecido. Mas tudo estava tão confuso, imagens da luz ofuscante e dos arco-íris que tinham incendiado o céu. Um cavalo imenso de oito patas que puxava o trem. Um lobo negro e elegante que os perseguiu na ponte. E Rory, seu irmão.

Rory, seu braço torcido, seus ossos despedaçados em uma luta brutal com Fennrys.

Rory... com uma arma. Não apenas com uma arma, mas mirando com ela. Puxando o gatilho.

Não!

Mason podia vê-lo, o rosto vermelho e distorcido pela ira, saliva voando de seus lábios, e a boca escancarada enquanto ele urrava para ela e apontava a arma.

Sangue... Oh, deus!

Ele tinha atirado em Fennrys.

Mason lembrou-se da explosão vermelho-escura brotando do ombro de Fennrys. Fenn caindo no vazio, por trás do trem... Desaparecendo.

— NÃO!

O grito dela sacudiu o ar e foi respondido por um eco, um uivo de angústia que parecia vir de muito longe. De repente, como se despertado pelo som, o chão sob os pés de Mason corcoveou e se ergueu, atirando-a para trás, para longe da mulher sombria e séria que estava em pé diante dela. E que somou seu próprio grito de negativa quando uma fenda se abriu no chão diretamente sob os pés de Mason, e a garota sentiu-se despencar, caindo na escuridão.

Mason deslizou e caiu por uma encosta íngreme, e durante a queda podia sentir braços e mãos aflorando da face da rocha, dedos tentando agarrar seu cabelo e suas roupas e segurar seus membros. Era horrível, um pesadelo, e apesar disso ela sentiu o impulso de segurar-se àquelas mãos para deter a queda.

Podia ouvir sua própria voz berrando, um som estridente ricocheteando pela parede da fissura rochosa. E lá no alto ouviu os gritos desesperados da mulher que dissera ser sua mãe.

De repente, o declive terminou e os pés de Mason chocaram-se dolorosamente contra o que parecia ser o piso rochoso da caverna. Ondas de choque subiram por seus tornozelos, e ela grunhiu de dor ao ser arremessada para a frente, instintivamente encolhendo-se para fazer um rolamento lateral e proteger a cabeça e o rosto enquanto caía em meio a escuridão, para por fim parar de encontro ao que parecia ser a base de uma grande rocha irregular que aflorava. Ficou ali, ofegante, por longos minutos depois que o som de seus próprios gritos e o rugir de sua pulsação nos ouvidos deram lugar ao silêncio.

Você não pode atravessar a ponte. Coisas ruins vão acontecer. Você entende?

Fennrys.

Fora ele quem a alertara com aquelas palavras. Em Nova York, em cima do trem, enquanto este seguia em direção à ponte Hell Gate. Fennrys tinha tentado ajudá-la. Tinha tentado salvá-la – de novo –, e tudo que ela havia conseguido fazer foi ficar lá paralisada, em choque, enquanto ele recebia um tiro como retribuição por seus esforços. Ela havia simplesmente ficado ali parada, atordoada. E o trem de seu pai cruzou a ponte com ela. Ela percebeu naquele instante que aquela não havia sido apenas uma ponte antiga qualquer.

Bifrost.

A ponte do arco-íris da mitologia nórdica. A passagem entre o mundo mortal e o reino dos deuses.

Coisas ruins vão acontecer...

Será que ela havia cruzado a fronteira para algum lugar onde a simples existência dela já prenunciava desastres? Esforçando a vista na escuridão quase total, Mason baixou os olhos e viu a jaqueta de esgrima que usava – toda esfarrapada. O tecido que já havia sido branco estava manchado com seu próprio sangue. Também estava sujo de graxa, de quando ela abriu caminho para fora do porta-malas do Aston Martin de seu irmão, tentando escapar do carro e do trem que o transportava através da ponte. Suas mãos eram uma catástrofe vermelha, e as *leggings* estavam rasgadas, com mais sangue que escorria de um corte profundo na panturrilha e encharcava o tênis.

Ela ignorou tudo aquilo e apurou os sentidos. A princípio, pensou que o brilho avermelhado que parecia se infiltrar nas trevas era apenas uma impressão criada pelos vasos sanguíneos em seus próprios olhos. Porém, quanto mais perscrutava a escuridão, mais brilhante a luz encarnada se tornava, até que ela conseguiu distinguir os contornos irregulares da caverna onde se encontrava. Devagar, aos poucos, seus olhos começaram a se acostumar com a escuridão, e ela percebeu que o brilho vinha de tochas com labaredas bruxuleantes. Mason conseguiu sentir o cheiro do piche espesso queimando e ouvir o crepitar suave das chamas. Pensou ter ouvido um sussurro de movimento vindo de algum lugar e prendeu a respiração. No entanto, o único outro som que pôde identificar com certeza foi um gotejar lento e constante de água, como o de uma torneira com vazamento.

Tateando na escuridão, ficou em pé e avançou cautelosa pelo piso irregular, na direção do som. A água poderia vir de um riacho ou de um rio, e havia a possibilidade de encontrar uma saída. Porém, ao contornar um pilar de pedra vermelha e cinza, ela soltou um gemido de horror. Não era água gotejando o que ela ouvira.

Flanqueada por tochas flamejantes presas à parede rochosa por suportes de ferro, Mason viu uma serpente imensa, enrodilhada em uma ampla saliência; seu corpo musculoso ondulava, suas escamas roçavam umas nas outras, reluzindo com o movimento. Sua cauda movia-se sem parar para a frente e para trás, quando o animal avançou deslizando na plataforma rochosa, a boca de aparência maligna estava escancarada. Veneno de um amarelo mórbido pingava das presas, cada gota perfurando a superfície negra luzidia de uma poça escura lá embaixo.

Fora *aquele* o som que Mason ouvira.

E, para piorar, o som seguinte que ela ouviu foi o de um gemido abafado e angustiado.

Meio oculto pelas rochas que se erguiam do piso como grossas grades de uma prisão, Mason conseguiu entrever o vulto de um homem, deitado em uma laje de pedra sob a plataforma da serpente, rodeado pela poça. O corpo da serpente se contorceu e a impulsionou para a frente, até a cabeça pairar bem em cima do lugar onde o homem jazia. Uma única gota viscosa de veneno brotou na ponta aguçada de uma das grandes presas da serpente, a que se posicionava sobre o rosto do homem, e ficou pendente por um momento infinito, torturante. E então caiu, brilhando como uma lasca de cristal amarelo, em meio ao ar cor de sangue.

Mason não podia ver o rosto do homem de onde estava, mas conseguiu ouvir seu grito lancinante de completa agonia, quando o veneno atingiu o que provavelmente era sua bochecha ou sua testa, e ele se convulsionou e se curvou, retesando as correntes que o prendiam, pelos tornozelos e pulsos, ao bloco de pedra. Seu uivo se transformou em um urro retumbante de fúria, e toda a caverna estremeceu. Largas fendas subiram pelas paredes por todos os lados, e fragmentos de rocha e poeira desabaram ao redor de Mason. Deviam ter sido os mesmos gritos ensurdecedores que haviam feito o chão se abrir sob os pés dela momentos antes, fazendo-a despencar naquele lugar horrível.

Depois do que pareceu uma eternidade, os gritos deram lugar novamente aos gemidos surdos. Um último punhado de pedras rolou e caiu bem ao lado de Mason, e ela soltou um grito e cobriu a cabeça. Com o barulho que fez, os gemidos do homem se interromperam de repente, e ela quase conseguiu senti-lo se esforçando para ouvir, para tentar descobrir se havia alguém ali. Ela prendeu a respiração.

— Seria de esperar que a essa altura eu já estivesse acostumado. — O homem deu um suspiro entrecortado, sua respiração passava com dificuldade por seus pulmões.

Mason não tinha certeza de que ele estivesse falando com ela, mas então ficou claro que sim.

— Venha até aqui, criança. Não vou machucar você — ele murmurou com suavidade, como se tentasse convencer um animal assustado a deixar seu esconderijo.

Mason ficou paralisada.

— Eu prometo. — A mão dele agitou-se de leve, indicando as correntes. — De qualquer modo, eu não poderia. Mesmo que quisesse, e lhe garanto que não quero.

Aquilo era evidente. As correntes só lhe davam mobilidade suficiente para que ele se arqueasse de dor quando o veneno atingia sua carne. Mas ainda assim Mason hesitou.

— Por favor.

Havia um tom de desespero silencioso no pedido.

Mason franziu o cenho. Ele estava acorrentado. Ferido. Não havia nada que ele pudesse fazer a ela no estado em que se encontrava. Se é que ele de fato existia, coisa de que ela sinceramente duvidava.

Ora... que diabos.

Nada daquilo podia ser real, de qualquer forma. Desde o momento em que Rory a jogara no porta-malas de seu carro, nada do que tinha acontecido a Mason fazia qualquer sentido. Com certeza não fazia nenhum sentido agora. Assim, ou ela devia estar drogada, ou sonhando. Era inteiramente possível que estivesse apenas passando pelos terrores noturnos mais vívidos que já tivera. Ou que estivesse em meio a um profundo surto psicótico, do tipo que os terapeutas haviam alertado a seu pai que ela poderia ter algum dia, caso não continuasse com os tratamentos que rejeitara sumariamente aos dez anos de idade. E que poderia ter sido desencadeado pelo ato de inconcebível crueldade cometido por Rory.

Ou talvez, ela pensou, tentando conjurar sentimentos generosos com relação ao irmão, ele não tivesse pretendido causar-lhe semelhante mal.

Talvez tudo aquilo fosse algum tipo de brincadeira que tivesse saído do controle. Algum trote idiota em que os sujeitos da universidade, com os quais ele andava recentemente, o tivessem envolvido. Ela se lembrou de que Taggert Overlea, armador aclamado e notório idiota, estivera com Rory. Lembrou-se de ter ouvido Tag fazer comentários indecentes sobre Heather Palmerston. Heather, que aparecera do nada para alertar Mason de que algo ruim estava para acontecer. Mason torceu para que Heather estivesse bem.

Ela provavelmente está bem, você sabe. Nada disso está acontecendo de verdade. Certo. Continue dizendo isso a si mesma.

Na verdade, Mason estava tendo grande dificuldade para traçar o limite onde a realidade havia terminado para ela e onde a irrealidade a engolira por completo. Talvez as últimas semanas tivessem finalmente sido demais e ela tivesse perdido o controle. Talvez aquele dia inteiro tivesse sido de fato um longo e elaborado pesadelo, e ela não tivesse sequer entrado na competição de esgrima ainda, e perdido vergonhosamente. Por um instante, ela sentiu um lampejo de esperança arder no peito. Seria possível que ainda houvesse esperança para sua carreira como esgrimista? Esperança para ela e Fennrys? Esperança para ela no mundo real?

Isso supondo que Fennrys seja mesmo real.

O lampejo vacilou e ameaçou apagar-se. Mason sacudiu a cabeça com força. Fosse como fosse, estava claro que não havia absolutamente *nada* de real na situação em que se encontrava naquele momento.

Então, que importa se você conversar ou não com esse sujeito?

Mason saiu detrás do pilar que a ocultava da vista do homem preso, e a serpente que estava acima dele ciciou e recolheu-se com a velocidade de um raio para dentro de uma fenda na rocha por trás de sua plataforma, sumindo de vista.

Depois que a serpente se foi, um silêncio total abateu-se sobre a caverna. Um pó fino e reluzente pairava no ar como um véu, e um cheiro acre ergueu-se, fazendo os olhos de Mason arderem e queimando a pele sensível por dentro de suas narinas.

O homem acorrentado à rocha estava ricamente vestido, ou pelo menos estivera no passado. Sua túnica verde e dourada, debruada com uma larga faixa bordada com nós entrecruzados, estava rasgada e manchada com uma sujeira já antiga. As calças estavam em farrapos, seus pés descalços estavam cobertos de sangue, seco e fresco, em consequência da luta contra as correntes. O cabelo loiro-escuro tinha crescido, e a barba estava desgrenhada. Porém, de algum modo, ele ainda tinha a aparência de um nobre.

Mason aproximou-se dele com cautela, passando entre os pilares de pedra e cruzando uma estreita ponte sobre a poça escura. Lentamente, exausto, o homem virou a cabeça na direção de Mason, apenas o suficiente para que ela pudesse ver um de seus olhos. Azul como o céu, faiscante na penumbra, parecia quase brilhar como se tivesse alguma luz interior. Ele a fitou sem piscar, e seu olhar, por baixo da pátina de dor excruciante, transmitia tranquilidade, sabedoria e, Mason teve a nítida impressão, um senso de humor sarcástico.

— Quem é você? — ela perguntou com a voz trêmula.

— Eu? — o homem respondeu. — Ah, ninguém importante.

— Uau. Se é assim, você deve ter feito algo lamentável de verdade para merecer um castigo desse — ela disse, engolindo o medo.

Ela esperou por um instante, imaginando que a fúria, ou uma negativa, ou amargura dominariam a expressão do homem como reação a suas palavras. Mas ele apenas continuou sorrindo em meio à dor e moveu um ombro como se fizesse pouco caso. O olho azul que ela podia ver continuava fixo nela, plácido.

— As aparências podem enganar muito — ele disse.

Os músculos de sua face e de sua mandíbula contraíram-se de dor.

— Certo. Então... o que foi que você fez?

— Algo lamentável de verdade. — Ele deu uma risadinha. — É óbvio. Ou pelo menos há quem evidentemente parece achar isso.

— Mas *você* acabou de dizer que as aparências enganam.

— Eu disse que *podem enganar*...

Sua tentativa de graça desmoronou em um acesso de tosse que o sacudiu todo, a respiração chiava em seus pulmões, e Mason estremeceu compadecida. Ele devia estar com uma sede terrível, deitado ali daquele jeito, acorrentado na caverna enfumaçada e poeirenta, sabe-se lá durante quanto tempo.

Quando ele parou de tossir, e virou mais a cabeça para olhar para ela, Mason precisou engolir em seco para impedir que a bile subisse por sua garganta. Metade da bela face do homem havia sido transformada em uma massa em carne viva, enegrecida pela baba corrosiva da serpente. O cabelo e a barba estavam queimados, e ela achou que podia ver o brilho pálido do osso malar através da carne dilacerada.

Ele sacudiu o ombro de novo, ao ver a reação dela.

— Tenho certeza de que parece muito pior do que eu sinto. *Aparências*, lembra-se?

— Elas enganam — disse Mason entre os dentes cerrados. — É, lógico...

Ela engoliu em seco de novo e tentou não desviar o olhar, para não repetir o que tinha feito cada vez que olhara para Cal. Isto, afinal de contas, era muito, *muito* pior. Mason poderia ter constrangido Cal sem querer pela forma como ela reagira a ele depois do ataque no ginásio da escola, quando o belo rosto dele foi rasgado pelas garras de um *draugr*, mas ela não iria constranger este homem, quem quer que ele fosse, fazendo a mesma coisa. Tinha aprendido a lição, e agora não olharia para o outro lado. Não importava que fosse horrível.

Mas então ele lhe fez o favor de virar a cabeça de novo, e Mason deixou de ver o ferimento terrível. Ela fechou os olhos por um instante, e quando os abriu de novo viu que o olho não danificado estava fixo no medalhão de ferro ao pescoço dela.

— Qual seu nome, criança? — ele perguntou de novo, no mesmo tom suave.

— Mason. Mason Starling — ela disse, apesar de ele não ter dito quem era.

– Starling... – Ele sorriu, como se tivesse uma recordação agradável. – O estorninho. Um passarinho bonito.

Mason fez uma careta.

– A maioria das pessoas acha que os estorninhos são uma praga – ela disse. – Eles são considerados espécies invasoras em alguns lugares do mundo.

– Ha! – O homem riu de novo. – Já tive as mesmas acusações dirigidas contra mim. Prefiro pensar em tais criaturas como... aventureiras. Sobreviventes. Conquistadoras.

– É isso que você é? – perguntou Mason, sentindo-se intrigada mesmo sem querer.

Ela estendeu uma das mãos, tocando hesitante o grilhão enferrujado que circundava o pulso do homem. A pele por baixo dele estava esfolada e marcada com os ferimentos do ferro. Ele devia ter se ferido cada vez que a serpente deixava cair seu veneno. Ela tentou imaginar com que frequência aquilo havia acontecido. Aquilo fazia lembrar os ferimentos de Fennrys.

– É por isso que está aqui? – ela perguntou.

– Por ser invasivo? Ou porque sobrevivi? Ambos os motivos, eu creio. – Ele suspirou e o som trazia consigo um cansaço profundo, de desgaste. – Por que *você* está aqui, Mason?

Ela sentiu uma ruga surgir em sua testa.

– Eu fico repetindo para as pessoas, eu nem sei onde é *aqui*.

– Ah. Entendo. – Os olhos azuis se encheram de compreensão. De piedade. – Eles não gostam mesmo de jogar limpo.

– Quem?

– Os Poderes Reinantes. – Ele ergueu um ombro de novo. – O que não quer dizer muita coisa. O tabuleiro muda, e os jogadores vêm e vão. O que quer dizer que eu também não sei por que você está aqui, Mason. Não com certeza. Mas o que sei é que é melhor você tomar cuidado enquanto está por aqui.

– Tomar cuidado com o quê?

– Com tudo – respondeu ele, cansado. – E com todos.

– Até com você?

– Especialmente comigo. Pois eu sou o Deus das Mentiras.

III

— Você é um mentiroso e um ladrão.

Heather Palmerston nunca tinha ouvido uma voz tão fria soar tão furiosa.

— Levanta.

Ela se encolheu no canto mais afastado do banco de couro no interior opulento do vagão. Estivera ali encolhida, aturdida, com a cabeça escondida na curva do braço desde que viu Calum chocar-se contra a ponte Hell Gate e despencar por cima da borda.

— Eu disse *levanta*.

A ordem, dada em tons carregados com uma raiva profunda, não era dirigida a ela, e em toda a sua vida Heather nunca ficara tão feliz por *não* estar sendo o centro das atenções. As palavras eram dirigidas a Rory Starling, que jazia caído sobre o caríssimo tapete persa, com o corpo enrodilhado protegendo o braço direito, que estava ensanguentado e dobrado em um ângulo esquisito. Em pelo menos dois lugares. Heather podia ver uma ponta afiada de osso aparecendo através da pele, e aquilo fez seu estômago se contrair. O rosto de Rory estava pálido onde não estava coberto com sangue ou com equimoses. Tinha os olhos arregalados, e uma espuma rosada se formava nos cantos de sua boca, aberta e ofegante. Ele lutou para se sentar, atendendo o homem que havia falado.

Heather sabia, mesmo sem ter visto o rosto do homem quando ele entrou no vagão, que era o pai de Rory, Gunnar Starling, um dos homens mais poderosos da cidade de Nova York. Talvez do mundo. Com sua cabeleira leonina prateada e o sobretudo que parecia uma capa pendendo de seus ombros largos e musculosos, ele era inconfundível.

Do lado de fora das janelas, tudo estava escuro. Muito mais escuro do que estaria se ainda estivessem ao ar livre. Estavam em um túnel. Em algum lugar sob o Queens, ela imaginou, a julgar pela direção em que tinham viajado. Ela ainda não tinha bem certeza do que havia acontecido. Exceto que tinha sido sequestrada, com a colega de Gosforth, Mason Starling, que recentemente se tornara sua amiga, por intermédio do irmão totalmente imbecil de Mason, Rory, e um armador idiota do time de futebol americano da Universidade de Colúmbia chamado Taggert Overlea.

Heather ainda não sabia por que haviam sido sequestradas. No momento, tudo o que queria era sair viva daquele vagão. Porque tinha a nítida impressão, pelo que rolara na última hora, de que o que quer que estivesse acontecendo ia muito além de um simples trote universitário. Era algo muito mais sério. O perigo já estava evidente antes que Cal... antes que ele...

Heather cobriu a boca numa agonia silenciosa.

Cal se foi.

O pensamento a fez sentir como se tivesse levado um soco no estômago. Mason também se fora, e Heather não sabia se ela estava viva ou morta. Heather torcia desesperadamente para que ao menos ela estivesse bem. Longe daquela loucura e bem.

Ela tentou pensar de forma lógica na sequência de eventos como eles aconteceram. Heather não estava competindo naquela noite nas eliminatórias nacionais de esgrima, e não tinha sentido vontade de ir assistir. Sabia que Cal estaria lá para ver Mason competir, e nos últimos dias cada vez que o via sentia-se esgotada e muito cansada. Ele parecia até curtir ficar se torturando por Mason, e agora que as duas tinham ficado amigas Heather não podia suportar aquele drama.

Naquela noite, ela havia ficado na sala de estar do dormitório, enrodilhada em uma poltrona e estudando suas anotações de biologia. A academia parecia estranhamente deserta, mas Heather também sentia uma espécie de eletricidade no ar, como se outra tempestade se aproximasse. Isso a deixava inquieta.

E então Gwen havia aparecido.

Alguns anos mais velha que Heather, Gwendolyn Littlefield era magra e muito miúda, uma garota de cabelo roxo espetado e um rosto de incrível beleza. Ela entrou sorrateira na sala, com os olhos arregalados e as pupilas tão dilatadas que Heather se perguntou em voz alta se estaria chapada ou algo assim.

Gwen garantiu que não estava.

Então ela disse a Heather seu nome.

Gwen Littlefield era uma figura conhecida no *campus*. A primeira e *única* aluna a ser expulsa de Gosforth. Ela estivera uns anos à frente de Heather, que tinha ouvido as histórias na época, mas não havia prestado muita atenção. Heather mal seria capaz de identificar Gwen em uma fileira de suspeitos se a polícia a convocasse... mesmo que ela não estivesse com o cabelo pintado de roxo.

A administração da academia havia tentado abafar as coisas na época, mas não tinha sido fácil. Sobretudo quando a pessoa em questão tinha saído pelos corredores da escola certo dia, correndo e uivando como uma lunática, prevendo histérica o falecimento do capitão da equipe de remo, que depois disso morreu afogado no que pareceu ser um trágico acidente.

No dia seguinte.

Na noite anterior, Gwen contou a Heather que o incidente náutico não tinha sido coincidência. Ela podia de fato ter vislumbres do futuro. E o que tinha visto agora... havia sido terrível.

— Por que você está me contando isso? — perguntou-lhe Heather. — O que isso tem a ver comigo?

— Com você, muito pouco — respondeu Gwen. — Tem tudo a ver com sua amiga Mason.

Então ela contou que Mason estava em um mundo de problemas. Ela quisera alertar Mason diretamente, mas parecia que suas habilidades precognitivas às vezes eram um pouco falhas nos detalhes, e Gwen não tinha a mínima ideia de onde começar a procurar por ela. Mas Heather podia fazer isso. Depois de um instante, as garotas decidiram que seria muito melhor, e demandaria muito menos explicações sobre o súbito reaparecimento de Gwen, se fosse Heather a retransmitir o alerta a Mason.

E foi o que ela fez.

Heather tinha ido atrás de Mason Starling para avisá-la de que ela corria um grave perigo, talvez mortal. Como efeito colateral da sombria predição de Gwen Littlefield, Heather agora estava exatamente na mesma situação. Ela se perguntava se Gwen não havia apenas conseguido transformá-la em algum instrumento de profecia que se autorrealizava com a tentativa de evitá-la: se Heather não tivesse atrasado Mason quando ela estava deixando a universidade, talvez Rory e Tag não tivessem conseguido alcançá-la.

Bem, é inútil ficar pensando nessas coisas agora, não é?

Heather havia encontrado Mason. Tinha atrasado a partida de Mason por aqueles minutos preciosos. E um dos resultados foi que a próxima coisa que Heather se lembrava era de acordar com o queixo dolorido em um compartimento de transporte de carga, com Taggert Overlea meio que carregando-a para o interior de um vagão de passageiros de um trem luxuoso e obviamente particular.

E ela não voltou a ver Mason.

O que conseguiu saber, a partir dos eventos que se seguiram, foi que, de algum modo, Mason havia terminado no teto de um dos vagões, no que parecia ser uma tentativa de fugir da armadilha cruel que seu horrível irmão tinha montado para ela. E então o sujeito que se dizia chamar Fennrys, o Lobo e Calum Aristarchos tinham aparecido do nada montados em motos Harley, fazendo o impossível para resgatar Mason. E, pelo que vira, com sucesso limitado. De dentro do trem, Heather tinha visto

Fennrys passar para o trem a partir da garupa da moto que Cal pilotava. Ela testemunhou, impotente e presa por trás da vidraça, a moto de Cal perder a direção e arremessá-lo para longe.

Ela fechou os olhos ao se lembrar de Cal sendo lançado no ar, e caindo rumo às águas impiedosas do East River lá embaixo. De um momento para outro, Calum se foi. E com ele o coração partido de Heather.

Logo depois do mergulho de Cal na escuridão, houve um brilho de uma luminosidade ofuscante. O interior do vagão foi iluminado como se houvesse um sol abrasador, com cores de arco-íris mesclando-se a uma brancura resplandecente. O ar na cabine estalou com a energia de uma tempestade elétrica, e o tempo pareceu correr mais devagar e estender-se.

Então tudo ficou escuro.

Quando Heather foi capaz de enxergar de novo, o mundo havia voltado ao normal. O trem arrastava-se rumo a Long Island, descendo a rampa que fazia uma curva na direção sul. Emoldurada pela janela panorâmica do vagão, a curva elegante da ponte Hell Gate foi sumindo por trás deles.

E então, lembrou-se Heather, *a ponte explodiu.*

Quando a porção central da robusta estrutura de metal se despedaçou, o trem já estava longe o suficiente para não descarrilar. Os trilhos haviam estremecido e arqueado, e Heather gritou e caiu ao chão, derrubada pelo impacto da onda de choque.

Instantes depois, Rory voltou cambaleando para o compartimento de passageiros, ferido e ensanguentado, com o braço destroçado e torto, o rosto todo machucado. Ele desabou no chão diante de Heather, gemendo de dor, enquanto o trem se desviava do trilho principal e entrava pela boca de um túnel, reduzindo a velocidade até parar em uma caverna mal iluminada, com paredes de rocha, em algum ponto sob o Queens. E, apenas alguns instantes depois disso, a porta deslizou para o lado uma vez mais, abrindo-se para permitir a entrada de Gunnar Starling.

Agora, Heather Palmerston — rica, linda, privilegiada, alguém que nunca recuara diante de ninguém ou de nada — encolhia-se em um canto, temendo por sua vida. Ela observou, mal ousando respirar, enquanto Rory se pôs em pé com dificuldade e ficou oscilando, com o braço pendendo inútil, ensanguentado, dobrado em lugares onde braços não dobram.

— O que aconteceu? — perguntou Gunnar, toda a sua atenção focalizada no filho. — Onde está Rothgar?

Heather perguntou-se o que Roth, o gato que era o irmão mais velho de Mason, tinha a ver com toda aquela situação. Até onde ela sabia, ele não estava no trem. Ela não o havia visto em lugar algum e torcia, apenas pelo bem de sua própria opinião sobre ele, que não estivesse envolvido naquela insanidade.

— E onde está Fennrys, o Lobo? — prosseguiu Gunnar. — Não está em Asgard, suponho.

Asgard?, pensou Heather; seus pensamentos eram um emaranhado de incredulidade. *Ele não está falando sério. Deve ser alguma espécie de código. Ou, tipo, o nome de uma casa noturna. Ou alguma empresa de alta tecnologia. Ou...*

Ou seria aquilo mesmo?

Talvez quando Gunnar Starling disse *Asgard*, ele de fato estivesse se referindo a... Asgard.

A cada ano, um dos cursos obrigatórios da área de humanas, para todos os alunos da Academia Gosforth, era a história comparativa das mitologias do mundo. Os professores sempre levavam a matéria muito a sério, e foi por isso que Heather teve de fazer a recuperação de verão quando não conseguiu passar no penúltimo ano. Mas de repente ela ficou feliz por conhecer os deuses e as deusas, e os lugares que eles chamavam de lar. Lugares como Asgard. A tênue esperança de que Gunnar Starling tivesse usado algum tipo de metáfora esquisita começou a se desfazer em sua mente.

Não é uma metáfora. Você sabe que não é.

Mas isso era uma loucura. Não era?

Mais louco que zumbis da tempestade? Caras pelados lutando com espadas? Ou as coisas bizarras que Mason havia contado? Talvez nem tanto.

Ela sacudiu a cabeça e tentou se concentrar no que estava sendo dito.

— O que deu errado? — Gunnar continuou a disparar perguntas sobre seu filho ferido.

— *Eu* fiz o que devia ter feito — Rory balbuciou. — Peguei Mason e a trouxe até a ponte. Mas... não sei.

Ele sacudiu a cabeça, o suor brotava em sua testa. No canto oposto àquele onde Heather se encolhia, Tag Overlea mudava o peso do corpo de um pé para o outro. Parecia que mal conseguia resistir ao impulso de sair correndo pela porta.

— Roth deve ter feito tudo errado — resmungou Rory. — Ele não apareceu. Mas aquele filho da mãe do Fennrys apareceu por conta própria... — Os olhos dele se agitaram de um lado para outro. — E ele tinha uma pistola. Ele ia atirar em Mason, papai.

Heather quase protestou em voz alta, dizendo que aquilo era mentira. Depois de tudo o que Mason lhe contara, e por tudo que ela mesma sabia sobre o misterioso Fennrys, o Lobo, aquela era uma possibilidade altamente improvável. Poucos dias antes, Mason havia confidenciado a Heather que ela e Fennrys vinham se encontrando em segredo. E dizer que os dois estavam se dando bem seria, pelo que Heather sabia, um tremendo eufemismo. Era engraçado, porque Mason era a única pessoa que Heather jamais tinha conseguido decifrar. Ela sempre sabia quando as pessoas estavam apaixonadas, se já tinham se apaixonado antes e se algum dia o fariam, e por quem se apaixonariam, se já houvessem se conhecido. Mas nunca tinha conseguido decifrar Mason. Ou, aliás, Fennrys. E, ainda assim, seus instintos berravam que eles estavam se apaixonando um pelo outro, com cem por cento de certeza. Fenn jamais tentaria ferir Mason. Ele era o tipo de cara que teria morrido tentando salvá-la, antes de permitir que ela se ferisse.

Morrido como Calum. Uma pontada de dor invadiu o coração de Heather.

— O Lobo tinha uma pistola? — perguntou o Starling mais velho em voz baixa.

Rory olhou de relance para Tag, que estava com uma cor meio cinzenta e transpirava profusamente. Seus punhos estavam enterrados nos bolsos da jaqueta universitária, e ele parecia querer afundar no piso.

— Tinha — confirmou Rory. — Ele tinha. Quer saber... eu *desejaria* ter uma também.

— Mas você não tinha.

— Claro que não. Onde é que eu ia conseguir uma pistola?

Junto ao bar de latão polido e mogno, Tag de repente ficou tão agitado que parecia que uma veia iria estourar em sua testa. *Que imbecil*, pensou Heather. Menos de uma hora antes, ele tinha ficado mais do que feliz em lançar a ela ameaças não tão veladas, enquanto surrupiava charutos e mamava conhaque direto da garrafa. No entanto, agora sua valentia parecia ter-se evaporado. E a julgar por sua reação diante do que acabava de ser dito, Heather imaginou que tinha sido ele quem forneceu a arma de fogo a Rory. Ela se perguntou o que Rory teria oferecido em troca.

— Então. Ele tinha uma pistola e estava ameaçando Mason. Teria matado ela se eu não lutasse com ele e... — Neste momento, um tom de dor e horror verdadeiros tingiu a voz de Rory. — Olha o que ele fez com meu braço, papai.

Gunnar olhou impassível o ferimento. Heather tinha que admitir que era mesmo horrível os ossos do antebraço perfurando a pele daquele jeito.

Havia uma expressão febril nos olhos de Rory quando ele desviou o olhar do membro ferido para o pai.

— Mas eu tirei a arma dele. Salvei Mason, papai. Eu a *salvei*. Só que... tive que jogar Fennrys do trem para fazer isso. No entanto, quando fiz isso, já era tarde demais e a ponte estava toda iluminada. Eu sei que você queria que ele atravessasse. Eu sei. Mas eu... tinha que salvar *minha irmã*.

A voz dele falhou, lamuriosa, na última palavra.

De repente, a porta da frente do vagão se abriu, e Heather ficou chocada quando viu Toby Fortier entrar. Ela sentiu uma onda inicial de esperança. Toby era um dos mocinhos. Ele era o mestre de esgrima da academia, e mesmo sendo um sargentão no que se referia aos treinos, ele era do bem. Mas então ela viu os olhos de Toby relancearem na direção dela, afastando-se sem sequer tomar conhecimento de sua presença.

A expressão dele era fria. Dura. Mercenária.

Toby voltou toda a atenção para Gunnar Starling, e sua atitude era quase a de um soldado raso encarando um general com quatro estrelas.

Ele se postou com os pés afastados, as mãos atrás das costas, a cabeça erguida e os ombros para trás.

— Tobias? — Gunnar perguntou sem tirar os olhos de Rory, que tinha desabado de novo no tapete, de tanta dor.

Heather quase sentiu pena dele, mas então se lembrou de como ele voltara cambaleando para o vagão depois da luz ofuscante lá fora, vangloriando-se de ter acertado um tiro no sujeito que, poucas semanas antes, tinha salvado do ataque de monstros vários alunos de Gosforth, incluindo o próprio Rory.

— Diga-me, Tobias, foi isso que aconteceu? — perguntou Gunnar.

— Como é que *ele* vai saber? — perguntou Rory.

— Porque ele esteve no trem o tempo todo. Na cabine da locomotiva.

Rory começou a produzir ruídos estranhos entrecortados.

— Toby... caramba... *Você* estava conduzindo o trem?

— Toby é um membro de confiança de minha equipe — disse Gunnar. — Quando providenciei para que o trem estivesse a sua espera esta noite, não achei que também precisaria entregar a você uma escala dos funcionários de plantão.

Rory baixou os olhos, e seu olhar desviou-se para o lado. Ele fitou de uma forma tensa e maldosa o homem que até aquele instante conhecera apenas como o mestre de esgrima em Gosforth.

— Tobias, você ouviu o que ele disse sobre o confronto no teto do vagão — prosseguiu Gunnar. — Meu filho está falando a verdade?

Toby hesitou, mas apenas por uma fração de segundo. Quase imperceptível.

— Não sei, senhor. Eu estava ocupado monitorando o motor enquanto cruzávamos a ponte. Havia... alguns picos estranhos nas leituras de pressão de alguns dos sistemas hidráulicos.

Gunnar inclinou a cabeça levemente na direção do outro homem e ficou olhando em silêncio para ele.

— Posso examinar os arquivos digitais das câmeras de segurança instaladas nos vagões, se desejar.

— Faça isso.

— Sim, senhor.

Os ombros de Gunnar se moveram por baixo do manto de seu sobretudo, e ele se voltou de novo para o filho.

— Onde está Mason agora?

— Eu... eu... não sei — gemeu Rory.

Os nós dos dedos de Gunnar estalaram quando suas mãos se fecharam em punhos, e ele deu um passo adiante.

— Aí, cara! — exclamou Tag Overlea de repente, apreensivo com a tensão do momento.

O jogador de futebol americano adiantou-se e meio que se postou diante de Rory, como que para protegê-lo da ira do pai. Aquela era, pensou Heather, a coisa mais burra que ele podia ter feito. Mas era também um ato de bravura, da forma mais tragicamente estúpida possível. A expressão de Toby confirmou a impressão de Heather.

— Você precisa ficar frio, cara — balbuciou Tag em defesa de Rory. — Ele está jogando totalmente limpo com você. Boto a mão no fogo por ele, cara. Foi tudo culpa daquele motoqueiro viking maluco.

— E quem é você? — Gunnar perguntou em um tom dissimuladamente calmo.

Tag ficou em silêncio, parecendo perceber a perigosa atenção que acabava de atrair para si mesmo. Heather ficou olhando, imóvel como uma pedra, sem ousar sequer respirar, enquanto Gunnar erguia a mão e a mantinha com a palma voltada na direção de Tag, como se tentasse sentir a temperatura ou alguma mudança de pressão no ar que circundava o armador. O olhar do Starling mais velho cravou-se no rosto de Tag. Naquele momento, pareceu a Heather que o olho esquerdo de Gunnar refletia a luz de um modo estranho. Quase como um gato na escuridão. Houve um lampejo de luz verde-dourada que brilhou em um círculo, e então se foi.

O lábio superior de Gunnar ergueu-se no esboço de um trejeito de desprezo.

— Tobias, examine os bolsos de meu filho, por favor. Eu gostaria de saber se ele tem consigo alguma runa dourada que possa ter usado de forma irresponsável com este... este brutamontes.

Sem qualquer hesitação, Toby fez o que ele pediu, erguendo Rory para que ficasse em pé e apalpando-o. Virou para fora os bolsos dele, com ríspida eficiência, sem se interromper até chegar ao bolso interno da jaqueta, onde fez uma pausa. Depois de um longo momento, Toby virou-se, e Heather viu que ele tinha na palma da mão cinco pequenas peças de ouro, na forma de bolotas de carvalho. Na luz fraca do interior do vagão, elas brilhavam como se tivessem uma luz interna própria.

Toby ficou imóvel, tenso, ele nem piscava, enquanto Gunnar Starling pegava uma das peças douradas e a erguia diante do rosto. Parecia um pouco menos brilhante que as outras, mas, quando ele a aproximou de Tag, ela pareceu tremeluzir e ficar um pouco mais luminosa. Tag ergueu a mão até o pescoço, onde a gola de sua jaqueta estava meio levantada, como se escondesse algo. O olhar de Gunnar voou da bolota dourada para o filho e depois para o infeliz jogador.

— Maculada — disse Gunnar em um rosnado baixo. — Aviltada...

Heather viu as pontas dos dedos dele ficarem brancas quando ele começou a apertar a bolota.

— Como eu suspeitava. Você *é* um mentiroso, meu filho. E um ladrão — disse Gunnar, com a voz gélida e com muita calma. — E ainda por cima é descuidado.

— Rory, cara... — Tag começou a protestar. — Que diabos...

— Papai, pare. Por favor!

— Você precisa de uma lição para aprender a pensar melhor.

A peça de ouro brilhou com uma luz turva, embaçada, que se tornou vermelho-sangue.

E então explodiu.

Tag agarrou seu pescoço, alucinado, e então o peito, como se o seu coração estivesse a ponto de estourar dentro da caixa torácica. Sua boca se escancarou num grito silencioso, e seu rosto ficou roxo. Heather choramingou enquanto os vasos sanguíneos estouravam no branco dos olhos esbugalhados.

— Papai... *NÃO*.

Rory cambaleou para a frente e então desviou de qualquer maneira para não ser esmagado quando Tag Overlea caiu duro de cara no piso do vagão sem mover um músculo para evitar a queda. Ele rebotou e rolou para um lado, com os olhos vermelhos arregalados e fixos.

Ele não respirava.

O silêncio brotou do ponto onde Tag jazia, sobre o tapete, como se alguma espécie de vácuo se abrisse à volta dele. Um vazio que, apenas um momento antes, estivera preenchido com uma vida.

— Jesus, papai! — Rory finalmente conseguiu exclamar, através de dentes cerrados pela dor. — Mas que diabos? Depositei um monte de poder nesse gorila para que ele se tornasse útil. Agora ele se foi. Que desperdício!

Heather não podia acreditar no que estava ouvindo. No entanto, ela suspeitava de que Rory estivesse aterrorizado. Gunnar olhou impassível para o corpo de Tag. A fúria dele parecia ter-se dissipado, desaparecendo junto à força vital do jogador.

— Uma ferramenta fraca, deficiente, é um reflexo de quem a usa — disse Gunnar; suas palavras eram despidas de emoção. — Lembre-se disso e será possível evitar que coisas desagradáveis como esta aconteçam.

Ele baixou os olhos para os fragmentos da bolota dourada que segurava e então estendeu a mão para que Toby lhe entregasse as demais peças roubadas por Rory. Depois de recebê-las, Gunnar fechou o punho e colocou-as no bolso de seu casaco.

— E agradeço-lhe se, no futuro, deixar trancado tudo o que encontrar trancado em meu escritório. Por ora, é importante lembrar-nos que, nesta empreitada, devemos ficar unidos e mais comprometidos com nossa nobre causa do que com qualquer outro objetivo. Depositei em você uma fé enorme, Rory. E vou continuar depositando, enquanto você me der motivo. O que estamos tentando fazer, neste momento, neste lugar, é a causa mais importante à qual você poderia dedicar a sua vida. É algo que vai muito além de você. Está entendendo?

Rory engoliu com dificuldade e fez que sim, seu alívio era quase palpável. Heather sentiu na boca o gosto amargo da repugnância, enquanto via o olhar dele desviar-se do vulto caído de Tag.

— Ótimo. — Gunnar deu um suspiro pesado e passou a mão pelas bastas ondas prateadas de seu cabelo. — Talvez Rothgar possa lançar alguma luz sobre até que ponto este plano que você engendrou deu errado. E quem foi o responsável pela explosão da ponte. Enquanto esperamos, suponho que vou ter de tomar providências para que isso aí seja consertado. — Fez um gesto apontando para o braço quebrado de Rory. — Mas o problema é: mesmo que possamos contornar a destruição da Bifrost, sem Fennrys não temos como recuperar a lança de Odin.

— O que de qualquer forma pode ser irrelevante, se não tivermos Mason aqui para entregar-lhe a lança — disse Toby, baixinho.

Uma centelha de fúria brilhou nos olhos de Gunnar à menção da filha desaparecida, e Toby baixou o olhar para o piso entre seus pés. Mas não recuou. Heather foi forçada a admirá-lo por isso. Na posição dele, ela teria fugido correndo. Ela desejou poder escapar. Ocorrera-lhe, enquanto Gunnar falava, que ela não deveria estar ali. Não deveria ter visto Tag morrer. Ela não deveria estar ouvindo nada do que estava sendo discutido, mesmo que ela não tivesse a mínima ideia do que era aquilo que eles estavam discutindo. Ela não devia estar ali. Não se o pai de Mason tivesse alguma preocupação com a possibilidade de ela contar aquela história para alguém.

A conclusão lógica era que Gunnar Starling não estava preocupado... porque ele já havia decidido que Heather não teria a oportunidade de contar nada. Assim como Taggert Overlea, ela não deixaria aquele vagão de trem viva.

IV

O Deus das Mentiras fechou seu único olho são, e sua cabeça girou para o lado, de exaustão, na laje rochosa.

— Conte-me uma história — ele murmurou.

Mason sacudiu a cabeça, sem saber se havia ouvido bem.

— Como?

— Há muito tempo ninguém fala comigo. Apenas... fale comigo, Mason Starling. Conte-me uma história.

— Você acabou de me dizer para não confiar em você.

— Eu não disse que você não podia *falar* comigo. E se não sou eu quem está falando, você não precisa acreditar em qualquer coisa que eu diga, não é?

Ela não tinha como argumentar com aquela lógica. E, na verdade, agora que o choque de ver-se de repente naquele lugar estava se dissipando, Mason estava curiosa. Se o "Deus das Mentiras" de fato era o que dizia ser, então ela também sabia *quem* ele era. E ela achava que talvez ele pudesse ajudá-la a entender o que estava acontecendo. Mas teria que arrancar dele a verdade. Talvez ganhar a confiança dele, ou apenas entretê-lo por alguns instantes, fosse útil para isso, e ela achou que valeria a pena.

— Que tipo de história você quer ouvir? — ela perguntou.

— Ah, qualquer coisa. Fale-me sobre... — ele fez uma pausa.

Seu olho brilhante girava como se ele vasculhasse o ar em busca de um tema interessante. Então seu olhar recaiu sobre Mason de novo, e ele prosseguiu:

— Fale-me sobre o medalhão que você usa. Ele é seu? É um padrão muito interessante. Único...

A mão de Mason ergueu-se até o disco de ferro, e ela passou os dedos pelo intrincado padrão de nós em alto-relevo.

— Não é meu. Pelo menos não devia ser, mas talvez seja... agora.

Sua garganta travou. Ela não queria pensar no que havia acontecido com Fennrys depois que Rory atirara nele. Ele devia ter ficado ferido. *Apenas* ferido. Tinha que ser. Qualquer outra possibilidade... Ela não podia nem pensar. Mason percebeu que havia ficado em silêncio e que o homem acorrentado a observava.

— Quem o deu a você? — ele perguntou.

— O nome dele é Fenn.

O olho azul se fechou de novo, e as linhas do rosto se suavizaram, enquanto ele afastava a cabeça da tocha ardente que estava mais próxima a Mason.

— E que tipo de pessoa é esse... Fenn?

— Ele é perfeito — Mason deixou escapar, sem pensar.

Mas então ela se interrompeu surpresa com sua própria afirmação e um pouco envergonhada. Tinha certeza de que não havia planejado dizer aquilo. Pelo menos não em voz alta.

O homem preso à rocha riu baixinho.

— Com certeza não é.

Não, ele estava *longe* de ser perfeito. Estava ferido e fragilizado, e ao mesmo tempo era forte demais, teimoso demais para seu próprio bem. Era impulsivo e rude, e se enfurecia com facilidade. Mas nunca com ela.

Tinha feito coisas terríveis e estava tentando redimir-se, e só se metia em situações cada vez piores por causa disso. Ele não jogava limpo com os demais. Já tinha dito a ela, mais de uma vez, que ele não servia para nada... exceto para ela. Para Mason, ele era perfeito.

— Bem, não...

Ela podia sentir seu rosto ficando quente enquanto pensava em cada uma das imperfeições que adorava nele.

— Quer dizer, é claro que ele não é perfeito. Ele é só... Fennrys.

— Nome interessante — o homem disse baixinho, enquanto seu olhar se desviava do rosto dela.

— É...

Mason virou a cabeça de lado e olhou-o com firmeza:

— Ele foi batizado em homenagem a um deus. Bem, é mais um monstro. Sabe? *O lobo Fenris*.

— E por que alguém batizaria um filho com o nome de um monstro?

— Não sei. Talvez porque quisesse que ele fosse forte. Que estivesse protegido. Talvez não quisesse que fossem se meter com ele. Quer dizer... me diga você.

Ela cruzou os braços e esperou que ele dissesse algo. Ele continuou em silêncio e ela se inclinou para a frente, para que ele olhasse para ela de novo.

— *Você* deve saber, não é? Quer dizer... quem quer que tenha lhe dado o nome, homenageou um de seus míticos filhos monstruosos, não é... Loki?

— Ah! — O canto da boca dele curvou-se para cima. — Então você me conhece.

— Eu sei quem você é — respondeu Mason, fazendo o possível para manter a conversa num tom casual. — Eu li as histórias. Quando era pequena, leram para mim. — Ela deu de ombros. — E, em meu estado atual de psicose, ou de pesadelo, ou induzido por alguma substância farmacêutica, ou o que quer que seja, eu meio que reconheço o cenário. As correntes, a serpente... o comportamento supercharmoso.

— Você me envaidece — disse Loki, o deus trapaceiro dos nórdicos, abrindo o olho e sorrindo para ela.

Travesso, definitivamente charmoso, mesmo com apenas meia face, ele seria o engenheiro-chefe de um eventual fim do mundo. O arquiteto de Ragnarök. Pelo menos de acordo com os mitos.

— E outra. Esse lance de Deus das Mentiras... Foi meio óbvio. Se bem que suponho que você poderia estar... você sabe... mentindo. De qualquer maneira, tudo bem. Eu não acredito mesmo que você seja real — disse Mason.

— Por que não? — perguntou Loki. — Porque se eu fosse real, e estivesse mesmo neste lugar, então isso significaria que você também está aqui? Neste lugar?

— É este o ponto. Eu não acredito que estou aqui — respondeu Mason. — Acho que aconteceu algo comigo, algo ruim. Acho que talvez eu esteja só tentando aceitar isso.

Loki riu; uma risada calorosa, contagiante.

— Essa é uma resposta tão passiva, Mason... Se eu fosse você, pegaria essa espada que combina tanto com você e a usaria para abrir caminho à força para fora daqui.

Mason devolveu-lhe o sorriso, sem poder se conter, mas sacudiu a cabeça e afrouxou os dedos que seguravam o cabo da rapieira. Não tinha percebido a força com a qual a apertava.

— Certo, tudo bem... — ela disse. — E só porque você sugeriu isso, é altamente improvável que eu o faça.

Loki fez uma cara engraçada de desconsolo.

— Você não confia mesmo em mim.

Mason resmungou.

— E eu deveria?

— Ah, creio que não.

Ele virou a cabeça de um lado para o outro sobre a laje áspera de pedra. Parecia que a dor das feridas causadas pelo veneno estava diminuindo. De fato, parecia que ele sarava aos poucos, diante dos olhos dela.

— Sou o mestre das mentiras. Pelo menos de acordo com o assessor de imprensa de Odin. Maldito arrogante! Que os ventos de Jotunheim congelem aquele traseiro branquelo e estraçalhem sua alma para que seus corvos infernais se empanturrem. *Meu* olho crescerá de novo, seu maldito! – ele gritou para ninguém. – Está ouvindo?

– Uau. – Mason se surpreendeu com o arroubo súbito de hostilidade bem-humorada. – Você está meio irritado, não é?

– E eu não tenho motivo?

As correntes tilintaram.

– Acho que tem.

Mason levantou-se e sentou-se na beirada da laje de pedra à qual Loki estava acorrentado. Se ela ia ficar ali, de conversa mole com aquele deus desprezível, criador de encrenca e difícil de lidar, seria melhor que ela ficasse mais confortável.

Era engraçado, mas alguma coisa naquela situação toda fazia com que ela se recordasse das primeiras conversas, totalmente surreais, que tivera com Fennrys. Aquele pensamento, e de fato qualquer pensamento sobre Fenn, a aquecia. De qualquer maneira, havia alguma coisa em Loki que ela meio que... gostava. Achava atraente. E, de qualquer modo, ela não conseguia pensar em nada mais para fazer naquele momento em particular.

– Onde está o lobo de verdade? – ela perguntou, meio preocupada com a possibilidade de que o lobo gigantesco, devorador de deuses, a quem Fenn devia o nome, pudesse estar preso ali perto.

De acordo com os mitos, o lobo Fenris deveria permanecer preso por correntes inquebráveis até que Ragnarök começasse a se desenrolar.

– Meu filhote monstruoso e terrível? – perguntou Loki, com uma risadinha. – Posso dizer, com toda a sinceridade, que não sei. Houve uma época em que eu sabia. Podia ouvir seus gritos e suas lamúrias, enquanto ele lutava contra as correntes e eu tentava sussurrar palavras reconfortantes para que ele ouvisse. Pobre filhote... Eu podia sentir sua angústia em meus ossos. Mas já não sinto. Talvez seja porque eu já estou aqui há tempo demais.

Ele olhou para Mason, com um olhar penetrante.

– O que você acha, Mason?

– Acho que, se você está tentando me convencer a ajudá-lo a escapar, está batendo na porta errada.

Loki riu.

— Por que você diz isso?

Mason sacudiu a cabeça confusa.

— Você não está aqui porque quer destruir o mundo?

— É isso que andam dizendo?

— Você sabe que é. E eu acho que eles estão certos. E que você ainda não abandonou a ideia. Quer dizer, acho que você está bem-disposto demais para quem está tendo o rosto corroído constantemente.

Ela notou que, de fato, o outro olho dele parecia de algum modo ter-se reconstituído sozinho. Ainda era de um azul leitoso, e ela não conseguia distinguir a pupila, mas pelo menos havia um olho na órbita.

— Sua atitude é muito reveladora — ela disse, por fim.

— O que ela revela?

— Que você sabe de algo. — Mason deu de ombros. — Que você não vai ficar aqui para sempre. Que você planeja algum tipo de fim de jogo.

— Talvez eu só esteja resignado com meu destino.

— Eu não caio nessa.

— Sabia que eu já tive uma esposa... uma delas, ao menos... que ficava esperando e escoava o veneno da víbora com uma tigela para não deixar que caísse em meu rosto?

Mason preferiu a mudança de assunto. Tinha certeza de que não ia arrancar de Loki nada que ele não quisesse contar-lhe.

— O que aconteceu com ela?

De novo ele encolheu o ombro.

— Ela se foi. Todos se foram. Não tenho visto nenhum dos Aesir em... ah, muito tempo. Não tenho certeza de quanto. Sei que alguns ainda estão por aí, esperando que o destino os deixe em paz e dê início ao Ragnarök. Heimdall, por exemplo... Ele se acha tão superior, mas é tão... Ah, qual é o termo?

— Babaca?

— Ha! — A risada de Loki ecoou pelas paredes da caverna. — Gostei disso. Gosto de você, Mason Starling.

Mason baixou a cabeça. Ela não sabia como reagir ao elogio de um deus. Era um pouco constrangedor. Especialmente levando em conta que Loki era declaradamente do mal.

— Também gosto de você — ela disse, um tanto surpresa com aquela admissão. — Você parece alguém que não... hã...

— Que não o quê?

A garganta de Mason estava travada de emoção.

— Alguém que não desistiu.

Ele estendeu a mão algemada, e seus dedos tocaram os dedos dela de leve.

— Não desisti — ele disse e apertou a mão dela com suavidade.

— Então por que você iria desejar algum dia libertar-se de um pesadelo só para poder criar outro ainda maior? Qual o sentido disso?

Loki suspirou e se ajeitou. A pedra fria sob suas costas devia ser imensamente desconfortável. Ela não sabia como ele podia suportar. Mas ele de fato não parecia alguém que quisesse ver o mundo todo arder em chamas apenas porque isso estava previsto em uma profecia idiota.

— Mason, eu me entedio comigo mesmo. Vamos falar de outra coisa.

— Tudo bem.

Estava bem evidente que ele não podia ou não queria falar sobre a grande profecia mítica de Ragnarök. Então ela decidiu mudar sua abordagem. Soltou a mão dele e saltou da laje de pedra.

— Que tal falarmos sobre como eu posso sair daqui?

— Infelizmente não posso ajudar muito quanto a isso — respondeu Loki, pesaroso. — Sobretudo porque não sei o caminho. Ninguém nunca se preocupou em me indicar os caminhos de saída. Devem ter imaginado que eu jamais teria a chance de usá-los. Ou não queriam facilitar as coisas para mim, caso eu a tivesse.

— Acho que eu meio que entendo — assentiu Mason. — Pela perspectiva deles, digo.

Loki moveu a cabeça para olhá-la de novo, desta vez com dois olhos penetrantes e azuis como o céu, brilhantes como pedras preciosas. Lindos. E havia neles uma honestidade surpreendente, feroz, quando ele disse:

— Eu não escrevi as histórias, Mason. Nunca sequer as *li*. Você consegue acreditar nisso? Não sei o que as pessoas dizem de mim. Sobre o que eu fiz. O que *farei*. De modo que não posso realmente dizer que acredito em uma palavra delas.

— O quê...

Mason estava chocada com o que ele acabara de dizer. Ela organizou os pensamentos e tentou de novo:

— Você não acredita que será a razão pela qual o mundo algum dia vai terminar num cataclismo de gelo e fogo? Que hordas de mortos-vivos e gigantes de gelo e demônios de fogo, e todo tipo de monstros, em especial seu "filhote", como você o chama, vão provocar o caos e a destruição da humanidade? E que você vai fazer isso só porque... porque está em sua natureza? Porque é bem isso o que dizem de você.

Loki não disse nada para refutar as palavras dela.

— É isso mesmo? — Mason suspirou e olhou-o de rabo de olho enquanto ele permanecia em silêncio. — Não vai dizer nada?

— Se você já está convencida de que sou um mentiroso, e você me pergunta se é a verdade, vai acreditar em mim se eu disser que não? — Ele deu um sorriso triste. — Melhor não dizer nada do que dizer uma verdade na qual você não vai acreditar.

Houve um som súbito, como se fossem pedrinhas caindo no instante prévio a um deslizamento de rochas. Vinha de algum ponto acima da cabeça de Mason, e ela olhou para cima bem a tempo de ver os olhos frios e brilhantes da serpente virados como dois faróis na direção dela. E na direção do vulto indefeso de Loki, cuja expressão oscilava entre a resignação e o medo.

De repente, uma onda de fúria se abateu sobre Mason. O mesmo tipo de névoa rubra que se apossou dela quando, ao lado de Fennrys, lutou contra os *draugr* em um café à beira do rio, em Manhattan. Sem parar para pensar, ela sacou a rapieira de sua bainha e saltou para a laje de pedra ao lado de Loki. Gritou furiosa, ensandecida, para a criatura vil e, atacando da forma como Fennrys lhe ensinara, arremeteu contra a serpente, enterrando a ponta da espada em um de seus olhos horrendos.

A serpente emitiu um guincho estridente e furioso, como o som de unhas arranhando um quadro-negro, e recolheu a cabeça, contorcendo-se com violência enquanto se retirava para sua fenda.

Quando Mason parou de berrar a plenos pulmões, percebeu que Loki estava rindo, um som vigoroso e modulado, delicioso, que a fez sorrir em meio a sua fúria e a seu pânico cego. Ela pulou de novo para o chão e se apoiou trêmula à borda do leito de pedra. A lâmina da rapieira estava banhada com um sangue esverdeado, e ela usou a ponta esfarrapada da capa de Loki para limpá-la com todo o cuidado. Enquanto a risada dele cessava, ela sacudiu a cabeça, afastando com um braço o cabelo negro do rosto, e encarou o deus aprisionado.

— Me desculpe, você provavelmente vai pagar por isso mais tarde — disse ela, cheia de remorsos.

— Não se desculpe. Aquilo? — Ele acenou a cabeça na direção do lugar por onde a serpente desaparecera. — Valeu a gota extra de veneno com que ela vai me presentear da próxima vez.

— Sabe... você está enganado sobre ser o único por aqui.

— Sério? Você teve algum contato social desde que chegou?

— Encontrei uma mulher.

— Parece promissor. Gosto de mulheres — disse Loki, com um sorriso despreocupado.

— Ela disse que era minha mãe. Yelena Starling.

— Ah... — O sorriso desapareceu. — Você acreditou nela?

— Ela também disse... que era uma rainha aqui.

— Bem, Yelena Starling é as duas coisas. Ela é sua mãe por natureza... e é Hel, uma deusa sombria e terrível, rainha de Helheim, também chamado de Hel, por obra *minha*. Eu gosto muito dela.

A voz dele era suave e seu olhar era gentil ao olhar para Mason. Então ele desviou os olhos e disse:

— Você tem os olhos e a beleza dela.

— Não entendo. Os mitos dizem que Hel é sua filha.

— Eu já lhe disse. Não li essas histórias. Sobretudo porque elas tendem a contar tudo errado. — Ele deu um suspiro de frustração. — Eu transformei Yelena, dando-lhe o poder de Hel, pouco tempo depois de sua chegada a este lugar. Assim, de certa forma, creio que ela é uma criação minha. Uma filha espiritual, se preferir. — Ele sorriu. — Não se preocupe, Mason. Não sou seu avô.

Mason não sabia se ficava aliviada ou desapontada. Ficou imaginando como seria ter o sangue de um deus correndo por suas veias e, de repente, sentiu-se cheia de perguntas. E com o desejo de saber do que Loki estava falando ao referir-se a sua mãe. A mulher que ele descreveu... parecia ser a mãe que ela teria gostado de conhecer. Ela estava louca para saber o que havia acontecido entre eles.

Mas, de repente, o chão começou a tremer de novo, como havia acontecido momentos antes de a terra se abrir e engoli-la. Loki olhou-a no rosto de novo, com seus olhos azuis cristalinos cheios de ansiedade.

— Você deve ir embora agora, bela Starling. Lembre-se de tudo que eu lhe disse.

Mason agarrou-se às bordas da plataforma de pedra, enquanto esta balançava.

— Você está sabendo que não disse lá muita coisa, não é?

— Então não deve ser tão difícil de lembrar, certo? — ele a interrompeu de forma brusca.

Mason olhou-o espantada, mas então surgiu, na face rochosa à sua frente, uma fissura com a forma de um raio, uma fenda irregular, ramificada, que dividiu em duas a rocha, arremessando farpas afiadas pelo ar. A rocha se abriu com um estrondo e surgiu um grande buraco. E a mulher alta de cabelos escuros saiu de lá de dentro.

— Mason! — Ela estendeu a mão, uma expressão de pânico endurecendo-lhe as feições. — Filha, venha para mim! Você corre um perigo terrível!

— Está se referindo a mim? — engrolou Loki. — Assim você me magoa...

— *Fique quieto*, seu trapaceiro!

Mason ficou olhando de um para o outro. Ela não estava conseguindo entender a situação. Não depois de Loki dizer o quanto gostava de Yelena. Era evidente que, se algum dia o sentimento havia sido mútuo, com certeza já não era mais.

— Mason, ele é um mentiroso. O que quer que tenha dito a você, não acredite nele. Ele não pode ajudá-la. Eu posso levar você para casa. Juntas, vamos consertar tudo.

— Bem, colocando desse jeito... — a voz de Loki estava carregada de desprezo. — *Parece* que é melhor que você faça o que *ela* diz, bela Starling.

Mason franziu as sobrancelhas para o assim chamado deus trapaceiro e recuou um passo. Ela não podia ter certeza, mas achou que Loki tinha dado uma inflexão estranha, intencionalmente, às palavras "parece" e "ela", fazendo-a pensar que ele estava tentando dizer-lhe alguma coisa. Alguma outra coisa. Claro... Será que importava de fato o que ele lhe dizia? No fim das contas, Loki era um mentiroso. Não era?

E ele queria destruir o mundo. Não queria?

A mulher ergueu a mão, acenando com insistência para que Mason fosse até ela.

Não. Não é "a mulher", censurou-se Mason. *Ela é sua mãe.*

Ela é Hel.

Mason olhou pela última vez para o deus aprisionado, por cima do ombro, enquanto caminhava em direção a sua mãe. Esta a esperava no início de um caminho que subia por entre um cânion estreito, imerso em sombras. Mason não havia notado aquele caminho enquanto estivera conversando com Loki, embora estivesse olhando direto para ele. Teve a impressão de que, naquele lugar, nada se revelava de bom grado ou sem um motivo.

O deus trapaceiro tinha um olhar firme, plácido, cravado como um raio *laser* na mãe de Mason. Como um farol azul radiante, varreu-a da cabeça aos pés. Loki abriu a boca e pareceu estar a ponto de dizer algo. Mason hesitou, imaginando se devia ficar e ouvi-lo.

Yelena — Hel — percebeu sua hesitação e murmurou:

— Ele mente. Sou sua mãe, e ele é um mentiroso.

O olhar de Loki endureceu, e Mason percebeu que ele tinha ouvido. Porém a boca dele se fechou e ele recostou a cabeça na laje de pedra, virando o rosto para o outro lado.

Melhor não dizer nada do que dizer uma verdade na qual não vão acreditar.

Mason sentiu uma pontada de piedade, mas ainda assim virou as costas e foi até sua mãe. O material escuro do manto de Hel pendia de seu braço estendido como a asa de um corvo, e Mason viu que por baixo dele a mulher usava um vestido longo azul, da cor de seus olhos de safira. Da cor de seus olhos... e dos olhos de Mason, sua filha. Uma bolsa prateada pendia do cinto largo e ornamentado que circundava sua cintura estreita, parecendo ser feita de pele de foca. Ela também usava uma pesada corda dourada atravessada no corpo, da qual pendia, em seu quadril, um chifre recurvo, cor de osso e decorado com uma elaborada filigrana trançada de ouro. Ela parecia uma rainha.

E estava esperando que sua única filha se aproximasse para um abraço com o qual Mason sonhara durante toda a vida, sempre sabendo que jamais aconteceria. Sua mãe Yelena, a amada esposa de Gunnar Starling, morrera dando à luz a Mason, e a garota sempre carregara no coração aquela pequena culpa secreta. Sempre ansiara por conhecer a mulher sobre a qual o pai falava com tanta ternura e devoção. E agora ali estava ela, esperando que Mason viesse para seus braços. E assim Mason deixou Loki para trás e avançou, determinada a não olhar para trás enquanto a mãe vinha em sua direção e envolvia o manto em torno dos ombros da filha.

Ela deu as costas para o deus acorrentado e, seguindo os passos da mãe, deixou-o lá sozinho.

V

—Quanto tempo você acha que ele vai ficar aí deitado sentindo pena de si mesmo? – perguntou uma voz na escuridão.

A voz familiar era masculina, cheia de sinceridade e de um bom humor irônico que davam mostras tanto de preocupação quanto de impaciência.

Fennrys tentou ignorá-la, mas não conseguiu. A música que vinha de outro aposento mantinha-o desperto. A voz rouca que cantava, do tipo "cigarro e uísque", envolveu a mente de Fennrys e a trouxe de volta, afastando-a da beira do abismo. Ele lutou contra o fascínio daquele som, não querendo outra coisa senão afundar de volta no nada, onde cada molécula de seu corpo não pulsava com a dor surda, violenta, que parecia corroer o mais profundo de seu ser. Mais do que isso, ele queria fugir da dor em sua cabeça – e em seu coração – que emanava da certeza de ter falhado outra vez. Falhado por não ter protegido Mason. Falhado por não salvá-la.

Os músculos de seu rosto devem ter se contraído, porque a voz falou de novo.

— Tá legal. Vamos lá, Feio Adormecido. Pode ir levantando...

Fennrys sentiu que alguém cutucava seu pé. E de repente ele reconheceu as duas vozes que ouvia. Quem cantava era uma garota, na verdade uma sereia, chamada Chloe. A outra, a voz irritante que arrancara Fennrys de sua abençoada inconsciência, pertencia a um antigo, na falta de uma expressão melhor, colega de trabalho. Fennrys entreabriu um olho e olhou sonolento para o jovem, cujo nome era Maddox Whytehall e que costumava ser um dos guardas Jano, junto com Fenn. No passado, eles tinham sido treze, guardiões do portal entre o reino mortal e o Reino de Faerie — Reino das Fadas. Fennrys viu que Maddox ainda usava ao pescoço o medalhão de ferro que o identificava como um guarda Jano. Era como o de Fenn, mas com símbolos diferentes, só seus.

O medalhão de Fennrys havia desaparecido junto com Mason Starling, quando ele a perdera na ponte Bifrost. Ele ouviu a si mesmo gemendo de dor ao pensar nisso.

— Aí está ele! — disse Maddox, alegremente. — Bem a tempo para o grande final...

Ele acenou com a mão, e Fennrys abriu o outro olho e então viu mais alguém parado ao seu lado. Percebeu que estava deitado, sem camisa, sobre o que parecia ser uma longa mesa de banquete, em um salão mal iluminado. Devia ser alguma sala dos fundos de uma casa noturna ou um restaurante, a julgar pelas cadeiras e toalhas de mesa empilhadas, e pelas prateleiras repletas de castiçais de vidro vermelho e pilhas de pratos. A pessoa que estava ali em pé, alta e de feições pouco atraentes, pertencia ao Povo das Fadas. Fennrys o reconheceu rapidamente.

Webber era um dos *Ghillie Dhu*, uma raça de *Fae* — Fada — com certas habilidades desconcertantes. "Webber" não era seu nome verdadeiro. Na verdade, era seu apelido por causa das membranas iridescentes que ele tinha entre os longos dedos das mãos. Mãos que, naquele exato momento, ele estava pressionando contra o ferimento no ombro de Fennrys. O fluxo de sangue havia diminuído e se transformado num filete escuro e lento, graças à magia restauradora de Webber.

Fennrys virou a cabeça de lado e ficou olhando, com um fascínio distanciado, enquanto uma pequena bola toda amassada de metal cinzento ergueu-se de seu ombro, com um barulhinho de sucção. Ela passou entre as pontas dos dedos de Webber, pairou no ar por um instante e então, sob o olhar de desdém dele, vaporizou-se com uma centelha de luz e uma nuvenzinha de fumaça pungente.

— Ta-ram! — festejou Maddox com um sorriso.

— Os humanos e seus brinquedinhos horríveis — resmungou Webber, suas feições meio caprinas contorcidas de desprezo. — Coisa de bárbaros. Terminei de cuidar dos danos. Não consegui fazer muita coisa quanto ao veneno dos cães-do-mar de Scylla, mas é provável que ele só lhe proporcione um gosto de coentro na boca por algumas horas. Horrível, claro, mas não há nenhum risco real de morrer disso.

Ele baixou os olhos para Fennrys e sorriu. Fenn notou que havia um traço de cansaço, ou talvez de preocupação, em seu rosto. No entanto, o curandeiro *Fae* fez um aceno brusco de cabeça e, com outro passe de suas mãos longas e dotadas de membranas, uma onda de insensibilidade passou pelos ferimentos de Fennrys, anestesiando a dor o suficiente para que ele conseguisse se sentar.

— Ah, ótimo — disse Rafe, seco, postado junto a uma cortina de veludo vermelho que pendia diante de uma porta. — Eu odiaria que você fosse a primeira pessoa a de fato morrer em meu estabelecimento.

Fennrys olhou ao redor pelo aposento.

— Esta é sua casa noturna? — ele perguntou.

Rafe fez que sim.

— Bem-vindo ao Obelisco — Rafe disse.

Então ele ergueu uma sobrancelha e olhou para o curandeiro *Fae* e perguntou:

— Tem certeza de que ele não vai morrer? Ele tá com cara de que vai.

— Não, não — respondeu Webber, limpando as mãos uma na outra. — Tudo deve entrar nos eixos agora. Pelo menos o suficiente para ele sair e tentar de novo ser morto...

— O que aconteceu?

Fennrys sentou-se devagar e deixou as pernas penderem na lateral da mesa. Passou a mão pelo rosto. Seu cérebro parecia feito de algodão, seus pensamentos estavam confusos. E de fato a boca tinha gosto de quem andara comendo em algum restaurante mexicano barato.

— Você levou um tiro e caiu de um trem — Maddox informou-lhe animado, enquanto estendia a mão para ajudar Fennrys a ficar em pé. — Então a ponte onde vocês estavam explodiu. E aí você lutou com um monstro marinho. Bem, até onde sei, foi só isso.

— Certo — Fennrys concordou com um aceno rígido de cabeça.

Aquilo parecia estar de acordo com suas próprias impressões dos eventos da noite. E com as várias dores por seu corpo. Ele gemeu e girou o ombro são. Ainda usava seus *jeans* e botas, mas eles obviamente tinham precisado cortar sua camisa para que Webber pudesse agir.

— Onde está Roth Starling? — perguntou, lembrando-se de que não havia visto o irmão mais velho de Mason desde os instantes anteriores à explosão da ponte.

Ficou imaginando o que lhe haveria acontecido, se estaria bem, ou se teria sofrido um destino como o de Cal Aristarchos. Torcia para que fosse o primeiro caso. Ele sabia o quanto Mason gostava de Roth.

Rafe colocou o copo de volta no balcão.

— Depois de me ajudar a descer você da ponte, ele se foi para ver se conseguia encontrar o pai e fazer um controle de danos. O velho vai querer saber o que exatamente aconteceu com sua garotinha, e por que sua ponte para Asgard de repente virou fumaça.

— Imagino então que ninguém sabe quem poderia querer destruir a ponte.

— Nem uma pista. — O deus ancestral sacudiu a cabeça. — Bem... exceto todos que sabiam que ela era, na verdade, um portal secreto para outro reino... e que não necessariamente quisessem que qualquer um a usasse para ir até lá. Penso eu.

— Não teria feito mais sentido, nesse caso, explodi-la *antes* que alguém decidisse usá-la como Bifrost?

Maddox e Rafe encolheram os ombros.

— Certo. — Fennrys desceu da mesa e ficou em pé.

— Onde você está indo?

— Preciso encontrar Mason.

Rafe apenas ergueu uma sobrancelha para ele, enquanto ele oscilava um pouco, desequilibrado.

— Espere... — Maddox estendeu a mão por trás dele e pegou algo em um aparador e entregou a Fennrys.

Era uma faca. Mais uma espada curta, na verdade. Tinha empunhadura simples, mas o cabo era robusto. Conhecendo Maddox, a lâmina sem dúvida era tão afiada que ele poderia usá-la para se barbear. Estava aninhada em uma resistente bainha de couro, que podia ser pendurada no cinto e amarrada à perna para facilitar o movimento, caso fosse necessário. E foi o que Fennrys passou a fazer imediatamente.

— Achei que você poderia precisar de um empréstimo. Rafe me contou que você deixou sua arma enterrada até o cabo nos miolos de um monstro.

— É, deixei — Fennrys resmungou enquanto atava os tirantes com firmeza acima do joelho. — Eu gostava daquela faca.

Ele checou a bainha, para ter certeza de que a faca estava bem presa, mas pronta para ser sacada.

— O que você está fazendo aqui, Maddox? — perguntou Fennrys.

— Foi meio que uma feliz coincidência, na verdade.

O outro guarda Jano encolheu os ombros.

— Chloe tem se apresentado aqui, e vim para ouvi-la cantar. Quando Rafe chegou carregando sua carcaça maltratada, ele me perguntou se eu poderia encontrar alguém para tratar de você. Então fui até o reservatório, onde fica o santuário de Faerie no Central Park, e encontrei Webber.

– Obrigado.

Fennrys estava grato e um tanto surpreso. Ele e Maddox nunca tinham sido muito chegados. Mas até aí, Fennrys nunca tinha sido chegado a nenhum dos outros guardas Jano.

– Legal ver você de novo, Madd – disse Fennrys.

– É, igualmente. – O jovem alto, loiro, com fisionomia aberta e sincera sorriu. – *Surpreendente*, sabe... depois de você ter morrido e coisa e tal. Mas legal.

Fennrys notou que Maddox olhava para o ponto onde a bala entrara em seu ombro; o ferimento ainda era de um rosa vivo, mas estava cicatrizando rapidamente. Fenn manteve-se imóvel enquanto o olhar experiente de Madd percorria as perfurações dos dentes de Scylla, avaliando-as. E então sobre os hematomas e vários locais esfolados que estavam espalhados pelo corpo, a maioria deles adquirido na queda do trem. Maddox estremecia de leve ao observar cada ferimento, mas seus olhos se estreitaram e suas sobrancelhas se juntaram quando notou as cicatrizes, tanto recentes quanto antigas, que circundavam os pulsos de Fenn.

– Então, cara... – O guarda Jano sacudiu a cabeça. – Pelo que vejo, você passou por algumas aventuras enquanto andava por aí.

– Pode-se dizer que sim, eu acho – murmurou Fennrys.

– Você nunca foi muito de meio-termo, não é?

Fennrys suspirou e deu um sorriso cansado e desanimado.

– Se tivessem me dado uma chance, talvez eu fosse. Mas duvido muito.

– Com certeza – riu Maddox.

Um instante de silêncio prolongou-se entre os dois, e então Fennrys perguntou:

– Como está... todo mundo?

Maddox olhou-o fixamente e disse:

– Todos estão bem. Felizes. Ocupados. A maioria agora está de volta ao Outro Mundo. Reforçando as defesas.

Fennrys franziu as sobrancelhas.

– Por que precisam fazer isso?

– Por causa da fenda que se abriu entre os reinos. Tem havido... incursões. – Maddox encolheu os ombros. – Você se lembra da ilha *North Brother*?

Como Fennrys poderia esquecer? Era o lugar onde ele havia morrido. Um pedaço desolado de rocha que no passado aflorava no meio do East River e que na realidade podia ser avistado da ponte Hell Gate. Ele tinha sido transformado em um portal, uma passagem entre reinos, por um rei louco de Faerie. Um rei a quem Fennrys havia ajudado... e que depois ajudara a matar.

– Achei que tínhamos deixado um buraco no lugar onde a ilha costumava estar.

– E deixamos – disse Maddox, seco. – Ela cresceu de novo. E está se transformando num ponto de magia muito perigosa.

Fennrys ergueu uma sobrancelha para ele, e Maddox estendeu a mão, na defensiva, dizendo:

– Caramba, não me peça detalhes. É só isso que eu sei. Eu e alguns outros ficamos deste lado. Mas Faerie está interrompendo o contato com o reino mortal por enquanto. Apenas no caso de...

– Apenas no caso de quê?

– Caso o reino mortal... chegue ao fim.

– Ah, *qual é*? – Fennrys fez pouco caso. – Você acha que tem alguma chance de isso acontecer?

– Diga-me você.

Fennrys não tinha de fato como responder. Pelo que sabia, sim, havia uma boa chance. Ele não ligava. Mesmo que o céu desabasse ou os mares fervessem, ele só tinha uma coisa em mente. Encontrar Mason e trazê-la de volta para casa.

– Agora que eu tenho uma arma, alguém poderia me dar uma camisa extra? – disse Fenn fazendo careta. – Não quero pegar alguma doença e morrer. De novo.

Rafe suspirou e então saiu do lado da porta que tinha uma cortina. Foi até um armário na parede onde havia uma coleção do que pareciam ser camisetas promocionais de várias marcas de cerveja e de bandas de jazz. Ele pegou uma camiseta preta com o logo da cerveja Blue Moon nas costas e jogou-a para Fennrys. Fenn lembrou-se de como Mason havia apresentado a teoria de que ele era um lobisomem, e como tal teoria era baseada em parte no fato de ele manifestar uma preferência por aquela marca de cerveja em particular. Aquilo tinha sido dias antes de se encontrarem com Rafe, que na verdade era Anúbis, e *na verdade* um lobisomem. Parecia um passado longínquo. No entanto, fazia apenas alguns dias.

Fennrys agradeceu com um aceno de cabeça à divindade egípcia e vestiu-se. Sentiu apenas uma leve dor no ombro ao puxar para baixo a camiseta. Webber tinha feito um bom trabalho.

De repente, sentiu um ronco baixo e sonoro que vinha de algum lugar profundo, abaixo deles. Mais fundo do que os túneis do metrô, *muito* mais fundo. Os suportes das luzes balançaram, e toda uma pilha de pratos começou a tremer e mover-se, trepidando em direção à borda da prateleira, de onde despencou e se espatifou no chão, com um estrépito ensurdecedor. O piso do restaurante parecia estar vivo, então surgiu uma criatura de costas largas que corcoveava e se contorcia, tentando arremessá-los para longe. Do salão principal da casa de jazz, os sons da banda se misturaram de um jeito maluco, até silenciarem de um modo dissonante, e alguns dos clientes começaram a berrar alarmados.

As luzes opacas acima deles se apagaram por completo e, exceto pelas velas nas mesas, todo o clube mergulhou em escuridão. Durou apenas um instante, e então o ronco parou e as luzes piscaram oscilantes e voltaram à vida. À luz das luminárias nas paredes, Fennrys notou que Webber tinha no rosto uma expressão de profunda preocupação. Seus olhos estavam superarregalados e fixos em Fennrys, ele nem piscava.

— Você tem precognição — disse Fennrys. — Lembro-me de que me contou isso, faz tempo... que você pode ver o futuro. O que você vê?

Webber ergueu a mão.

— Eu posso ver... fragmentos. Em geral por acidente. Ao menos, eu costumava ver, mas atualmente tudo está mudando tão depressa que, mesmo que eu quisesse, duvido muito que fosse capaz de dizer algo relevante sobre o que está para acontecer.

– Sério? Então por que é que, cada vez que acha que não estou olhando, você fica com os olhos grudados em mim, como se eu fosse um cachorro com raiva, que você devia sacrificar em vez de tratar e depois soltar da jaula? – Fennrys perguntou.

– Ei, não tenho nada pessoal contra você – disse Webber. – Na verdade, o que eu acho é que o que você fez, esse lance das Valquírias e tudo o mais, salvando a vida de Herne e sacrificando a sua própria, é algo muito louvável.

– Mas agora o que você mais gostaria é que eu tivesse continuado morto depois, certo?

Webber suspirou e suas sobrancelhas desgrenhadas se uniram em uma carranca furiosa.

– Eu odeio profecias. *Odeio*. Elas nunca se tornam realidade da forma como as pessoas esperam, e no instante em que alguém ouve uma, começam todos a correr de um lado para outro, como idiotas, fazendo de tudo para garantir ou impedir que algo ocorra. E invariavelmente a profecia tem o efeito exatamente oposto do que estão tentando fazer com que aconteça. É uma frustração absurda. É por isso que faço tanta força para *não* ver o futuro. Não quero ver nada. E quando eu vejo, não conto às pessoas o que vi sobre elas.

– Sem exceções?

Webber ficou em silêncio por um longo instante e então sacudiu a cabeça.

– Não tenho que abrir uma exceção para você, Fennrys, o Lobo. Eu *não* vejo você no futuro.

VI

A capa com que sua mãe lhe envolveu os ombros era pesada e espessa, mas ainda assim Mason não conseguia parar de tremer. Calor algum emanava de Hel enquanto ela conduzia a filha em uma direção que Mason nem sequer entrevia. A sua volta tudo era igual, de uma homogeneidade assustadora, mas parecia que sua mãe sabia exatamente para onde ir, e assim Mason seguiu ao lado dela, tropeçando, sem ver direito, pelo que pareceram horas.

Por fim, Mason notou que a paisagem subterrânea tinha começado a mudar. De forma sutil a princípio, quase como os cenários que se transformavam em seus sonhos, e então tudo a uma só vez. As rochas irregulares, pontiagudas, haviam dado lugar, de repente, a um caminho sinuoso e desimpedido, e a uma vastidão escura, estrelada, que se estendia por sobre suas cabeças – Mason, porém, tinha certeza absoluta de que elas não haviam saído da caverna. Penhascos íngremes erguiam-se a um lado do caminho e precipitavam-se em abismos sem fim do outro lado.

Os passos de Mason começaram a oscilar quando o cansaço ameaçou finalmente vencê-la, mas sua mãe a forçou a prosseguir, segurando-lhe com mais força os ombros doloridos. Sombras profundas cruzavam as laterais altíssimas dos rochedos, e Mason tinha quase certeza de poder sentir que olhos a observavam, a partir das fendas escuras.

Ela se deteve, cansada de não saber o que estava acontecendo. Aquela mulher sombria e severa poderia ou não ser sua mãe, mas ela não ia simplesmente segui-la calada montanha acima, sem saber o que a aguardava quando chegassem ao alto. O manto caiu de seus ombros, enquanto a mãe prosseguia pelo caminho.

— Diga-me para onde estamos indo — disse Mason.

A mãe se virou e lançou-lhe um olhar fixo, sem pestanejar. Houve uma longa pausa, até que por fim Hel respondeu:

— Asgard. Para o grande palácio de Valhalla. Lá encontraremos a lança de Odin.

— Por quê?

— Porque Bifrost foi destruída, e você precisa encontrar um meio de voltar para casa.

— E... uma *lança* pode fazer isso?

— Uma lança com magia pode — respondeu Hel, seca, diante do ceticismo de Mason. — A lança de Odin pode fazer muitas coisas. Transitar entre os reinos é uma delas. Então, você quer ir para casa?

Mais do que qualquer outra coisa, pensou Mason, e ficou quase chocada com a intensidade de seu desejo de deixar para trás a mulher sombria que tinha agora a seu lado. O que havia de errado consigo mesma? Durante toda a vida desejara ter conhecido sua mãe. Então por que reagia agora como se ela fosse uma completa desconhecida? E perigosa, ainda por cima.

Você devia ter vergonha de si, pensou.

Sua mãe estava morta. Por sua culpa. Quem poderia saber que tipos de tormentos teria suportado neste lugar? Mason respirou fundo e tentou encontrar, em algum lugar dentro de si, uma centelha de compaixão. Depois de um longo instante, encontrou-a. Mas foi apenas por ter pensado de passagem no pai. De repente, ela conseguiu imaginar qual seria a expressão do rosto de Gunnar se de algum modo ela conseguisse encontrar uma forma de levar de volta para ele sua amada Yelena.

— Você vai... voltar comigo? — Mason perguntou hesitante, com uma pontada de esperança no peito.

Mas era uma esperança tênue, que foi de imediato destruída pela resposta ríspida da mãe.

— Não posso. Eu sou Hel. Meu lugar é aqui.

— Certo. — Mason se virou para outro lado, afastando com violência os pensamentos sobre a felicidade do pai.

Sua mãe não era mais sua mãe. Ela era Hel, uma deusa. Era o que Loki também havia dito. Porém Mason ainda não conseguia entender.

— E como isso aconteceu, exatamente?

Hel suspirou.

— Minha filha está cheia de perguntas, posso ver. Não fui sempre o que sou agora. Nem mesmo enquanto já estava aqui. Houve um tempo em que eu não era mais do que uma sombra neste lugar. Como todo o resto. Mas fiquei mais forte. — Ela se virou e colocou a mão fria de dedos longos no rosto de Mason. — Ah, Mason, como posso fazer você entender isto? Tudo o que fiz foi com a melhor das intenções. Eu só queria encontrar algum jeito de fazer *você* se sentir segura no mundo.

— Você diz isso como se tivesse feito uma escolha ao me deixar lá.

— Uma escolha. Um sacrifício...

Hel não parecia disposta a explicar mais, então ela voltou sua atenção para o caminho. Ela acelerou o passo pela estrada sinuosa que percorria a encosta íngreme da face rochosa irregular à frente delas.

— Quando Loki me ofereceu poder, eu aceitei. Aceitei o manto da deusa Hel. Por você.

— E por que, então, você está com tanta pressa de me tirar daqui de novo?

— Porque você não devia estar aqui. Você é uma perturbação, um desequilíbrio. Qualquer coisa que introduza um elemento de caos na matriz delicada dos reinos dos deuses pertence aos domínios daqueles como Loki.

Ela franziu o cenho, como se aquele pensamento por si só a perturbasse.

— Você poderia se tornar uma ferramenta involuntária que ele usaria para provocar um destino terrível. Não é que eu não *queira* você aqui, Mason. O fato é que eu não *posso* permitir que você fique, compreende?

Mason compreendia. E tentava desesperadamente não tomar aquilo como pessoal.

— Tá legal. — Ela deu de ombros. — Então vamos para Valhalla e encontramos essa lança. E aí você pode se livrar de mim e continuar no seu papel de deusa. Fantástico.

— Não é assim...

— Tudo bem. — Mason ignorou o protesto da mãe. — Olha, não sou idiota, e já li o suficiente para saber que nunca é tão fácil desse jeito. Você nunca entra em um reino de magia e simplesmente pega um objeto e sai de lá sem ter que enfrentar desafios. Sempre tem algo de prontidão querendo devorar sua cabeça, arrancar seus braços ou te transformar em uma salamandra.

A mão de Mason apoiou-se no cabo da espada.

— Então, o que vai rolar? Eu não vou a lugar nenhum enquanto não souber o que está lá esperando para me receber com um sorriso imenso e horroroso.

Hel estava ereta e dura, numa posição desaprovadora. Ficava bem claro que não estava acostumada a ser contrariada. Seus olhos cor de safira faiscaram ameaçadores por um instante. Mas então ela pareceu parar, respirar fundo — embora Mason não conseguisse perceber *de fato* que tivesse feito isso —, e sua boca se curvou em um sorriso suave, gentil. Aquela expressão a transformava, e Mason sentiu como se o sol de repente tivesse aparecido por entre as nuvens sombrias e tenebrosas lá em cima, derramando seu calor sobre ela. Por um momento, titubeou e quase cedeu ao desejo de seguir sua mãe até onde quer que fosse. Mas cerrou o punho ao redor do cabo da rapieira com tanta força que os fios de prata enovelados fincaram-se em sua mão. A dor trouxe a seus olhos uma onda de lágrimas e a manteve focada. Ela viu os olhos da mãe baixarem para a espada. Hel ficou olhando para a arma elegante e prateada por um longo momento, e então os olhos dela se ergueram de novo para o rosto de Mason.

– Sinto muito – disse, e pela primeira vez a voz dela soou reconfortante de verdade. – Minha menina querida, sei que isto não é fácil para você. A verdade é que você está certa. Nunca é fácil. E houve um tempo em que você teria precisado abrir passagem lutando contra hordas de *draugr* simplesmente para colocar os pés no caminho que leva a Asgard.

A palavra *draugr* lançou uma onda gelada de medo pelo corpo de Mason. Eles eram os monstros de pele cinzenta que haviam atacado a ela e a Fennrys duas vezes na cidade de Nova York. Ela podia lançar suas bravatas o quanto quisesse, mas sabia que não aguentaria se defrontar com aquelas criaturas de novo.

A mãe de Mason deve ter percebido o medo nos olhos da filha. Colocou a mão no ombro dela.

– Isso não vai acontecer. Valhalla... não é mais o que já foi. A grande tristeza de tudo isso é que já não é mais um lugar pelo qual vale a pena lutar para chegar. Você vai ver o que quero dizer.

– Oh.

– Desculpe-me por desapontá-la.

– Está tudo bem.

Mason olhou para suas roupas de esgrima esfarrapadas e então olhou de novo para a mãe, esforçando-se ao máximo para dar um sorriso.

– Não estou vestida para ir a um palácio, de qualquer forma...

Hel estendeu a outra mão, a fim de segurar Mason pelos dois ombros. Ela segurava firme, mas com uma suavidade surpreendente, e Mason sentiu um formigamento elétrico percorrer todo o seu corpo. Uma energia escura e efervescente a envolveu como uma onda. Depois de um instante, a sensação desapareceu, e sua mãe afastou as mãos, seus dedos passaram pelos cabelos de Mason, agora brilhantes e desembaraçados. De repente, eles caíam como uma cortina sedosa, que Mason entrevia de ambos os lados do rosto em sua visão periférica. Na estranha iluminação tempestuosa, as mechas escuras pareciam estriadas com reflexos índigo. Ao olhar para baixo, Mason viu que suas roupas esfarrapadas de esgrima haviam desaparecido. Em seu lugar, ela vestia seu par favorito de *jeans* escuros, com botas e uma camiseta justa e cintilante. Era a roupa que tinha usado da última vez em que fora visitar Fennrys para uma noitada de treino de esgrima e passeio ao luar, depois do horário de funcionamento do parque High Line, em Manhattan.

Recordando aquele momento, Mason entendeu por que sua mãe havia escolhido aquelas roupas. Porque naquela noite em que as usara, Fennrys tinha olhado para ela de um jeito que de fato fizera com que ela se sentisse como uma princesa. "Vestida para os salões de um palácio", ela havia dito. O *boldrié* de couro negro, presente recebido de Fennrys, junto com a rapieira prateada e o guarda-mão recurvado, ainda pendia atravessado por seu corpo, a pedra azul da fivela de prata piscava para ela. Ela ergueu a mão até a fivela e viu que ambas as mãos, feridas e ensanguentadas devido à fuga do carro de Rory, estavam intactas de novo; os dedos longos e pálidos estavam limpos e sem marcas; as unhas, inteiras.

Ela sentiu o aperto no peito aliviar-se um pouco.

— Agora você vem comigo? — perguntou Hel, baixinho.

Ela indicou o caminho com um gesto.

Mason fez que sim, e elas recomeçaram a subir, ascendendo rumo a Valhalla, o lar de seus deuses ancestrais.

Alcançaram outra curva, e o chão sob os pés de Mason estremeceu. O movimento coincidiu com um distante lamento de dor, agora familiar. Loki. Mason recordou-se que os antigos nórdicos usavam as convulsões do deus aprisionado sob a terra como uma explicação para a causa dos terremotos. Agora essa teoria já não lhe parecia tão extravagante.

— Com que frequência a serpente cospe no rosto dele? — perguntou à mãe ao saírem através da boca da caverna que vinham percorrendo em seu caminho ascendente.

As feições de Hel se franziram de leve. Sombras se cruzaram em seu olhar azul profundo, e Mason tentou adivinhar o que ela pensava. Era impossível.

— Sei que é difícil para você entender o que está acontecendo aqui, Mason. No começo, também foi difícil para mim. Mas há um motivo muito bom para aquele monstro ser mantido no estado em que está.

— Aprisionado e torturado? Por você tudo bem?

— Aprisionado, sim. Com certeza. — A voz de Hel estava firme. — E quanto ao que você chama de tortura... Sei que parece cruel, mas aquilo mantém Loki enfraquecido. Distraído. A dor direciona para outro lado as energias dele, que de outra forma estariam inteiramente dedicadas a encontrar uma forma de fuga. Isso não deve acontecer.

Hel se virou e ergueu a mão, pousando-a com carinho na face de Mason.

— Eu amava tanto o mundo quando estava nele... Eu faria qualquer coisa para preservá-lo. Mesmo que isso signifique manter aquele monstro traiçoeiro acorrentado, sofrendo na escuridão. Mesmo que signifique mandar você de volta para o mundo... quando tudo o que desejo é manter você a meu lado e nunca mais deixar você partir.

A calidez do sorriso triste da mãe quase compensou o fato de a mão pousada sobre o rosto de Mason estar fria como gelo.

— Mas aqui estamos nós — ela disse.

Ela se virou e guiou Mason ao dobrar uma última curva fechada, que levava até o ponto onde o caminho da caverna passava por uma abertura em arco e saía para uma ampla plataforma de pedra. Hel fez um gesto para que Mason se adiantasse, e a garota saiu para um local ao ar livre e se maravilhou com a vista que se estendia à sua frente. Era a paisagem mais deslumbrante que ela já tinha visto. À distância, erguia-se uma cadeia montanhosa com picos elevados e pontiagudos, arroxeada à luz enevoada do que parecia ser um final de tarde, embora Mason não pudesse ver o sol e não soubesse com certeza de onde a luz provinha. Os topos nevados resplandeciam nas porções elevadas, enquanto na porção inferior, no centro de um vale verde luxuriante com vários quilômetros de largura, rebrilhavam como fogo os telhados dourados de um grupo de construções rodeadas por uma paliçada alta. A maior de todas as estruturas era um palácio imenso e longo, o telhado formado pelo que pareciam milhares de escamas douradas e prateadas — escudos de guerreiros. As pontas das cumeeiras curvavam-se para cima como a proa e a popa de um grande navio com proa em forma de dragão. Mason sabia, instintivamente, que lugar era aquele. Asgard.

Valhalla.

O lar ...

Ela sacudiu a cabeça para fazer desaparecer a voz sutil que sussurrara a última palavra dentro de sua mente. Havia soado um pouco como a voz de Loki, mas ela sabia que devia ser só sua imaginação pregando-lhe uma peça.

A caverna da qual acabavam de sair estava à meia encosta de uma das montanhas menores que circundavam a planície do vale. Mason deu um passo à frente para ver melhor a paisagem. Foi até a beira de uma escada íngreme entalhada no próprio paredão rochoso da montanha e olhou, por cima de uma saliência rochosa, diretamente para baixo. Bem debaixo de onde estava, podia ver a planície verde que se estendia até as portas de Asgard... Ao menos ela imaginou que seria uma planície verde, se não estivesse forrada por homens em combate e sangue e partes de corpos.

— Pensei que você tinha dito que eu não ia precisar lutar com ninguém! — ela disse, recuando horrorizada da borda da saliência rochosa.

Havia muitos homens lutando, e não era em apenas uma frente. O combate na verdade circundava totalmente os edifícios que eram seu destino. Não havia qualquer esperança de que pudessem chegar lá.

Mason ouviu a mãe, a seu lado, rir pela primeira vez.

— Que foi?

— Esses são os *Einherjar* de Odin. Os Guerreiros Solitários.

— Nenhum desses caras está solitário — retrucou Mason. — Tem um zilhão deles aí. E estão todos entre nós e o palácio.

Ela não conseguia nem saber se havia dois lados na batalha. Parecia que, cada vez que um guerreiro dava cabo do homem a sua frente, ele simplesmente se virava para o mais próximo e repetia o processo. Amigo e inimigo pareciam completamente indistinguíveis para ela. Era o caos.

— Eles não vão erguer a mão contra você — disse a mãe, e avançou adiante. — Precisa confiar em mim.

Mason não confiava, mas não disse isso em voz alta. Sabia que não tinha alternativa. A mãe começou a descer pelo caminho que formava um declive suave rumo ao campo de batalha e a Asgard mais além. Mason se adiantou e seguiu ao lado dela.

— Por que estão lutando? — perguntou, enquanto se aproximavam mais e mais dos limites do terrível embate.

— Porque são guerreiros. Simplesmente é o que fazem. Este é o grupo de guerreiros pessoal de Odin, eles foram escolhidos em eras passadas por suas Valquírias para morrer gloriosamente e juntarem-se a ele aqui, à espera do fim dos dias. Ragnarök.

— Certo. Aquilo que todos estamos tentando evitar, deixando tudo como está. Tirando-me daqui, deixando Loki acorrentado e sendo cuspido pela serpente... E, olha, dou o maior apoio para o mundo não acabar, mas fico só pensando... — Ela acenou com a mão na direção dos *Einherjar*. — E o que acontecerá com *esses* caras se o mundo não acabar?

— Esta é a recompensa honrosa prometida aos Vikings. Uma morte gloriosa, seguida por infindáveis dias repletos de batalhas, infindáveis noites repletas de hidromel e carne. A possibilidade de, um dia, alcançar algo ainda maior.

Hel fitou o espetáculo, sua expressão era difícil de decifrar. Mason não sabia se ela de fato endossava a ideia do Ragnarök ou se ela estava apenas apresentando a visão nórdica do evento, porém torcia sinceramente para que fosse a segunda opção.

— Acho que deve virar um tédio total depois de três dias — disse.

Ao menos deveria, pensou ela, do jeito que *eles* estavam fazendo. Quanto mais perto chegava dos guerreiros, mais parecia a Mason que estavam apenas... fazendo os movimentos. Mas, claro, ela não deixara de perceber a ironia de seu desdém espontâneo pelo passatempo deles. Sobretudo no que dizia respeito a ela. Afinal de contas, ela não tinha feito muito mais do que lutar e treinar, nos últimos anos, e com uma determinação mecânica muito semelhante. Ela encarava a esgrima com uma visão radical. E ainda assim, em todo o tempo em que lutara e praticara para ser a melhor, aperfeiçoando técnica, força e velocidade, ela nunca sequer se aproximara do tipo de refinamento que adquirira ao longo das últimas semanas, trabalhando com Fennrys. Ele havia gerado nela uma espécie de instinto de gênio com uma lâmina. Havia feito com que ela se tornasse *una* com a arma.

Ela não era mais somente um produto de técnica e determinação cega. Quando lutava com Fenn, ela o fazia com *alegria*. Sentiu uma breve onda de pânico e desespero com a ideia de nunca mais ter a mesma sensação.

Não. Ela bateu a porta para aquele pensamento com toda a sua força mental. Vou *voltar para casa*.

E Fenn está bem. Ele *tem* que estar.

Sim, ela o vira terrivelmente ferido. Um buraco aberto em seu ombro. Mas ela mesma já tinha feito aquilo com ele, quando acidentalmente perfurou com sua espada aquele mesmo ombro, poucos dias antes, e ele se recuperara por completo. Fennrys era mais durão do que qualquer outra pessoa que ela já tivesse conhecido. Um buraco de bala e uma queda de cima de um trem? Seria como ter uma pele solta do lado da unha, para a maioria das outras pessoas.

Mason respirou fundo algumas vezes para se acalmar e livrar-se do pânico.

Seus passos se tornaram mais lentos enquanto se aproximavam da batalha.

— Você deve ir primeiro — disse sua mãe, empurrando-a em frente com suavidade.

Certo. É claro que devo.

Mason pensou em Fennrys, no destemor dele diante da batalha, e abafou a ânsia de dar meia-volta e fugir, quando uma muralha de ruído e o odor de sangue e vísceras derramadas a envolveram com violência. Os sons ensurdecedores da guerra eram uma agressão física a seus ouvidos e à superfície de sua pele e feriam seus tímpanos como martelos. Ela sabia que a qualquer momento aqueles guerreiros alucinados, que golpeavam a torto e a direito, se voltariam contra ela e a atacariam, e ela estaria morta e em pedaços antes que sequer tivesse sacado sua elegante espadinha, que comparativamente parecia um brinquedo. Sua mão apertou o cabo...

Não. Não lhes dê um motivo para atacarem.

Sua mãe havia prometido que ela ficaria bem.

Confie nela...

De repente, os dois guerreiros que lutavam mais perto se separaram. Baixaram as armas e recuaram, abrindo um espaço no caos para que Mason seguisse em frente. O mesmo fizeram os homens mais além, e aqueles além deles. Mason prendeu a respiração e seguiu em frente decidida, por entre a brecha, com o olhar fixo nos telhados de Valhalla que reluziam à distância. À medida que o caminho continuava se abrindo diante de si, ela sentia que, assim que ela e a mãe passavam, os homens cerravam fileiras por trás e retomavam a luta, como se nada os tivesse interrompido.

Depois de atravessar metade do campo de batalha, Mason relaxou o suficiente para olhar de esguelha para os homens que lutavam de ambos os lados. Alguns deles eram grandes feras musculosas, e alguns eram esguios e ágeis, lutadores disciplinados ou combatentes afoitos, e havia toda espécie de intermediários. Não havia um "tipo" distinto. E ainda assim todos pareciam idênticos. Era estranho. *Errado*. Mason havia pressentido aquilo de longe, mas assim de perto ficava ainda mais evidente. Eles se atacavam com golpes e cortes, mas sem detalhes individuais de técnica. Faziam-na lembrar-se dos *draugr*. Eles lutavam como zumbis.

Mason pensou em seus combates com Fennrys, o tipo de luta em que cada golpe, cada bloqueio, ataque e resposta e finta davam a impressão de uma elaborada dança, de enorme intimidade, e sentiu pena dos *Einherjar*. Se *esta* era a suposta recompensa por uma vida de serviços aos Aesir, o prêmio máximo concedido aos mais valentes e audazes e melhores... então eles não tinham lido as letras miúdas do contrato. Eram todos como bonecos robóticos, que simplesmente executavam os mesmos movimentos de sempre, desde a aurora dos tempos. Cada face, cada oponente, privados de individualidade... de humanidade. Cada morte exatamente igual. Porque, exceto pelas armas diferentes e pelos ferimentos diferentes, era isso que eram – o mesmo.

Todos exceto *um* deles.

Enquanto Mason e sua mãe cruzavam incólumes o campo de batalha, abrindo caminho entre os combatentes, Mason de repente notou de canto de olho uma figura solitária que não se movia como todos os outros *Einherjar* faziam. Ela virou a cabeça para conseguir ver melhor entre os corpos...

... e ficou chocada ao ver Tag Overlea cambalear para fora do mar de guerreiros.

VII

Gunnar Starling acabou confirmando os medos de Heather de que, assim como Taggert Overlea, ela não sairia viva daquele trem. Ela já havia assistido a seriados policiais suficientes para entender o significado do olhar dele, que passou primeiro sobre Tag, espichado no chão, e depois voltou-se para ela, ainda encolhida em um canto.

— Vou tratar dos meus filhos e depois encontrar minha filha — ele disse a Toby. — Por favor, limpe esta bagunça.

Toby assentiu com a cabeça e colocou-se de lado quando Gunnar saiu do vagão, e Heather sentiu o coração afundar no estômago. Ela era parte da "bagunça". E só havia um jeito de "limpar" tudo.

Rory seguiu o pai até a porta, hesitando por um momento antes de cruzá-la. Lançou um olhar para Heather por cima do ombro, a cara fechada. Por um instante pareceu querer dizer-lhe algo. Talvez pedir desculpas? Tentar explicar? *Impedir* o que estava a ponto de acontecer a ela? Ele não fez nada daquilo, claro. Apenas ficou ali parado.

Heather aproveitou a oportunidade para mostrar-lhe um dedo.

Ele piscou os olhos surpreso. Então sua boca se torceu em um muxoxo de desprezo e ele sacudiu a cabeça, desaparecendo pela porta atrás do pai.

Toby ficou parado por um longo tempo, olhando para a porta que acabava de se fechar atrás de Rory e de seu chefe. Mesmo nas profundezas de seu quase pânico, Heather ainda tentava entender o que, *exatamente*, Toby Fortier fazia para Gunnar Starling, além de conduzir seu trem. Mas já não teria mais tempo para pensar naquilo.

A cabeça de Toby virou de repente, e ele olhou para ela, cada músculo de seu físico de lutador retesado como um cabo de aço. Heather deu o máximo de si para não se encolher, fugindo ao olhar penetrante, mas não conseguiu. Ela pôde sentir o couro do assento estalando por trás dela quando suas costas se pressionaram contra ele, enquanto Toby levou a mão ao bolso traseiro de seu *jeans* e tirou um canivete. A lâmina era toda negra, fosca, e parecia ser um equipamento militar. Ficou evidente, de imediato, que Toby era exímio em seu uso. O modo como ele o girava na mão enquanto se aproximava de Heather na verdade a fez sentir-se um pouquinho melhor. Ela imaginou que, qualquer que fosse o modo como ele tivesse decidido se livrar dela, seria tudo muito rápido e, com sorte, relativamente indolor. Ela tentou evitar que seu lábio tremesse e olhou-o nos olhos desafiadora.

Quase caiu em prantos quando percebeu que Toby não iria cortar a garganta dela de orelha a orelha.

Em vez disso, o mestre de esgrima abriu a mão que não segurava o canivete, revelando uma das bolotas douradas de Gunnar. Com a ponta de sua faca com lâmina de carbono, ele entalhou às pressas um símbolo na superfície dourada reluzente e então ergueu a peça diante do rosto de Heather.

— Tome isto — disse ele, olhando por cima do ombro para a porta do compartimento. — Está marcada com uma runa de proteção. Enquanto a tiver, ela deve impedir que eles encontrem você. Ao menos por algum tempo. *Não* a perca.

Heather estendeu a mão trêmula. Do lado de fora do trem, ouviram um carro dando partida, o motor ecoando alto dentro do túnel. Então seu som se perdeu na distância, e tudo caiu de novo em um silêncio mortal.

— Segure as pontas, Heather. Sei que você tem coragem — disse Toby, com os olhos ardendo como brasas. — Não posso ajudá-la mais daqui em diante. E serei um homem morto se ele descobrir o que fiz.

— Por que está fazendo isso? — Heather perguntou.

Ele não respondeu. Apenas segurou os dedos trêmulos dela e fechou-os com firmeza ao redor da bolota dourada com a runa gravada nela.

— Escute-me: volte para Gosforth. A escola é território neutro, *protegido*. Não podem fazer-lhe mal lá. Seja forte, seja esperta... e reze para que alguém encontre um modo de deter Gunnar Starling antes que seja tarde demais. Agora vá. Corra como o diabo!

Ela assentiu. Toby não precisava dizer-lhe duas vezes.

Às cegas, por instinto, até que a respiração queimasse seus pulmões e seus pés doessem com o impacto das passadas, Heather correu, dirigindo-se para oeste sempre que podia, mantendo a cabeça abaixada na escuridão e torcendo para não estar sendo seguida.

Quando a pontada no flanco tornou impossível que ela continuasse correndo, reduziu a velocidade para um trote meio cambaleante e massageou os músculos sobre as costelas, olhando nervosa por cima do ombro a cada poucos segundos, para a rua atrás dela, praticamente vazia. Por fim, o pânico cego se esvaiu e ela parou em um cruzamento para se orientar. Avenida 28 e rua 31. Certo. Agora ela sabia onde estava. Se virasse na direção sul, dali a poucas quadras, chegaria à estação elevada onde o metrô N parava. Ela o havia tomado algumas vezes com Cal, quando iam ao Queens por algum motivo ou outro. O metrô N a levaria de volta para Manhattan. Em Manhattan ela estaria segura.

Heather não estava acostumada a tomar o metrô, mas ela o fizera vezes suficientes para saber como proceder. Ela procurou nos bolsos e encontrou uma nota amassada de cinco dólares, suficiente para comprar a passagem que a colocaria dentro do trem. Não fazia ideia de onde estava seu celular e não tinha levado a carteira quando correu para procurar Mason na academia.

À sua frente, na escuridão, ela viu a plataforma elevada da estação, pairando acima da rua, e seu coração começou a palpitar. Ela quase correu pelos últimos cem metros e escada acima. Seus dedos tremiam enquanto ela apertava os botões na tela da máquina de passagens, e então ela passou pela catraca, entrando em um vagão iluminado e vazio. Quase chorou de alívio quando o trem começou a se mover. Deixou-se cair em um assento e começou a relaxar. Pelas primeiras quatro estações, o vagão permaneceu vazio, e Heather fechou os olhos e baixou a cabeça, cobrindo-a com as mãos por um instante, cansada.

– Oi.

Heather quase colocou o coração para fora pela boca. Ergueu a cabeça e lançou um olhar feio não muito convincente para o desconhecido que se sentava à sua frente, com um leve sorriso curvando seus lábios.

– Perdão? – ela respondeu com frieza.

Era só um adolescente que ela não conhecia, mas ainda assim ele a assustava. A última parada tinha sido Queensboro Plaza, e Heather tinha absoluta certeza de que ninguém havia entrado no trem. Não havia outra parada até a avenida Lexington, depois que o trem tivesse cruzado para Manhattan por cima do rio.

– É uma forma comum de cumprimento – disse o desconhecido.
– Oi.

Ele usava uma jaqueta de couro preto, *jeans* desbotados e óculos Ray-Ban, mais escuros que o céu do lado de fora da janela do trem, que escondiam completamente os olhos dele.

– Certo – ela murmurou. – Tudo bem.

Os dedos dela apertaram com força a bolota dourada, e ela se sentiu ligeiramente reconfortada pelo calor suave e pelo formigamento que pareciam emanar da peça. Toby tinha dito que aquilo a protegeria. Ela se perguntou se tal proteção se aplicava a desconhecidos aleatórios em metrôs. Ela virou para outro lado e ficou olhando fixo para um cartaz na parede do vagão. Era um anúncio de um festival cultural que aconteceria em breve no Queens.

O rapaz virou a cabeça, seguindo a linha do olhar de Heather, e acenou com a mão na direção do cartaz.

— Ah, a Senhora da Guerra, da Sabedoria e das Artes do Lar – disse ele, referindo-se a uma imagem de Atena no cartaz. – Sério, eu nunca teria imaginado essa garota colocando um avental de babadinhos e fazendo uma fornada de *muffins* na cozinha. Você teria?

— Não – Heather respondeu seca, imaginando por que diabos esse cara não a deixava em paz. – Mas até aí, nunca me dei ao trabalho de pensar sobre os *hobbies* de alguma deusa romana velha e embolorada.

— Ah. Bem... *Essa* deusa velha e embolorada é *grega* – disse ele com expressão aturdida e apontando um dedo na direção do cartaz.

Heather deu de ombros. Ela sabia disso. Só não se importava.

— Tanto faz – murmurou, desejando em silêncio que o trem fosse mais depressa.

Acima da armação dos óculos de sol, uma sobrancelha escura se arqueou de repente.

— Tá legal, você obviamente teve uma noite horrível até agora, e então vou deixar essa passar. Mas só para constar, mesmo que eu tenha certeza de que você é esperta o suficiente para saber disso, os deuses gregos e romanos não são a mesma coisa de jeito nenhum.

Heather ficou olhando para o cara com um espanto indiferente. Aquela era uma das conversas mais esquisitas que tivera nos últimos tempos, e isso porque tivera um bocado delas, mas não havia nada que ela pudesse fazer. Ela estava presa ali. Não tinha como escapar até a próxima estação. E ainda assim, o que impediria que o cara a seguisse fora do trem? Pelo menos ele não tinha tentado se mudar para o assento ao lado dela. E, coisa estranha, ela não estava recebendo vibrações ameaçadoras dele. *Ainda assim...*

Heather apenas ficou ali, olhando para seu próprio reflexo nos óculos dele, enquanto ele discorria sobre as diferenças entre os dois panteões de deuses como se fosse o *nerd* da turma na aula de Mitologia Comparada, em Gosforth. Talvez ele fosse um ex-aluno. Mas isso era impossível. Ele parecia ter mais ou menos a mesma idade de Heather, e isso significaria que teriam sido colegas em algumas aulas. E ela tinha certeza de nunca tê-lo visto antes na vida. No entanto... Quanto mais olhava para ele, mais era invadida por uma sensação de familiaridade.

Ele parecia não notar que ela o examinava. Ou, se notava, não se importava. Ele dizia:

— Quero dizer, é sério. Desafio você a ir lá dizer ao Cupido que ele é o mesmo cara que Eros. — Ele deu um sorriso que estava a um tiquinho de parecer maníaco. — Você com certeza ia acordar na manhã seguinte amarrada na parte de baixo de uma cabra apaixonada, com um jovem bonitão te usando como alvo em um campo de treinamento de arco e flecha.

Heather concluiu que o cara não era louco *de verdade*. Devia ser só algum aspirante a roqueiro do Queens que viu uma garota bonita e triste no trem, no meio da noite, e achou que talvez pudesse animá-la. E quem sabe conseguir algo mais, se fosse bem-sucedido. Em outras circunstâncias, ela podia até ir na dele, até certo ponto. Mas não naquela noite.

— Olha — ela suspirou. — Me desculpe. Eu realmente não estou no clima, tudo bem?

— Por quê?

Ele se inclinou para a frente, com os cotovelos apoiados nos joelhos, a expressão séria.

— Por quê? — ela perguntou cansada. — O que você quer dizer com "por quê?"

— Quero dizer "por que você não está no clima?". E que clima seria esse, de qualquer forma?

Ele virou a cabeça de lado e olhou-a através do espaço que os separava. Heather teve a impressão de que, por trás dos óculos, ele não estava piscando.

— Você quis dizer que não está de bom humor? Porque se for isso, então está certíssima. Você não está mesmo. Mas se quis dizer que não está no clima de conversar comigo, então... acho que pode estar enganada. Você com certeza parece que está precisando conversar com *alguém*. Mesmo que seja só um cara qualquer incrivelmente atraente, num trem às três da manhã.

Heather revirou os olhos. Pensando bem, ela percebeu que ele tinha razão sobre duas coisas. Primeiro: ele *era* incrivelmente atraente. Quase atraente demais para ser verdade. Tão atraente que, quando ele lhe sorriu, ela sentiu vontade de esticar o braço e tirar os óculos escuros dele e olhar bem dentro do que tinha certeza de que seria o par de olhos mais fascinante do mundo. E segundo: ela realmente *precisava* conversar com alguém.

Calum...

— Qual era o nome dele? — ele perguntou de forma sutil.

Heather olhou para ele de olhos arregalados, espantada com a questão.

— O cara que você amava. O que você perdeu. Ele tinha um nome, não tinha?

Ela abriu a boca e a fechou de novo, quase com medo de perguntar.

— O que faz você achar que eu perdi um cara?

Ray-Ban encolheu os ombros.

— Tá legal. Garota, então. O que seja. Tudo o que eu sei é que você definitivamente perdeu alguém. Alguém que você amava mais do que qualquer outra pessoa no mundo. Não há outro motivo para estar por aí a esta hora da noite, com a aparência que você está e sentindo-se do jeito que está se sentindo.

— Como você sabe como eu me sinto?

O sorriso dele retornou, mas agora parecia menos maníaco.

— Vamos só dizer que sou bem perceptivo quando se trata de assuntos do coração. Anos e anos de prática.

— Você está brincando. Pela sua aparência, você tem... o quê... minha idade?

Ele encolheu os ombros de novo.

— Eu tento ficar fora do sol. Tenho uma alimentação correta. Uso hidratante...

Heather sentiu que ela própria estava quase abrindo um sorriso. Sacudiu a cabeça e baixou os olhos para o piso entre seus pés.

— Mas eu também teria que ser cego, surdo, tapado e estar acorrentado a uma rocha em algum lugar do outro lado do mundo para não ouvir seu coração sendo partido, Heather. Fez mais barulho do que a explosão da ponte.

A cabeça de Heather ergueu-se com violência ao som do nome dela saindo dos lábios do desconhecido. Ela não havia dito seu nome a ele. E a ponte... como ele sabia que ela estava lá quando a Hell Gate voou pelos ares?

Quem diabos era esse cara?

Ela o encarou emudecida, desconfiada.

Ele a encarou de volta e tirou os óculos escuros.

Heather parou de respirar. Enganara-se quanto aos olhos dele. Não eram belos. Estavam injetados de sangue e rodeados por sombras. Um tom de castanho que era quase preto, como as pupilas, que eram extragrandes. Olhos que haviam visto demais. Havia um princípio de pés de galinha abrindo-se em leque nos cantos. Na verdade, os olhos dele faziam parecer que ele havia chorado amargamente por mil dias sem parar. Olhos como aqueles, encaixados naquele rosto de estrutura e simetria perfeitas... Heather piscou os olhos ao perceber que aqueles olhos cansados do mundo, carregados de sofrimento, privados de lágrimas por uma dor inimaginável apenas o tornavam ainda mais incrível.

— Quem é você? — ela sussurrou.

— Pode me chamar de Valen — respondeu ele, com o sorriso voltando ao lugar e trazendo uma centelha de brilho de volta à escuridão de seu olhar.

— Como você me conhece? — ela perguntou; o medo subindo por sua espinha. — Gunnar Starling mandou você atrás de mim?

A expressão de Valen turvou-se, e ele colocou de volta os óculos.

— Não, mas estou quase certo de que ele é um dos motivos pelos quais encontrei você. Não que eu não estivesse procurando, Heather, mas... bem, não é tão fácil como nos velhos tempos. E eles têm conseguido manter todos vocês bem a salvo de nós. Eu gostaria que você ficasse ainda mais em segurança.

Ela se perguntou a quem ele estaria se referindo com "eles" e "nós", mas não teve uma chance de perguntar antes que ele colocasse a mão dentro da jaqueta e tirasse o que parecia ser uma balestra compacta.

Uma... balestra. Então tá.

Ela era pequena, reluzente e elegante. Também estava carregada com duas flechas em miniatura, uma dourada e outra opaca, de um cinza que lembrava o chumbo. A flecha dourada era aguçada como uma agulha. A cinzenta era rombuda e parecia que rebotaria da pele de qualquer alvo visado.

— É... — Valen deu uma risadinha, vendo o modo como Heather olhava para o projétil opaco. — Aparências. Elas enganam. Essa aí machuca como o diabo.

Ele passou a ela a arma, pequena e estranha.

— O que eu vou fazer com isso?

— Usar.

Valen ficou em pé, parecendo satisfeito consigo mesmo.

Heather revirou os olhos.

— Para quê?

Ele riu.

— Você é esperta o suficiente para saber que há coisas acontecendo, Heather. Coisas estranhas.

Aquele era um eufemismo colossal, pensou Heather. *É. As "coisas" de fato estavam acontecendo.*

— E você acha que isso aqui vai me ajudar?

Ela brandiu a arma delicada.

— Talvez. Você vai acabar descobrindo. E quando o fizer, use-a como achar que deve. Eu não preciso mais dela. Não desde que me atualizei.

Ele levou a mão até outro bolso da jaqueta e tirou o que parecia um controle remoto turbinado para algum equipamento *high-tech* de *video game*, com dois nódulos metálicos cheios de pontas na parte da frente. Ele puxou um gatilho, e fagulhas douradas brilhantes descreveram um arco entre os dois nódulos. Ele então ajustou um controle e puxou o gatilho outra vez, e surgiu um arco de fagulhas roxas.

— Tenho que agradecer a *você* por isso, Heather. Eu só queria devolver o favor.

Ele olhou para ela e lançou-lhe um sorriso estonteante.

Heather sentiu-se meio zonza com aquele sorriso.

Ele não era atraente. Ele era *maravilhoso*.

— Cuide-se — ele disse. — Por mim.

E então as portas do trem se abriram. Tinham chegado à estação de Lexington com a rua 59, e antes que ela pudesse detê-lo, antes que sequer pudesse abrir a boca para fazer mil perguntas que estavam dando voltas em seu cérebro, ele se pôs em pé e saiu para a plataforma, e as portas se fecharam atrás dele.

Quando o trem partiu, Heather viu que, nas costas da jaqueta de couro que ele usava, havia uma imagem desbotada e rachada de um coração que sangrava, atravessado por uma flecha e exibindo um par de asas com penas brancas. Ela não sabia se aquilo representava agonia ou êxtase. Ou talvez ambos.

Ela baixou os olhos para a pequena arma em sua mão e depois de um instante guardou-a no bolso de sua jaqueta, dando um suspiro.

Enquanto o trem avançava, Heather percebeu que provavelmente ainda estava em estado de choque. Ainda estava atordoada de horror — com medo, exausta e vazia por dentro com a perda repentina de Cal. Mas, de algum modo, com as mãos enfiadas nos bolsos, uma delas envolvendo a balestra compacta, o dedo pousado de leve sobre o gatilho, a outra segurando a pequena bolota dourada, ela se sentia mais forte do que nunca.

Durante toda a sua vida, Heather estivera bem ciente de que sua família não era uma das famílias poderosas dos círculos que frequentavam. Eram ricos, sem dúvida. Mas não influentes. Seu pai tinha feito parte do Conselho de Gosforth, mas nunca tivera qualquer influência sobre a forma como eram gerenciados os assuntos da academia. Ele era só uma espécie de capacho da mãe de Calum Aristarchos (que tinha odiado Heather com fervor quase patológico durante todo o tempo em que ela e Cal namoraram). Assim, mesmo quando Heather estava no alto das paradas de popularidade na academia, ela sempre soube que isso se devia, sobretudo, a Cal. E ao fato de ela ter sido abençoada com uma aparência espetacular. Mas, sendo bem sincera consigo mesma, a boa aparência nunca evitara que ela se sentisse tremendamente insegura. Sobretudo ao perceber que Cal jamais seria apaixonado por ela. Isso a fez sentir-se fraca. Exposta. Vulnerável.

Mas naquele momento, sentada em um trem de metrô vazio que seguia seu caminho através de Manhattan, tarde da noite, ela se sentia forte. E se Gunnar Starling, ou Daria Aristarchos, ou Toby, ou mesmo Rory, aquele safado sem-vergonha psicótico, viessem atrás dela... Bem, que viessem. Ela estava voltando para Gosforth, como o mestre de esgrima lhe dissera para fazer. E se viessem atrás dela, seriam eles que iriam desejar não ter feito isso.

VIII

— Não me entenda mal — dizia Maddox, enquanto puxava seu cinto de segurança com certo desespero e o passava de atravessado pelo corpo. — É um carro legal! Só pensei que você teria preferido algo um pouco mais vistoso, com esse lance de ser um deus e tudo o mais...

— Eu tento voar abaixo do radar e ao mesmo tempo continuar estiloso.

Rafe moveu a direção do Jaguar *vintage*, evitando por pouco um carro de polícia que atravessou por duas faixas de trânsito na avenida Columbus para frear e estacionar junto à calçada, pouco antes da rua 60 Oeste. Os pneus cantaram e Rafe fez um gesto obsceno fora da janela, para os guardas.

— E eu preferiria não ser preso indo a caminho do inferno — Fennrys murmurou mal-humorado, tentando se agarrar da forma mais discreta possível à maçaneta da porta, enquanto era jogado de um lado a outro do banco de trás pelo movimento do carro.

— Relaxa. Não existe carro de polícia que possa me pegar, e aqueles pés chatos nem viram a gente passar.

Rafe deu um sorriso cínico.

Fennrys tentou controlar a impaciência o melhor que pôde e seguiu o exemplo de Maddox, colocando seu próprio cinto de segurança. Ele precisava de Rafe. E precisava de Madd, embora estivesse relutante em envolver o guarda Jano em uma situação que não tinha nada a ver com suas funções de guardião do portal. Não que isso fizesse muita diferença. Quando ainda estavam no Obelisco, depois que os tremores pararam, a energia voltou e tudo ficou normal de novo — com a ajuda de uma rodada por conta da casa, cortesia de Rafe —, Fennrys havia reafirmado sua intenção de encontrar Mason. Maddox ofereceu-se para ir de carona na empreitada e então rebateu qualquer objeção que Fenn pudesse fazer, afirmando que, se Manhattan afundasse no Atlântico como decorrência do que pudesse estar acontecendo com Mason Starling, defender um portal no centro da ilha seria meio ridículo. Assim, onde quer que Fennrys tivesse de ir para salvar sua garota, Maddox iria ajudá-lo a chegar lá.

Fim da discussão.

Fennrys havia tido o bom senso de calar a boca e aceitar o reforço que, de qualquer modo, ele sabia que provavelmente iria precisar quando chegassem onde estavam indo. Onde quer que fosse. Ele não fazia a mínima ideia. Para isso, ele precisava de Rafe.

— Relaxa — repetiu o deus milenar, olhando de relance para os dois passageiros enquanto virava a esquina de forma tão violenta que o carro quase ficou em duas rodas. — Você vai precisar ser simpático e tranquilo quando chegarmos à biblioteca.

— Aonde?

— Biblioteca Pública de Nova York. O prédio principal, na rua 42.

Fennrys bufou de frustração e passou a mão pelo cabelo.

— Achei que você tinha dito que *sabia* onde estávamos indo.

— E sei.

— Então por que você precisa de um monte de livros?

– Não preciso. – Rafe meteu a mão na buzina ao passar por um ônibus. – Não temos mais a ponte Bifrost, então a abordagem direta está fora de questão. Por outro lado, a fenda na ilha *North Brother* é instável e não se pode saber onde vai dar, por isso não é uma opção. Vamos precisar tomar o caminho mais longo para Valhalla.

– E como se faz isso?

– As fronteiras entre os Reinos do Além estão se tornando indistintas. Isso vem acontecendo há eras. Em alguns lugares, elas se sobrepõem. Foi assim que *você* conseguiu sair de Asgard, através de uma porta dos fundos de Helheim para Hades, e em seguida atravessando o rio Leto.

Fennrys estremeceu, recordando a mulher sombria que o levara até a margem desse rio. O rio que tinha roubado sua memória – até o momento em que o fantasma de um guarda Jano morto, cujo apelido, muito apropriado, era Fantasma, ajudou-o a recuperá-la. De um modo bem doloroso.

– Eu pessoalmente não estou a fim de me arriscar a ter uma amnésia catastrófica – prosseguiu Rafe. – E duvido que você queira passar por isso de novo. Precisamos de outro caminho, outro mundo do além. O meu próprio.

– E como chegamos lá?

– Pela biblioteca – resmungou Rafe.

Fennrys e Maddox trocaram um olhar confuso, e o deus antigo suspirou:

– Ah, qual é? Vocês são guardas Jano, não são? E os dois têm rodado por esta cidade por tempo suficiente para saber que ela não é nada mais do que uma série de camadas umas por cima das outras.

Os olhos negros de Rafe brilharam, olhando Fennrys pelo retrovisor. *Tudo bem*, pensou Fennrys. Então não era só até a biblioteca que precisavam ir, mas... até o que quer que estivesse *debaixo* dela.

Em cima do que a biblioteca foi construída?

Ele voltou no tempo através de suas recordações, repassando todos os anos em que fizera a peregrinação anual à cinzenta cidade dos mortais, sob as ordens do rei de Faerie, para proteger um portal que abria uma vez por ano, no outono.

— O reservatório — ele murmurou.

Rafe apenas ergueu uma sobrancelha para ele no espelho, enquanto dobrava na rua 40 Oeste.

— O antigo Reservatório Distribuidor Croton — disse Fennrys a Maddox, que ainda franzia a cara intrigado. — Costumava ficar no mesmo lugar onde fica a biblioteca, não é?

— É. — Maddox fez que sim com a cabeça. — É, sim, estou me lembrando. Ele ocupava todo o quarteirão, e também aquele onde hoje fica o parque Bryant.

Fennrys pensou naquilo por um instante. A biblioteca e o parque ocupavam duas quadras, bem no meio de Manhattan. Ele mesmo estivera na biblioteca fazia alguns dias, antes de recuperar a memória, para usar um dos terminais de computador abertos ao público, procurando pistas de sua identidade. Não havia encontrado praticamente nada. Então conversara com um sem-teto já idoso e seu ursinho de pelúcia, no parque Bryant, e descobriu quase *tudo*. Só que na hora ele não tinha percebido isso.

Mas não era onde Rafe estava querendo chegar.

As estruturas que ocupavam aquele espaço agora, tanto a biblioteca quanto o parque, eram recém-chegadas à paisagem de Manhattan. Um imenso reservatório, construído como parte do sistema de abastecimento da ilha, estivera lá antes. Ele se elevava acima do nível da rua, com paredes de quinze metros de altura e oito de espessura; no alto delas, existira um passeio público, pelo qual pessoas como Edgar Allan Poe costumavam fazer suas caminhadas noturnas ao redor das águas escuras, onde as estrelas se refletiam. Fennrys havia estado lá uma vez, no final do século XIX, e recordava-se de que o lugar tinha uma característica estranha. Ele se lembrava de que havia sido construído com um estilo bem peculiar. De fato, ele se parecia com...

— Um templo egípcio! — exclamou Maddox, de repente. — Agora eu me lembro. Aquilo lá parecia com um imenso templo de Karnak.

Ele se virou e olhou para Rafe, apertando os olhos.

– Que foi? – O deus-homem ergueu os ombros de forma casual. – Você acha que foi ideia minha? O estilo neoegípcio estava bem na moda naquela época.

Rafe encostou o carro à calçada, estacionando ilegalmente à sombra do edifício South Court, da biblioteca.

– Chegamos.

Saindo do carro, Fennrys e Maddox seguiram Rafe, que se dirigiu para a grande escadaria de pedra. Em qualquer noite normal, ela estaria lotada de turistas e de nova-iorquinos, sentados nos degraus, passeando ou tirando fotos. Mas naquela noite o lugar estava deserto. Ou quase. Algumas pessoas se espalhavam ao redor do terraço. À primeira vista, pareciam não ter nada a ver umas com as outras, mas cada uma observava a aproximação de Rafe e dos dois guardas Jano com a mesma concentração total.

Rafe relanceou os olhos por cima do ombro e viu que Fennrys e Maddox tinham diminuído o passo e olhavam desconfiados para o grupo. Nas sombras densas por trás de um dos imensos pilares da biblioteca, Fennrys viu quando uma mulher de cabelos escuros, trajando um terninho, de repente ficou indistinta como fumaça, e um elegante lobo negro apareceu em seu lugar. Maddox também viu a cena e deteve-se, colocando uma das mãos na bolsa de couro que ele trazia ao cinto.

– Relaxem – disse Rafe. – Eles são minha matilha. Achei que poderia precisar de apoio. Eles vão ficar aqui para garantir que nada inesperado nos aconteça.

Fennrys lembrava-se dos lobos, de seu primeiro encontro com Rafe no Central Park, e imaginou que tinham algum tipo de ligação psíquica com o deus egípcio. Ele olhou para Maddox, ainda imóvel, o rosto franzido pela dúvida.

– O que foi? Ele é o deus dos lobisomens, você não sabia? – disse Fennrys.

Maddox piscou os olhos surpreso.

— Bem, claro, eu...

Fennrys apenas sorriu e seguiu Rafe escada acima. O amplo terraço de pedra no alto era flanqueado por dois majestosos leões de mármore e conduzia ao edifício imponente da Biblioteca Pública de Nova York. De repente, uma sombra pareceu ter passado por cima do terraço, talvez uma nuvem correndo diante da lua, e naquele breve momento os leões pareceram algo totalmente diferente.

Esfinges...

Pela forma como Maddox ficou olhando de uma estátua para a outra, Fennrys percebeu que ele também tinha visto aquilo. Mas Rafe simplesmente passou por elas rumo à entrada principal. Fenn foi atrás, notando que os robustos leões viraram as cabeças para olhar o deus egípcio que passava entre eles, suas jubas entalhadas ondularam e balançaram de uma forma que a pedra esculpida... não faria. O da esquerda estava rosnando.

Quem sabe ele só está ronronando.

A mulher que se transformara em lobo ganiu inquieta.

Talvez não.

Fennrys se virou e colocou a mão no ombro de Maddox.

— Olha, Madd... Eu tenho que fazer isso, mas você não. Acho que seria melhor se você fosse embora. Não quero que Chloe venha atrás de mim se alguma coisa lhe acontecer.

— Você não vai querer mesmo! — riu Maddox.

Ele ergueu a mão e removeu a de Fennrys de seu ombro.

— Por outro lado, *eu* não estou a fim de voltar e contar a ela que abandonei meu nobre amigo em sua missão épica de resgatar seu verdadeiro e único amor das garras da escuridão. Ela nunca me perdoaria.

Fennrys suspirou.

— Não me diga que Chloe ficou romântica. Caramba, Madd, o que você fez com a garota?

— Eu lá vou saber?

Maddox revirou os olhos, mas Fennrys podia ver que ele estava perfeitamente feliz com seu relacionamento com a sereia antes homicida.

— Ela anda toda coraçõezinhos e florezinhas. Se eu voltasse agora, ia simplesmente arrancar meu couro e me mandar todo estropiado de volta para cá para ajudar você, de qualquer maneira. Amor verdadeiro, então...

Amor verdadeiro.

Seria isso? Será que era o que ele sentia por Mason? Ele se lembrou do que Rafe dissera sobre a encrenca em que ela estava; que se de algum modo ela pusesse as mãos na lança de Odin, iria se transformar e tornar-se um agente de destruição, uma precursora do Fim dos Tempos, ao estilo do Ragnarök. Era isso que eles estavam a caminho de tentar evitar. O resgate de Mason era, no que dizia respeito a Rafe, uma vantagem adicional. Fennrys sabia que o acordo não verbalizado entre ele e o deus egípcio era que a prioridade seria assegurarem-se de que a filha de Gunnar Starling nunca teria a oportunidade de se aproximar o suficiente da lança para poder empunhá-la. Não importava o que tivessem que fazer para isso.

Mas...

Bem, e se aquilo já tivesse acontecido? E se chegassem a Asgard e descobrissem que ela já havia se transformado em uma Valquíria? E se Fennrys tivesse que deixá-la lá... ou algo pior? Faria isso? Seria capaz?

Nem que o destino do mundo dependesse daquilo.

Valquíria ou não, Fennrys não deixaria Mase para trás no lugar onde ele próprio passara por sofrimentos tão terríveis. Ele a tiraria de lá.

E se trazer Mason Starling de volta para o reino mortal significasse que este arderia em chamas, então Fennrys, o Lobo, de muito bom grado arderia junto a ele. Junto a ela. Assim, talvez fosse amor verdadeiro. Ou talvez fosse apenas o viking fatalista que tinha dentro de si. Por ele, tudo bem, de um jeito ou de outro.

A noite estava silenciosa, e isso era assustador, em se tratando do centro de Manhattan. Fennrys de repente ouviu o arrulhar suave de uma ave. Olhou em volta e viu uma pomba solitária, pousada na base de uma das enormes urnas de pedra que ficavam entre os leões e o pórtico da biblioteca. A ave olhou para ele com olhos pretos como contas de obsidiana e entortou a cabeça. Fennrys se adiantou, passando por Maddox, e chegou perto da criatura. Sempre tivera uma afinidade pelas aves, desde que fora encarregado de cuidar dos falcões de caça do rei Oberon, no Reino de Faerie.

Talvez seja por isso que você está tão envolvido com uma garota cujo sobrenome é Starling — Estorninho, ele pensou, achando uma graça sombria.

Sem pensar, Fennrys estendeu a mão para a ave em repouso. Ela acariciou o pulso dele com o bico, enquanto ele passava a mão por seu dorso, alisando as asas elegantes. Uma das penas da cauda soltou-se entre os dedos dele, e Fenn achou que a ave sairia voando. Mas ela apenas arrulhou de novo e encolheu a cabeça entre os ombros, preparando-se para dormir.

Fennrys sorriu e olhou para a pena por um instante. Era clara, de um branco perolado que se tornava prateado na ponta, e tingida de rosa na base. Era linda. Uma maravilha de simplicidade e elegância; um peda-cinho de natureza. A pomba era uma criatura pura. Não havia nada de estranho ou contaminado ou anormal nela. E havia deixado que ele a tocasse; tampouco ela havia pressentido algo de errado nele. Fenn achou aquilo extremamente reconfortante, tendo em vista que estava a ponto de entrar em um local onde, em algum momento, ele só seria admitido por já ter sido um homem morto. Maddox, mortal e totalmente vivo, teria de ficar para trás quando atingissem o ponto sem volta de sua mis-são. Ambos sabiam disso. Mas Fenn podia transitar entre os mundos dos vivos e dos mortos com facilidade. Com *relativa* facilidade. Isso fazia dele uma aberração e tanto. Mas a ave não tinha achado isso. Ele guardou a pena no bolso de dentro do casaco. Não era uma pena de estorninho, mas talvez fosse um talismã da sorte para ele mesmo assim.

Fennrys ouviu o estrondo de um trovão vindo lá de cima e pergun-tou-se se a tempestade estaria voltando. Ergueu os olhos e percebeu que havia perdido por completo a noção de tempo desde o desastroso torneio de esgrima de Mason, em que ele havia cometido o grave erro de deixar que ela se afastasse dele, transtornada. Ela não estava raciocinando direito nesse dia. Estava com a guarda baixada. Um alvo fácil para quem quisesse lhe fazer mal... mesmo que fosse de seu próprio sangue e carne.

— Vocês dois podem, por favor, parar de fazer hora e entrar?

A cabeça de Rafe projetava-se para fora da sólida porta de madeira e ferro, que ele aparentemente havia atravessado, sem qualquer problema, quando Fennrys não estava prestando atenção.

— Não vou precisar segurar sua mão nem nada assim, não é? — perguntou Fennrys, olhando desconfiado a porta de aparência bem sólida.

— A porta está "aberta" porque *eles* a abriram — disse Rafe, fazendo um gesto para os leões de pedra. — Eles são os guardiões deste lugar. Fiquem aí fora perdendo tempo, e pode ser que eles a fechem na cara de vocês. E depois serão capazes de devorá-los.

Fennrys e Maddox se entreolharam. Rafe prosseguiu:

— E, *por favor*, sei que neste exato momento você está ansioso para trazer sua garota de volta, e talvez se sinta tentado a dizer algo como "Eles podem tentar". — Ele cravou em Fennrys um olhar mortalmente sério. — Não o faça.

Fenn assentiu e relaxou os dedos das mãos, que tinham se cerrado por vontade própria em punhos.

Rafe sumiu completamente pela porta.

— O ponto onde estamos agora, os lugares aonde iremos... as coisas que faremos, tudo vai muito além daquilo contra o qual vocês lutaram no passado — ele disse baixinho. — Sem querer desrespeitar o povo das fadas, e digo isso com *toda* a sinceridade, estamos em um terreno bem distinto, Fennrys, o Lobo. Espero que você esteja pronto, porque este vai ser um tipo de combate muito diferente. Há forças no lugar aonde vamos que podem não só matar, mas obliterar por completo uma pessoa. Varrê-la do universo, de corpo *e alma*, como se ela nunca tivesse existido. Está entendendo?

Fenn voltou o olhar para os guardiões de pedra. Um dos leões agora estava sentado, a cabeça inclinada de lado na direção deles, como se estivesse esperando para ouvir o que ele diria. O outro havia relaxado em uma postura recostada, a cabeça repousando sobre as grandes patas de pedra. No entanto, Fennrys notou que ele ainda mantinha uma orelha virada na direção deles, e os músculos de pedra por baixo da pele de mármore estavam retesados e prontos para o ataque.

— Eu entendo. E não vou a lugar algum a não ser para diante, Lorde Anúbis — ele respondeu em voz baixa. — Mas obrigado por sua preocupação. E pelas amáveis boas-vindas de seus guardiões que permitiram que eu chegasse até aqui.

Rafe ergueu uma sobrancelha para Fennrys, lentamente, enquanto sua boca elegante formava um meio sorriso de aprovação. A vibração subsônica do rosnado do guardião transformou-se sem sombra de dúvida em um ronronar, que Fennrys podia sentir através das solas de suas botas. Pelo visto, ele havia, de algum modo, passado por algum tipo de teste. Com certeza o primeiro de muitos. Rafe ficou de lado e fez um gesto em direção à porta de aparência sólida diante deles.

— Queiram ter a bondade — disse.

Atrás dele, Fennrys ouviu um suspiro de alívio de Maddox.

Dentro da biblioteca, tudo estava escuro. Silencioso.

— Acho que me lembro de que, antes que o reservatório fosse construído, este terreno era usado para outra finalidade — comentou Fenn, baixinho, enquanto eles percorriam os corredores; seus passos ecoavam.

Rafe concordou.

— Era uma vala comum. Uma cova coletiva, sem identificação, para soldados e desabrigados. Meio que já tornava este lugar ideal para uma entrada para o mundo dos mortos, não acha?

Maddox olhou ao redor, subitamente alarmado, como se os fantasmas dos mortos estivessem a ponto de cair sobre eles.

Rafe sorriu e disse:

— Não fique tão nervoso. Já não há mais nada a temer aqui. Bem, pelo menos não da parte daquelas pobres almas.

— Eles tiraram todos os corpos antes de construir as fundações do reservatório — explicou Fennrys. — Lembro-me de que foi uma operação colossal, mas removeram todos eles.

— Sim, dezenas de milhares — disse Rafe.

— Para onde os levaram? — perguntou Fennrys.

Rafe deu de ombros.

— Sei lá. Faz muito tempo.

Maddox franziu as sobrancelhas.

— Muito tempo? Para um deus?

— Para um deus que tem coisas melhores para se lembrar, sim — Rafe respondeu seco.

— Mas você é um deus dos mortos — observou Fennrys. — Parece que há um bocado de mortos para ser esquecido...

— Escutem, quando perdi meu reino, eu me tornei parte da terra dos vivos. Agora estou muito mais interessado nela, tudo bem? — Rafe retrucou a ambos, com um olhar irritado.

Maddox murmurou um pedido de desculpas, e Fennrys fez um gesto para que Rafe seguisse em frente.

Os olhos vermelhos das câmeras de circuito fechado vigiavam sem piscar, a partir dos cantos do teto, e eles passaram por locais de checagem de segurança, mas Rafe não se deteve e nem sequer pestanejou; Fennrys percebeu que estavam protegidos contra tais precauções humanas, mundanas, enquanto estivessem junto com o deus-homem. A escuridão do salão Astor fora do horário de funcionamento era sepulcral. Dobrando à esquerda, Rafe caminhou depressa em direção a uma escada que, de acordo com a sinalização, descia rumo a algum tipo de auditório. Estava fechada por uma corda, e uma placa de pedestal informava, educadamente, que não era permitido o acesso ao público em geral. Rafe soltou a corda do gancho e ficou de lado para que Fennrys e Maddox passassem.

Com um passo leve, pronto para o combate, Fennrys desceu na frente. Os degraus eram feitos de vidro fosco, suspenso entre paredes que pareciam ter sido construídas não com o mesmo mármore polido do restante do edifício, mas de blocos sem acabamento de granito cinzento e austero. Quando Fenn e Maddox atingiram o patamar no meio da escada, onde ela fazia a curva, Rafe pediu que se detivessem ali e não avançassem. Eles assim fizeram, e esperaram que o Deus Chacal os alcançasse.

Uma luz débil dourada parecia atravessar o vidro, vinda mais de baixo, fazendo parecer que ambos estavam sobre um quadrado resplandecente feito de luz sólida. Rafe juntou-se a eles e debruçou-se sobre o corrimão. Colocou a palma da mão sobre o relevo tosco do granito e suspirou.

— Lar, doce lar — murmurou. — Faz muito tempo...

Fennrys e Maddox afastaram-se um passo quando a aparência de Rafe de repente começou a ficar indistinta. Seu rosto e seu corpo se alteraram totalmente, transformando-se na forma intermediária entre homem e lobo. Fennrys estava familiarizado com a transformação, porém Maddox recuou até quase cair do patamar, surpreso.

— Opa! — exclamou.

Fennrys estendeu a mão para evitar que ele despencasse até o nível inferior do museu.

— Isso é... Uau. — Maddox deu um assobio baixinho. — Isso é bem legal, sério.

Rafe — Anúbis — virou-se e ergueu uma sobrancelha peluda e negra para o guarda Jano. Era um tanto desconcertante ver uma expressão tão humana em um rosto canino. O nariz e as orelhas haviam se alongado e se afinado, adquirindo as feições afiladas da figura universalmente reconhecida como o deus egípcio dos mortos. Seu corpo estava coberto da cabeça aos pés com uma pelagem negra elegante, e um colar dourado largo rodeava seu pescoço, repousando como asas em seus ombros largos e musculosos. Contas de ouro brilhavam no capacete de *dreadlocks* que ele ainda usava em sua forma de transição, e aros também de ouro pendiam de suas orelhas. Fora o colar alado e os braceletes incrustados com joias que circundavam seus pulsos e tornozelos, o Deus Chacal estava nu, exceto pelo tecido de linho pregueado, com bordados a ouro, que pendia ao redor de seus quadris.

Ele era, sem dúvida, uma das figuras mais majestosas que Fennrys e Maddox já haviam encontrado. E isso não era pouca coisa para dois caras que estavam acostumados a conviver regularmente com a realeza de Faerie. Rafe passou por eles, chegando à borda da plataforma, e colocou as mãos com garras de lápis-lazúli sobre os corrimãos de ambos os lados. Começou a falar em um idioma tão antigo que não havia sido escutado por ouvidos humanos por milhares e milhares de anos. As palavras vibraram pelo ar, os corrimãos brilharam, tremeluziram e então desapareceram. Os degraus de vidro ficaram suspensos no espaço, mas agora Fennrys não conseguia saber o que os sustentava.

Como um rei retornando a seu reino depois de uma longa ausência, o Deus Chacal desceu majestoso a escada, com a cabeça erguida, o peito para fora. Ao mesmo tempo desafiador e conquistador. Quando o pé descalço de Rafe pisou o chão ao final da escada, a escuridão ondulou como uma miragem. De repente, eles se viram no interior de um imenso salão iluminado por tochas. Colunas robustas, com caneluras para se parecerem com flores de lótus, elevavam-se para a escuridão abobadada, salpicada de estrelas, que se estendia lá no alto e era refletida pelo piso de mármore polido. Estátuas de deuses em granito negro alternavam-se com enormes urnas de alabastro translúcido e pareciam marchar em fileiras rumo à distância invisível. Todo aquele lugar dava uma sensação de opulência austera.

Era a entrada para o lar de um deus.

Fennrys e Maddox ficaram imóveis, sem saber direito o que fazer a seguir. Então o ar pareceu começar a tremular por toda a volta deles. Era como se alguém tivesse feito soar uma enorme corda de harpa em algum lugar e as vibrações estivessem chegando até eles antes do som. E então o som os atingiu...

Mas não era nada musical como uma harpa.

Soava mais como uma daquelas máquinas de amassar carros em um ferro-velho, macerando o motor de um daqueles utilitários enormes... Só que era um som perturbadoramente orgânico. O horrível ranger de dentes e os rugidos ecoavam no que pareciam ser as paredes de uma caverna oculta pelas sombras distantes. E estavam se aproximando.

— Sabe o que isso me faz lembrar? — perguntou Maddox.

— Não — disse Fennrys, soltando a lâmina da bainha que tinha presa à perna. — Os bons e velhos tempos?

— Isso! Especialmente aquela vez em que o gigante Jack Acorrentado tentou passar pelo portal de Samhain. Lembra-se disso?

— E o que teve de bom naquilo? — Fennrys lançou um olhar de soslaio para Maddox. — Aquela monstruosidade infernal quase arrancou meus braços, e mandou você para a enfermaria de Oberon por boa parte de um ano dos mortais.

— Bons tempos... — suspirou Maddox, tirando da bolsa que trazia ao cinto uma robusta corrente prateada.

Quando ele a girou em círculos, ela se alongou, e nela brotaram pontas que assobiaram pelo ar carregado de umidade.

Fennrys sacou a espada emprestada.

— Sinto falta do meu machado — resmungou.

E então o chão tremeu quando a criatura que seria o primeiro teste em sua descida ao mundo dos mortos surgiu na escuridão diante deles. Encouraçado, com escamas do tamanho de panquecas, cinza-esverdeado e emanando um cheiro pantanoso que era uma agressão aos sentidos, o crocodilo tinha talvez dez metros de comprimento. O corpo pesado e desajeitado era movido por pernas curtas e atarracadas, mas, apesar de toda a sua ampla circunferência, ele se movia com rapidez.

Ao ver o que estava vindo, Fennrys voltou a embainhar sua arma. Seria inútil. Nas Terras dos Mortos, a *morte* em si era algo a ser utilizado com extrema cautela.

Fennrys olhou para Rafe e viu que ele se postava a um lado, braços cruzados diante do peito amplo e coberto de pelagem. O olhar dele era impassível, e Fennrys entendeu, naquele momento, que o Deus Chacal não ajudaria a ele ou a Maddox. Teriam que passar no teste e provar seu valor, por conta própria. Era apenas uma das regras não escritas das jornadas heroicas, supôs Fennrys. Seu olhar se desviou para Maddox, que se postava relaxado e de prontidão, a corrente enfeitiçada pendia entre os dedos e oscilava de leve de um lado a outro, um sorriso sombrio de expectativa erguia-lhe os cantos da boca. Fenn não tinha dúvida de que provavelmente teriam condições de, entre os dois, dar um fim ao monstro. Mas decidiu que um pouco de diplomacia não letal seria mais eficiente.

— Madd, vamos lidar com ele ao estilo do rodeio! — Fennrys gritou.

— Rá! — Maddox soltou uma risada. — Tudo bem. Vou de palhaço no barril.

Fennrys sorriu e deu um passo atrás enquanto Maddox se adiantava, colocando-se logo à direita de uma das colunas de lótus. A colossal pilastra de pedra tinha a circunferência de uma sequoia gigante de tamanho razoável.

— Fique atento! — disse Fenn, escondendo-se atrás de uma estátua.

— Oi, feioso! — Madd avançou, acenando os braços em um arco amplo acima de sua cabeça. — Aqui!

Batendo as mandíbulas e movendo as pernas com rapidez, o crocodilo virava a enorme cabeça de um lado a outro enquanto avançava pelo grande salão, os olhos miúdos estreitavam-se para fixar o movimento que aparecia em seu campo de visão. Tendo mirado em Maddox, a criatura correu direto para ele, com velocidade alucinante. Maddox foi uma fração de segundo mais rápido. Ele disparou rumo ao pilar, deslizou ao fazer uma curva fechada ao redor dele e desapareceu do outro lado. O impulso do animal fez com que ultrapassasse a coluna, suas garras lutavam para conseguir aderência no piso polido. Os músculos poderosos de seu pescoço contraíram-se, virando a cabeça para um lado, enquanto a imensa cauda chicoteava para o outro, compensando a força centrífuga que rodopiou o corpanzil da criatura num meio círculo. Ela conseguiu trazer as patas para baixo de si de novo e, mirando o focinho na direção em que Maddox havia corrido, lançou-se outra vez para a frente.

Os dois guardas Jano tinham o animal exatamente onde queriam.

Tendo perdido o impulso, e de costas para Fennrys, que estava agachado atrás da base de uma estátua de Hórus, o crocodilo concentrava-se totalmente em perseguir Maddox, que pulou com agilidade para a boca de um dos enormes vasos de alabastro, e desapareceu lá dentro, como um palhaço no barril em um rodeio. Fennrys aproveitou e correu atrás da criatura, enquanto esta batia com o ombro na urna, fazendo-a rodopiar como um pião.

Fennrys saltou, aterrissando com habilidade na cauda larga e escamosa do crocodilo, e correu pelo dorso do animal. Estava a meio caminho quando um golpe de cauda arremessou-o para a frente, e ele fez uma queda de ombro, rolando pela superfície irregular da carapaça da fera.

Quando o crocodilo parou por uma segunda vez, Fenn segurou-se em uma crista de espinhos dorsais e desesperadamente foi se arrastando pelo corpo do réptil, tentando chegar à cabeça. Se caísse, estaria morto antes de chegar ao chão, cortado ao meio pelas mandíbulas terríveis. Adiantando-se aos poucos, conseguiu passar um braço ao redor do focinho sensível do animal e, com o outro braço rodeando o alto, usou todo o seu peso para manter bem cerradas as mandíbulas cheias de dentes irregulares. O crocodilo se contorceu e grunhiu debaixo de si, e ele lutou para evitar que a gigantesca criatura arrancasse seu braço.

Naquele instante, Maddox emergiu do vaso com a corrente mágica maleável transformada em um laço funcional. Com um arremesso destro e um movimento rápido do pulso, Maddox prendeu o focinho da fera, puxando o mais apertado que pôde. O crocodilo se debateu e rugiu no fundo da garganta, indignado. Fennrys esticou a mão para baixo e agarrou primeiro uma das curtas pernas dianteiras e depois a outra, puxando-as para trás como se estivesse imobilizando um bezerro, enquanto Maddox se abaixava de novo e usava o resto da corrente para imobilizar os membros escamados, atando-os em grande estilo, como um peão experiente.

Rafe saiu de onde estava e veio até eles, sacudindo a cabeça canina com uma expressão divertida que curvava um dos lados do focinho e revelava uma presa pontiaguda, brilhando muito branca na penumbra. Fennrys e Maddox abriram caminho, enquanto ele se dirigia para a parte da frente do crocodilo. Ele se agachou para olhar a fera direto nos olhos.

— Sobek, você é o pior cão de guarda que já tive a infelicidade de encontrar. — Rafe fez um tsc-tsc. — Perceba que você acaba de passar vergonha na frente de dois guardas Jano. Você não tem nenhum orgulho profissional? Quer dizer, fala sério.

O crocodilo deu um rosnado gutural através das mandíbulas fechadas com força pela corrente.

— Não foi uma luta justa — ele grunhiu entre os dentes. — Meu dever é impedir que os *vivos* atravessem. Aquele ali já está *morto*. — Ele indicou Fennrys com a cabeça.

Rafe fez uma careta de pouco caso.

— É, tanto faz. O Lobo não está exatamente morto.

— O que quer que ele seja, está no além-vida errado.

— Não é a primeira vez — Fennrys resmungou.

— Eu só estava tentando cumprir minha obrigação de acordo com as *suas* regras, Anúbis. — Sobek contorcia-se no piso empoeirado, com o olhar cravado em Rafe. — Deixe-me ficar em pé.

— Para você poder comer meus amigos? — Rafe deu uma risada súbita. — Deixei meu reino para trás, Sobek, não meu cérebro.

Ele se ergueu, com as mãos nos quadris vestidos de linho, examinando ao redor com os olhos.

— Onde estão meus babuínos? Por que ninguém está tomando conta do Lago de Fogo?

Fennrys olhou na direção do olhar de Rafe, mas só viu a escuridão sombria. Com certeza não dava para ver nenhum lago em chamas, mas talvez ele tivesse se apagado por falta de manutenção, pensou. Qualquer que fosse o caso, ele não ia reclamar pela ausência de obstáculos incandescentes.

Rafe sacudiu a cabeça e voltou a encarar o crocodilo gigante.

— Eu devia saber que meu irmão ia deixar as coisas caírem aos pedaços depois que fui embora...

— As coisas mudaram, senhor. Já não restam fiéis que possam aparecer aqui por engano. Não há nada que nos faça seguir adiante.

Sobek estava se retorcendo de novo, obviamente desconfortável, e por um instante sua fachada de grave dignidade se desfez, e ele reclamou, desolado:

— Soltem-me, estou ficando com câimbra.

Rafe se virou para os dois guardas Jano e ergueu uma sobrancelha, consultando-os.

— Posso ajudar vocês — disse Sobek.

Fennrys cerrou um punho. Sua paciência estava se esgotando depressa. Ele sabia como eram essas coisas. Não há como apressar uma jornada heroica, se é disso que se trata de fato. Deve-se enfrentar os fatos, aceitar os desafios, derrotar inimigos, responder enigmas, pular através dos arcos, dançar conforme a música... Em suma, você joga pelas regras. Fennrys nunca tinha sido bom em jogar pelas regras. Porém Mason estava lá embaixo, em algum lugar, presa em um reino infernal, e essa era a única coisa que importava. Ele precisava encontrá-la. E se um crocodilo falante tinha alguma informação útil, ele podia parar por um instante e ouvi-lo. Mas só por um instante.

— Deixe-o ficar em pé — disse a Maddox. — Se começar a bancar o engraçadinho, a gente o domina de novo. De um jeito menos gentil.

Uma vez livre, a forma reptiliana de Sobek começou a ondular e distorcer-se, e de repente um homem calvo, atarracado e de feições toscas estava em pé diante deles, vestido com uma versão um pouco mais modesta dos trajes elegantes e reluzentes de Rafe. Sobek espanou a poeira da tanga de linho e se voltou para Fennrys; seus olhos se estreitaram.

— Por que você está aqui embaixo, garotão não-tão-morto? Não... espere. — Sobek ergueu uma das mãos. Seu tom mudou, carregado de um sarcasmo fatigado. — Deixe-me adivinhar. Uma garota.

— Não é sempre isso? — suspirou Rafe.

— Humpf... — A expressão de Sobek tornou-se cansada, amarga.

— Não sei. — Maddox encolheu os ombros. — Veja como deu certo para aquele rapaz grego, qual o nome dele... Orfeu.

Fennrys ergueu uma sobrancelha para o amigo.

— Ele perdeu a garota e no fim foi destroçado durante uma orgia.

— Foi?

— Até eu sei disso.

— Hã.

Sobek fixou seu olhar milenar, aguado, em Fennrys, permanecendo em silêncio.

— Escute, você deve dar meia-volta e ir embora — disse ele, por fim.
— Tem alguma coisa nisso tudo... O que quer que você ache que está

acontecendo aqui, onde quer que ache que está indo... Eu já vivi o suficiente, vi o suficiente para saber que esta busca em que você está é uma péssima ideia. Detesto dizer, mas você, rapaz, está sendo seguido por uma estrela ruim.

— Não tenho bem certeza de como você pode saber — disse Fennrys, sem querer admitir o quanto aquilo o feria. — Afinal, nós estamos num subterrâneo...

— Este lugar não é um subterrâneo — Sobek retrucou; o sarcasmo de Fenn escapava-lhe por completo. — Este lugar não é um *lugar*! — Ele se virou para Rafe. — Você não explicou como as coisas funcionam antes de decidir trazê-lo para cá?

— Você está cego, Sobek? — zombou Rafe. — Esse cara não é o que parece ser, meu velho. — Ele empurrou Fennrys para a frente. — Aqui. Pode cheirá-lo.

Pego de surpresa pelo empurrão de Rafe, Fennrys cambaleou alguns passos relutantes na direção de Sobek, que de repente pareceu receber uma baforada do cheiro de Fenn, ou de sua aura, ou da alma, o que quer que estivesse farejando. E então os olhinhos miúdos de Sobek se arregalaram. Ele recuou, chocando-se com Maddox, que estendeu a mão para evitar que o semideus caísse de traseiro no chão.

— *Rá...* — disse Sobek, praguejando o nome do mais poderoso e reverenciado deus egípcio. E o mais temido.

Ele está com medo, pensou Fennrys. *De mim*.

— O *que* ele é? — Sobek perguntou a Rafe.

— Ele é o que é — Rafe respondeu, sem ajudar em nada. — Uma peça--chave, talvez. A coisa que, sozinha, mantém tudo no lugar. Ou uma bomba-relógio que vai destruir tudo. Ainda é cedo demais para dizer. — Ele suspirou. — Podemos passar agora?

— Você sabe que ele nunca vai conseguir atravessar o Salão do Julgamento — disse Sobek, sombrio. — Se *eu* consigo farejar as coisas erradas nele, então ele não vai ter nenhuma chance com a Devoradora de Almas. *Ela* não pode ser enganada.

— Devoradora de... Almas? — Maddox ficou meio pálido.

— Eu estava enganado. Não posso ajudá-lo, e acho que ninguém pode. E lamento muito dizer isso... — Sobek lançou um olhar sombrio a Fennrys — mas provavelmente vai ser melhor se ela picar você em pedacinhos pequenos demais para serem encontrados depois.

Fennrys pôde sentir sua testa se contraindo em uma carranca furiosa. Com que direito as pessoas o julgavam daquele jeito? As coisas que ele tinha feito em sua vida tinham sido tão erradas assim? E o que havia acontecido com o conceito de segunda chance?

Ah, para o inferno com tudo.

Eles podiam pensar o que bem quisessem. Ele havia mudado. Mason Starling era a responsável pelas mudanças. Com um esforço da vontade, ele relaxou as feições.

— Em sua opinião... — disse, em tom leve, e então voltou-se para Rafe e bateu com um dedo no pulso. — Estamos perdendo tempo.

— Não faça isso, Anúbis — disse Sobek. — Não vai dar em nada de bom.

O olhar de Rafe foi e voltou entre a velha divindade e Fennrys. Então ele lançou seu sorriso de chacal e ecoou Fennrys.

— Em sua opinião.

Maddox conteve uma risadinha e deu um passo adiante para ficar ao lado de Fenn, e os três partiram em direção à profunda escuridão que os aguardava. Quase tinham atravessado todo o salão quando, de repente, um projétil em chamas cruzou sobre suas cabeças e uma grande parede de fogo ergueu-se diante deles com um rugido. Eles se voltaram e viram Sobek correndo na direção deles, perseguido por uma dúzia de criaturas simiescas que uivavam, com os dentes à mostra, atirando bolas de fogo que conjuravam do nada.

Fennrys olhou para Rafe e viu que ele estava com os olhos arregalados.

— Seus babuínos que tinham desaparecido? — perguntou seco.

As criaturas pareciam enormes monstruosidades mutantes de aparência primata, com dentes afiados como lâminas e olhos amarelos incandescentes. Transbordando de músculos e malevolência, eram horríveis de olhar. E estavam se aproximando depressa. Sobek, já quase os alcançando, soltou um uivo agudo de pânico enquanto corria.

— Meus babuínos que tinham desaparecido — confirmou Rafe, olhando por cima do ombro para as labaredas turbulentas que a bola de fogo havia deflagrado, e que agora barravam o caminho deles. — E meu Lago de Fogo... bem, hoje em dia é mais como uma Poça de Fogo, mas ainda cumpre sua função. Infelizmente.

Ele desviou de outra bola de fogo e resmungou:

— Eu havia esquecido como odeio esses malditos macacos.

— Que vamos fazer? — perguntou Maddox, imperturbável diante da situação.

Rafe franziu as sobrancelhas.

— Posso carregar um de vocês através das chamas, mas é só isso.

Fennrys abriu a boca para protestar, mas Maddox assentiu com a cabeça e disse:

— Certo. Vão em frente, então. Vou ficar por aqui e ajudar Sobek.

— Madd... Não!

— Cale-se e não seja idiota. — Maddox virou-se para ele com um olhar tranquilo. — Sua garota está esperando por você, e *isto aqui* não é o grande julgamento que você vai enfrentar. Tenho certeza de que vai ser a próxima coisa. Esta é só uma distração. — Ele tirou a corrente da bolsa do cinto e começou a girá-la em círculos. Então sorriu para Fennrys. — Vejo você depois em Manhattan, ok?

Fennrys sabia que Maddox estava certo. Sabia, por instinto, que podia ficar e lutar ao lado do amigo e ganhar, mas fazendo isso teria perdido. Teria perdido tempo demais, permitiria que uma porta agora aberta se fechasse, coisas assim. Parte da vitória verdadeira estava em saber quando *não* lutar. Saber quando confiar o suficiente em seu amigo para deixá-lo para trás.

Fennrys nunca tivera, de fato, amigos em quem confiar. Era uma sensação nova.

Ele estendeu a mão e os dois apertaram-se os pulsos.

— Se você morrer, eu te mato — disse Fennrys. — E só porque Chloe vai me matar primeiro.

— De novo. — Maddox sorriu e fez um gesto para que fossem embora.

Os gritos dos babuínos eram quase ensurdecedores. Sobek também gritava, e as bolas de fogo eram arremessadas sem parar e a toda velocidade. Rafe assumiu sua forma como um imenso e elegante lobo negro, e Fennrys montou-o, agarrando com firmeza a espessa pelagem e enterrando nela o rosto, para protegê-lo das chamas.

Anúbis, Protetor dos Mortos, fez a sua parte. Ele recuou para tomar impulso, correu e saltou por cima das chamas, carregando Fennrys para fora de seus próprios domínios infernais.

IX

— Starling...? — Tag Overlea gritou para Mason, com uma voz estranha e queixosa. Sua jaqueta do time da universidade destacava-se, chamativa, entre todo o couro e ferro dos *Einherjar*, e ele se movia como se estivesse preso em um pesadelo.

Mason se lembrava de ter ouvido a voz dele quando estava no trem. Ele estava lá quando cruzaram a ponte Bifrost. Mas o que ele fazia em Asgard? — ela se perguntou. Foi só quando ele chegou mais perto que Mason observou sua aparência e, espantada, compreendeu. Ela tinha ido parar nos Reinos do Além por acidente, mas, pelo que podia ver, Tag fora por meios mais... tradicionais.

Tag Overlea estava morto.

A pele do jogador de futebol americano estava manchada de cinza e roxo. E o branco de seus olhos estava vermelho, com os vasos sanguíneos estourados. Enquanto ele andava na direção dela, arrastando os pés, um golpe de raspão de uma espada, manejada por um dos guerreiros próximos, abriu um talho no braço de Tag, que atravessou a manga de sua jaqueta, mas ele não pareceu sequer sentir.

Ele apenas se desequilibrou um pouco e resmungou:

— Cuidado aí, cara.

Tag continuou se aproximando de Mason, e ela recuou horrorizada.

— Starling, o que está acontecendo? — ele perguntou, estendendo a mão para ela. — Onde estamos? Estou me sentindo tão... caramba, eu me sinto péssimo. Você tem que me ajudar, Mason. Eu tenho que sair daqui. Logo vou ter um jogo importante...

Mason sentiu um calafrio subindo pela espinha.

— Taggert, como você chegou aqui? — ela disse, a boca seca como areia.

— Eu já disse, não sei. Preciso encontrar Rory. Ele pode me ajudar. Preciso de um pouco daquele lance.

Um tremor sacudiu sua mão morta quando ele a ergueu até o pescoço, sem pensar, afastando a gola da jaqueta, e Mason viu algo em sua pele. Era como uma tatuagem, só que parecia ter sido traçada na lateral do pescoço dele com uma tinta escura, metálica. Ela resplandecia com um brilho mortiço, intermitente.

— Só mais uma dose daquele ouro líquido, sabe?

— Do que ele está falando? — Mason perguntou à mãe.

Ela olhou para Tag e fez uma cara intrigada.

— Parece que alguém o encheu com magia de runas — disse. — Em tal quantidade que isso o mandou para cá, para as hostes dos *Einherjar*, quando ele morreu. Não há outra forma de alguém do... nível dele conseguir chegar até aqui. Ele nunca teria sido um dos escolhidos das Valquírias. Sem dúvida, é algo chocante para a mente dele.

Mason nunca tinha achado que Tag fosse lá muito esperto, para começar. Mas quando ele fixou nela o olhar, ela pôde ver que ele lutava para ter algum pensamento coerente. Era evidente que ele não fazia ideia de onde estava. Ou como tinha chegado ali.

— Sei que você... — ele hesitou e se interrompeu, e então tentou de novo. — Quer dizer, sei que Rory não foi muito legal com você, com aquela história do saco e tudo o mais. Mas ele só quer o melhor para você, sabe? Ele me contou... tudo isso, o que vem por aí... Ele me disse que é para seu próprio bem. Vai ser demais, tá sabendo?

— Não, Tag. Eu não sei.

Mason recuou ainda mais para longe dele, para evitar a mão descontrolada que tentava segurá-la. Era como se ele não soubesse mais como fazer seus músculos funcionarem de forma correta. De repente, Tag parou e olhou ao redor, piscando atordoado.

— Onde eu estou? — murmurou.

Ele parecia tão perdido e solitário que, apesar do que tinha feito a ela, sob as ordens de Rory, Mason sentiu uma onda de piedade por ele.

— Eu... alguém por favor me diga o que fazer.

Mason engoliu em seco, penalizada. Ela teve uma ideia e, ajoelhando-se, pegou uma espada que estava caída no chão aos pés dela.

— Você está no jogo, Tag. Este é... é um campeonato. Só que as regras são um pouco diferentes, certo?

Ele fixou nela seu olhar ferido, vermelho, uma centelha de esperança acendeu-se nas profundezas de seus olhos baços, à menção de um jogo.

— Está vendo esses caras? — Mason apontou para o mar de guerreiros que lutavam. — Eles são o outro time. Entendeu?

Ele fez que sim, com ar ausente.

— E você usa *isto* — ela lhe entregou a espada, o cabo primeiro — em vez de uma bola para passar por eles e chegar à linha do gol.

Tag estendeu a mão e pegou a arma, meio desajeitado; seus dedos apertavam convulsivamente a empunhadura envolta em couro. Com suavidade, Mason empurrou o ombro dele e o virou na direção do confronto que se desenrolava.

— Vê o que aqueles caras estão fazendo? — Ela apontou para um par de *Einherjar* que duelava. — Você tem que fazer o mesmo.

Tag baixou os olhos para a espada, em seguida olhou para Mason e então assentiu.

Ele se virou e lançou alguns golpes exploratórios com a lâmina no ar. Mason lhe deu outro pequeno empurrão, e ele avançou alguns passos até o limiar da batalha. Ele brandiu a espada contra um homem robusto de capacete, e este respondeu com um golpe estrondoso na mesma hora. Mason ouviu um rugido dissonante de luta sair da garganta de Taggert quando ele se lançou no meio de um aglomerado de seis guerreiros, espalhando-os. Ela viu um estranho sorriso de aceitação aparecer no rosto dele, e então Tag foi engolido pela batalha.

Ela o observou por todo o tempo em que conseguiu ver a jaqueta vermelha, e então se virou de novo para o vulto altivo da mãe, que permanecera imóvel e impaciente durante toda a conversa. Mason sentiu-se ainda mais sozinha. Não deixou de perceber a ironia. Ela *sentia a falta* de Tag Overlea. Por outro lado, tinha a nítida sensação de que a única razão de ele estar ali se devia a ela. Era por causa do que Rory tinha feito a ela e pelo fato de ele ter usado Tag para ajudá-lo.

Mason havia feito o possível. Não podia fazer mais nada por ele.

Assim, ela se virou e, com a mãe a seu lado, caminhou rumo ao palácio de Valhalla. Enquanto galgavam os degraus amplos e baixos que levavam às portas maciças de carvalho entalhado, Mason viu duas enormes pilhas de armas, que se elevavam a cada lado da entrada, e soube, por instinto, o que significavam.

Não se entra armado na casa de seu anfitrião.

Não quando se quer receber boas-vindas.

A maioria das armas parecia estar ali desde eras imemoriais. As lâminas das espadas e dos chuços e machados estavam escurecidas e enferrujadas. Algumas das empunhaduras e das hastes do material no fundo das pilhas haviam começado a se decompor, a madeira estava se transformando em pó, as correias de couro estavam caindo aos pedaços, as lâminas de ferro foram corroídas pelo tempo.

Hesitante, Mason correu o polegar pela curva fria e suave da guarda encurvada de sua rapieira. Uma dor profunda travou-lhe a garganta. Ela sabia que precisaria deixar a lâmina para trás se quisesse entrar em Valhalla, e odiava essa ideia. Mas abrir mão da espada que Fennrys lhe dera seria infinitamente menos doloroso do que nunca mais vê-lo de novo. *Esse* medo a incentivou a levar a mão até a correia de couro do boldrié que pendia de seu ombro direito até o quadril esquerdo. Rápida e decidida, ela o ergueu por sobre a cabeça, enrolou a correia com firmeza ao redor da espada embainhada e colocou-a suavemente no topo da pilha de armas descartadas e esquecidas. Beijou as pontas dos dedos e passou-as na joia azul da fivela de prata do boldrié, prometendo a si mesma que a próxima coisa que beijaria não seria o presente de Fennrys, mas o próprio Fennrys.

De novo, sua mãe permaneceu imóvel, observando em silêncio. Ela esperou até que Mason descartasse seu único meio de defesa, com uma expressão satisfeita no rosto adorável, e Mason achou que tinha feito a escolha correta.

Um viva para mim.

Mason virou o rosto para olhar as altas portas de carvalho e ferro, e nesse momento elas gemeram como uma grande fera despertando de seu sono, e uma fresta apareceu entre ambas. Elas se abriram para dentro, devagar e com dificuldade, e uma baforada de ar estagnado agridoce atingiu as narinas de Mason.

A mãe dela recuou e fez um gesto para que ela fosse em frente.

— Você deve...

— Ir primeiro. É, imaginei.

— Não. Você deve ir *sozinha*. — O rosto da mãe estava contraído. — Não vou entrar no palácio de Odin.

Mason não ia discutir, mesmo que a ideia de cruzar sozinha aquelas portas fosse uma perspectiva aterrorizante. Ela cerrou em punhos as mãos trêmulas, os braços estendidos ao longo do corpo e, fingindo uma segurança que em absoluto não sentia, cruzou as portas do palácio de um deus.

O palácio *vazio* de um deus.

O lugar era imenso, sinistro e envolto em sombras. Mason ouviu um bater de asas em meio à calmaria, mas não conseguiu ver nada se movendo. Na verdade, ela mal conseguia ver qualquer coisa. A única luz no lugar era a iluminação fria que entrava pela porta onde ela estava, mas era suficiente para pintar um quadro desolador. Mason olhou para cima. Tinha visto todos os escudos dourados dos guerreiros revestindo o telhado por fora, e havia imaginado o tamanho do exército que deveria ter tombado derrotado para fornecer semelhante material de construção. Mas o que não tinha parado para pensar era que o teto deveria ter um revestimento idêntico *por dentro*. Todo aquele lugar era um monumento ao Viking Derrotado numa escala descomunal.

Mason imaginou o espaço abobadado lotado com um batalhão inteiro de barulhentos *Einherjar*, iluminado pelos fogos crepitantes de dúzias de fogueiras dispostas no centro do recinto e por centenas de tochas presas aos suportes nas paredes. Ela pensou em todos os detalhes de que se recordava das histórias que ouvira quando era criança. A hoste de Valquírias com capacetes alados, servindo canecas de hidromel e bandejas de cervo e javali assados. Odin sentado em seu trono ao lado de sua bela esposa, presidindo a festança alucinada.

Isto aqui não era nada daquilo.

Uma grossa camada de poeira cobria tudo de cinza, e teias de aranha pendiam como cortinas nos espaços entre as vigas. As fogueiras estavam apagadas havia muito, assim como as tochas em seus suportes, e as longas mesas tinham pilhas de restos de carcaças assadas e filões de pão petrificados pelo tempo. O lugar parecia estar deserto fazia séculos, como se as hordas irracionais de *Einherjar* do lado de fora simplesmente tivessem se esquecido de comemorar depois da batalha. Ou talvez fosse porque a luta nunca tivesse terminado. Dias cheios de lutas, noites cheias de banquetes... Mason recordou-se de como, quando estava lá fora, tinha sido incapaz de dizer onde o sol estava no céu, e ela na verdade não fazia ideia de quanto durava um dia em Asgard. Mas, olhando em volta, com certeza, teve alguma compreensão do que significava o "crepúsculo dos deuses". Nos anos que se passaram desde que os Aesir deixaram de ser uma força dominante nos sistemas de crença humanos, as coisas certamente tinham ido ladeira abaixo. O palácio fedia a morte. Não a morte boa, vigorosa e violenta que os vikings tanto prezavam, mas o declínio lento rumo à decrepitude e à insignificância.

Não importa, Mason pensou. Tudo que lhe interessava era pegar a lança e voltar para casa.

Ela deu um passo hesitante para a frente. Mas, assim que cruzou o umbral, as portas maciças se fecharam por trás dela com um estrondo abafado, como o de um trovão distante. Ela soltou uma exclamação e, de repente, o som ecoou e se distorceu em sua mente, transformando-se em um refrão composto de uma miríade de sons. O porta-malas de um carro batendo... A tranca da porta de um galpão deslizando para seu encaixe... As portas do ginásio de Gosforth chacoalhando, sem abrirem... As dobradiças gemendo quando o alçapão do porão do depósito se fechou. Uma trilha sonora insana como acompanhamento para sua claustrofobia.

Ela não podia respirar.

Não podia se mexer.

Aprisionada.

Parecia que algo estava definhando dentro de si. Encolhendo-se de volta para a escuridão. A respiração parecia arder em seus pulmões, e sua garganta parecia estar se fechando.

Não consigo fazer isto...

As mãos dela se ergueram, agarrando a garganta, e seus dedos roçaram o medalhão de ferro. O medalhão de Fennrys.

Sim. Ela ouviu a voz dele em sua cabeça. Calma e controlada e fria como água em uma queimadura. *Você consegue*.

X

A medida do valor de um homem está no peso de seu coração.

Essa era, segundo Rafe, a tradução dos hieróglifos entalhados na pedra que encimava a entrada para o Salão do Julgamento. Fennrys estivera torcendo para que toda essa história do peso do coração fosse só uma metáfora. Seria pedir demais naquele momento?

Quando entrou na câmara de pedra abobadada, iluminada com tochas, sua atenção se voltou totalmente para um conjunto elegante de balanças delgadas que se erguia em uma plataforma elevada de pedra, no meio do aposento. Dois pratos pequenos e rasos, cada um deles do tamanho necessário para conter um coração humano, pendiam suspensos por finas correntes de ouro. Fennrys sentiu seu próprio coração bater com força no peito. Sua familiaridade com a mitologia egípcia não era grande, mas até ele tinha visto referências suficientes ao Julgamento da Alma para saber exatamente o que viria a seguir. Se quisesse passar pelo Salão do Julgamento e sair do outro lado, no lugar que Rafe lhe dissera que se chamava Aaru, onde as fronteiras do mundo dos mortos egípcio encostavam-se às fronteiras do Helheim nórdico, então ele precisaria ter seu coração pesado.

O único problema, porém, era que Fennrys não estava *exatamente* morto, como Rafe dissera pouco antes a Sobek. Isso podia gerar alguma dificuldade no processo, pensou Fenn, enquanto se perguntava como exatamente tirariam o coração de seu peito, e o quanto iria doer. Mas não era a ideia da dor que o aterrorizava. Era o julgamento em si.

Era o fato de saber, bem no fundo dos ossos, que ele não era uma alma pura. Havia crimes menores e mau comportamento, com certeza. Mas, acima de tudo, havia coisas que ele tinha feito que o maculavam para sempre. Que o marcavam como uma pessoa má. Fennrys tinha matado. Em seu papel como guardião do portal de Samhain, situado entre o mundo mortal e os reinos de Faerie e oculto no Central Park de Nova York, ele havia matado *muito*. Isto é, matado muitos do povo de Faerie, e para proteger os reinos mortais, claro, mas mesmo assim. Ele o fizera, e com uma espécie de alegria selvagem, sangrenta. Ele fora bom naquilo. Na verdade, ele sempre tinha se orgulhado de sua habilidade como guerreiro. Ele sempre se ressentira contra o povo das fadas por tê-lo afastado de um destino que o levaria a matar *homens*.

Fennrys era, no fundo do coração, um assassino. E um traidor.

O olhar de Rafe encontrou o dele naquele momento, e o deus Anúbis deve ter adivinhado o que Fennrys estava pensando.

— Ei, já vi passarem por este salão almas que eu jamais imaginaria que conseguiriam — Rafe disse baixinho. — Ladrões, mentirosos... até assassinos. O julgamento não é algo padronizado. É complicado. Só... Não vou dizer para você relaxar porque seria algo idiota, mas... fica frio.

— Claro — respondeu Fenn. — Sou um viking. Sou praticamente um iceberg.

Rafe sacudiu a cabeça e deu um tapa afetuoso no ombro de Fennrys, fazendo com que ele avançasse um passo para dentro do salão.

Porém, a despeito das palavras de incentivo de Rafe, Fennrys sentiu-se à beira do pânico. Tudo bem, talvez não fosse necessário ser imaculado para atravessar, mas, se fosse levar em conta as reações consistentes de todos os seres semidivinos que ele havia encontrado nos últimos dias, Fennrys era um pouco mais do que imperfeito. Muito mais. Muito pior.

Ele nem sequer sabia o quão ruim aquilo poderia ser. Mas de repente ocorreu-lhe que talvez fosse melhor que *não* conseguisse atravessar o salão. Talvez tudo devesse simplesmente terminar ali.

Então ele a viu.

Ammit. A Devoradora de Almas.

Encolhida e enrodilhada, pronta para dar o bote, a criatura estava alojada em um fosso profundo cavado na terra sob a plataforma onde estava a balança. As órbitas vazias em uma face enrugada e horrivelmente reptiliana, que lembrava um pouco Sobek, quando este assumia a forma de crocodilo. No entanto, as semelhanças paravam por aí. A Devoradora de Almas não era nada que pudesse ser encontrado no mundo mortal. Ela era um ser primevo. Uma quimera. Nem uma coisa nem outra, mas uma mistura de formas. Uma juba de leão, densa e emaranhada, emplastrada com sangue velho e seco, estendia-se para trás a partir da testa e revestia espessa os poderosos ombros e o torso leoninos. Os membros da frente pareciam-se com braços e terminavam em patas que eram quase como mãos, com garras lembrando foices. A parte traseira da criatura era volumosa, como os quartos musculosos de um hipopótamo do Nilo, com uma pelagem espessa azul-arroxeada, coberta por um limo esverdeado.

Fennrys sentiu as batidas de seu coração falharem e então tornarem-se mais lentas, à medida que ele se aproximava da balança. O salão, vazio e repleto de sombras, ecoava com seus passos, e o ar ardia em seus pulmões enquanto ele respirava fundo, tentando acalmar a ânsia de fugir. Uma voz em sua cabeça berrava lhe dizendo que, se fizesse aquilo, se permitisse ser julgado, ele morreria. E não apenas morreria, mas seria destruído. Completamente.

Como um viking, tudo o que ele desejava era morrer de forma honrosa. Buscar a recompensa de seus ancestrais, viver sua *desvida* em Asgard, banqueteando-se e lutando eternamente no mundo dos mortos. A realidade tinha sido outra; uma cela nas masmorras, correntes, sofrimento, tortura por crimes que ele nem sequer entendia ter cometido. Mas então ele recebeu uma segunda chance e retornou do outro lado das muralhas da morte. Que diabos achava que estava fazendo, então, cruzando de novo aquela linha, por vontade própria? Por quê? Para quê?

Por Mason.

As órbitas negras da Devoradora de Almas fixaram-se no peito dele.

O coração de Fennrys martelava em seus ouvidos. Ele conseguia sentir a pulsação, rugindo ao longo das laterais da garganta e em seus pulsos. Chamas irromperam em seu peito, lancinantes, terríveis, glorio-sas. A vida que tinha dentro de si resistiu contra a vontade da Devoradora de Almas quando ela arrastou a essência dele para a superfície de sua pele. Seu coração afloraria do peito a qualquer segundo, e ele morreria de forma espetacular, sangrenta, uma pilha de carne e ossos deixada para apodrecer e então se transformar em poeira...

E ele não queria que aquilo acontecesse.

Por causa de Mason Starling.

O monstro que jazia sob a balança ergueu-se na direção dele com uma elegância desajeitada. Fenn olhou naquelas órbitas cegas e não pode desviar o olhar dos buracos negros e vazios. Havia uma fome atemporal ali, que nunca seria saciada. A deusa demônio, antiga como a própria morte, ergueu-se nos quartos traseiros, diante de Fennrys, e estendeu para ele as mãos providas de garras. Por um instante, poderia ter sido para um abraço suave. Então a dor, pior do que qualquer coisa que tivesse sentido antes, explodiu como um sol. Queimou seus pulmões, transfor-mando-os em carvões e cinzas.

Mase...

A Devoradora de Almas atirou-se para diante, ansiosa para arrancar do peito de Fenn o coração pulsante. Suas garras rasgaram a parte da frente da jaqueta dele, reduzindo-a a tiras de couro, e então sua mão peluda se imobilizou no ar. As feições desprovidas de visão foram tomadas por uma expressão hesitante. Curiosa. Ela estendeu a mão de novo para a jaqueta de Fennrys e, com uma delicadeza desconcertante, retirou do bolso do peito a pena que ele recolhera às portas da biblioteca.

Ele havia esquecido de que a guardara ali.

Pálida, tingida de prata e rosado, de uma fragilidade infinita, e ainda assim forte o suficiente para o voo...

Algo de pureza.

O focinho da Devoradora de Almas estremeceu, e, segurando a pena como se fosse feita de algum cristal precioso, ela recuou de volta para a balança. Com a outra mão, ela pegou a branquíssima Pena da Verdade – Ma'at –, que estivera em uma pequena mesa de obsidiana, e colocou-a no prato esquerdo da balança. Então depositou a pena de pomba no prato direito. Se achasse que ainda tinha pulmões em funcionamento, Fennrys teria prendido a respiração. Os pratos muito bem calibrados moveram-se como uma gangorra; os braços delicados oscilaram para cima e para baixo...

E o equilíbrio da balança...

Perfeitamente nivelado.

Um arquejo escapou dos lábios de Rafe.

E os joelhos de Fennrys, o Lobo, cederam e ele desabou no piso frio de alabastro. Por um longo momento ficou ali encolhido, as palmas da mão pressionando a pedra lisa, a respiração entrando e saindo convulsiva de seus pulmões, o coração batendo forte, ainda aninhado no fundo da caixa torácica, onde era seu lugar, enviando sangue por todo o corpo. Ele estava vivo.

Ah, Mase, ele pensou, saboreando o som do nome dela em sua mente. *Essa foi por pouco, acho...*

Depois de um instante, Rafe abaixou e, apoiando-se em um joelho diante de Fennrys, colocou a mão no ombro dele.

— Eu estava certo a seu respeito — disse o deus milenar. — Você *merece* uma segunda chance. Talvez até uma terceira.

Fennrys conseguiu dar um sorriso. Estivera apertando tanto a mandíbula, lutando para permanecer impassível, corajoso diante do que havia acreditado ser finalmente seu destino, que os músculos de sua face agora doíam.

— Obrigado pelo voto de confiança — respondeu, com a voz rouca. — Sério.

Rafe ajudou-o a ficar em pé, e Fennrys notou que a demoníaca Ammit, a Devoradora de Almas, não estava em nenhum lugar à vista. A pena da pomba ainda estava no prato da balança, do lado oposto ao da pena de Ma'at.

— Não foi... não foi trapaça, foi? — perguntou Fennrys baixinho.

Rafe fez que não com a cabeça.

— Não se pode trapacear Ammit.

Ele foi até a plataforma e tirou a pena de pomba do prato. A balança moveu-se apenas de leve.

Entregou a pena para Fennrys, que a guardou na bainha da espada curta que Maddox lhe dera. Sua jaqueta estava arruinada, reduzida a tiras pelas garras do demônio, e ele a removeu, deixando-a para trás nos degraus da plataforma, como se fosse uma oferenda.

— Eu nunca vi algo assim acontecer antes... — Rafe olhou para trás, para o buraco aberto no piso logo abaixo da balança.

Um ronco profundo, sonoro, vinha de lá. O demônio dormia de novo. E Fennrys torceu com fervor para que se passasse um longo, *longo* tempo antes que outra alma infeliz a despertasse para ser julgada.

Rafe o conduziu ao redor da plataforma elevada para a parte de trás do salão. Na parede decorada com hieróglifos havia uma porta aberta, que Fenn não tinha notado antes. Por cima dela, havia a pintura de uma deusa, ajoelhada em uma postura egípcia clássica, com um joelho no chão. Tinha cabelos claros, e seus braços, abertos de ambos os lados, exibiam asas emplumadas. Uma luz dourada suave saía pela porta, e Fennrys sentiu um ar quente e seco no rosto. Também podia ouvir o som de água corrente. Quando atravessaram o umbral da porta, o salão atrás deles desapareceu, e Fennrys viu-se em pé na água, à beira de um rio largo e raso, margeado por um maciço de ervas altas, plumosas — bancos de papiros. À distância, dunas de areia tremulavam com o ar quente.

Fennrys virou-se e viu Rafe parado a seu lado, as pernas das calças de seu terno elegante estavam molhadas até os joelhos.

— Este não é o rio Leto, é? — perguntou Fennrys, de súbito voltando a temer por sua memória.

— Não, é só um curso d'água sem nome. Suponho que os antigos egípcios achavam que, depois de passar uma vida às margens do poderoso Nilo, na vida seguinte não seriam necessários rios especiais. Agora, siga-me.

Sem hesitação, ele seguiu em frente pelo caminho d'água, entrando mais fundo no rio. Fennrys viu alguma coisa agitando-se sob a superfície, crispando-a.

— Se Hel pode pedir favores, eu também posso — murmurou Rafe baixinho.

De repente, uma parede de água ergueu-se rumo ao céu no meio do rio, e o sol escaldante de deserto transformou-a em uma cortina de luz faiscante, com as cores do arco-íris. Pouco além da cortina, Fennrys viu uma mulher, pairando acima da superfície, com asas iridescentes. Tinha longos cabelos prateados e portava um cajado. E sorria para ele, com uma expressão levemente divertida.

— Estou começando a me sentir um pouco como sua motorista particular, Fennrys, o Lobo.

— Senhora.

Ele curvou a cabeça, reconhecendo a mesma figura luminosa que o transportara para fora do Hel asgardiano, a pedido da dona daquele reino.

A figura prateada era tão luminosa e bela que olhá-la feria seus olhos.

— Pensei que Íris fosse uma deusa grega — ele sussurrou de canto de boca para Rafe.

— Íris, Ísis, é só uma letra de diferença. Lembra que eu disse que alguns dos Reinos do Além se confundem e se sobrepõem? Bem, isso também acontece com alguns dos deuses e algumas deusas que moram neles.

— Lorde Anúbis — disse Íris/Ísis, voltando o sorriso para seu colega imortal. — Um arco-íris em uma terra deserta é uma coisa rara e preciosa. Você sabe disso.

— E bela, minha cara dama. Mais do que nunca. — Ele se curvou galante, e os olhos dela brilharam. — Mas em outros locais os arco-íris parecem estar em perigo ultimamente. Pontes e janelas de arco-íris destruídas... e se a escuridão cair e apagar todas as luzes, eles vão desaparecer por completo. Não concorda?

Fennrys ergueu os olhos e viu o sorriso dela morrer, dando lugar à seriedade.

— Para onde você vai? — ela disse de repente, sendo objetiva.

— De volta a Asgard — disse Fennrys, dando um passo adiante. — Precisamos levar Mason Starling para casa.

A expressão da deusa do arco-íris se tornou distante, seu olhar passou por sobre as cabeças deles como se ela visse coisas que eles não podiam ver.

— É tarde demais — disse ela. — A Valquíria está quase completa.

— Quase?

— O corvo mostrou-lhe onde está a lança — a deusa prosseguiu. — Ela a empunhará. Por que não o faria? E tudo estará perdido.

— Você disse "quase". — Fennrys avançou contra a correnteza do rio. — Tem muita margem de manobra em uma palavra como essa.

Ele cravou o olhar nos olhos da deusa e suplicou:

— *Por favor*, eu preciso ir até ela.

— Muito mal já foi causado a serviço do amor, Fennrys, o Lobo. — A deusa resplandecente lançou-lhe um sorriso triste. — Não seja um daqueles que sacrificam tudo por causa dele. Ammit olhou nos recantos mais profundos de sua alma e o julgou valoroso. Anúbis acha que você merece uma segunda chance. Eu... vejo você equilibrado no gume de uma faca. Se eu fosse você, deixaria o coração de fora quando chegasse o momento de escolher entre a garota e o mundo.

— E você? Faria a mesma escolha?

— Não. Eu fiz o que você faria. — Ela sacudiu a cabeça, e seu cabelo prateado refulgiu. — Fui até o fim do mundo e mais além para salvar *meu* único e verdadeiro amor. Cruzei o abismo entre a vida e a morte e, em minha arrogância, mudei meu mundo para sempre por conta disso. *Seu* mundo pode simplesmente deixar de existir se você fizer o mesmo.

— Estou disposto a correr o risco. Você vai me mandar para o outro lado?

Ela fez um gesto, e o arco-íris jorrou novamente do rio, brilhando como uma cortina entre eles.

— Eis o caminho. Que a boa fortuna o acompanhe. Que eu não o veja de novo tão cedo.

— Igualmente, senhora — murmurou Fenn, e avançou pela água, através do véu que brilhava como um diamante.

Quando a luminosidade ofuscante da passagem do arco-íris sumiu dos olhos de Fennrys, seus ouvidos se encheram com o som horrível, glorioso, de homens em combate, vindo de trás dele. Mas naquele momento aquilo não importava, porque bem a sua frente, a menos de dez metros de distância, estavam os degraus que levavam às altíssimas portas de carvalho do local ao qual ele sempre achara que pertencia.

Valhalla.

Ele respirou fundo e...

— Esse é o palácio de Odin. Você não pode entrar aí.

Fennrys ergueu as duas mãos devagar, porque não queria assustar quem quer que fosse o dono da mão que caíra com força sobre seu ombro, e muito menos dar motivo para que o matassem. Não quando estava tão perto de encontrar Mason.

— Não podemos entrar até terminarmos de lutar.

— Não estou aqui para lutar — disse Fennrys, virando-se.

Que diabos...?

Fenn esperava ver um *Einherjar*. Mas o jovem que o abordara, ao contrário de todos os outros homens naquele campo de morte, vestia *jeans* e tênis. E uma jaqueta da Universidade de Colúmbia, com a indicação de armador do time de futebol americano na manga. Fennrys o olhou desconfiado.

Estava na cara que o sujeito tinha passado por uma experiência ruim recentemente. E por "ruim" Fennrys queria dizer "letal". O branco de seus olhos estava vermelho de sangue, e sua pele estava toda manchada. No entanto, seu cabelo ainda estava com gel e um aroma de desodorante barato ainda o envolvia — mesclado ao fedor do campo de batalha, era um tanto desconcertante —, fazendo com que ele parecesse apenas com um universitário qualquer. Em um filme de terror.

— Acho que você não devia estar aqui — o sujeito disse, fechando a cara para Fennrys.

— Sério? — Fennrys ergueu uma sobrancelha e com delicadeza tirou a mão do outro de seu ombro. — E você devia?

Uma onda de confusão passou pelo rosto do jovem, mas depressa foi substituída por uma expressão de teimosia estúpida.

— Você não pode entrar aí. Só os *Einherjar* podem comemorar no palácio de Odin. E só quando as Valquírias nos chamarem para comemorar.

Pela forma como afirmava aquilo, ficava evidente para Fennrys que ele não fazia a menor ideia do que estava dizendo. As palavras não eram familiares à sua língua, e parecia que ele as tinha decorado.

Ele parecia não saber que não existiam mais Valquírias para chamar os homens e interromper a luta. E já não existiam fazia muito tempo. Fennrys planejava manter as coisas desse jeito, mas para isso precisava entrar em Valhalla. Ele olhou de relance para Rafe, que estava a seu lado, vigiando desconfiado o resto dos guerreiros, e às vezes desviando-se quando algum deles chegava perto demais. O deus milenar encolheu um ombro.

— Como eu disse, não quero lutar. — Fennrys manteve as mãos erguidas, as palmas voltadas para a frente. — Mas preciso entrar, e você não vai me impedir. Você pode tentar, mas eu vou lá buscar Mason.

— Mason... — As feições toscas do jovem se contorceram quando ele reconheceu o nome. — Mason... Starling?

— Sim! — Fennrys estendeu a mão e agarrou o rapaz pela jaqueta. — Você conhece Mason? Você a viu? Ela está no palácio? Ela está bem?

— Deixe o homem responder — murmurou Rafe, puxando o braço de Fennrys. — Uma pergunta por vez. Este cara não parece estar raciocinando direito.

Fennrys recuou um passo, e o rapaz assentiu.

— É. Ela estava aqui. Ela foi legal... — Ele franziu as sobrancelhas, parecendo confuso. — Rory não devia ter feito aquilo com ela. Não devia tê-la levado para o trem daquele jeito. Ela é legal. Também é uma gata, sabe? Será que ela toparia sair comigo?

Então aquele cara estava com Rory quando ele pegou Mason. Provavelmente era a força bruta de que Rory precisava para fazer o serviço. Fennrys imaginou por um instante como o armador teria encontrado seu destino, e o que teria acontecido com o irmão babaca de Mason. Mas eram questões que podiam esperar. Rafe estava certo. A morte, ou o choque de morrer, não tinha sido gentil com quaisquer capacidades cognitivas que o Senhor Músculos tivesse possuído em vida. E Fennrys tinha a nítida impressão de que, para começar, elas já tinham sido limitadas. Ele controlou a impaciência e respirou fundo.

— Qual é o seu nome?

— Hã... Tag. Taggert Overlea. Eu também não devia estar aqui. Eu estava no trem... e então... Ai, cara...

— Tag...

Fennrys sacudiu-o de leve. Não deixaria o jovem ficar preso nas lembranças de qualquer que tivesse sido a morte que sofrera. Obviamente não tinha sido uma morte boa, e o choque dessas lembranças poderia tirá-lo do presente estado, em que ele podia ser útil.

— Ei, está tudo bem. Você está aqui para me ajudar. Certo? Você está aqui para ajudar Mason. Você disse que ela foi legal com você.

Tag concordou.

— Bem, ela precisa de nossa ajuda para sair de uma encrenca, certo? Você tem que me deixar passar. Preciso entrar *ali...* — ele apontou para as grandes portas do palácio — para poder ajudar Mason. É importante de verdade, ok?

Tag de novo concordou.

— Ok. Mas eu te disse... Não podemos entrar até que a batalha termine. Tem tipo... um sistema de alarme, entende? Você vai ter que lutar.

Fenn sentiu que estava sorrindo.

— Por mim tudo bem.

— Você disse que não estava aqui para lutar.

— Eu menti.

— Tudo bem. Vamos lá.

Na lateral do pescoço de Tag, a tatuagem de uma runa, que mal aparecia acima da gola da jaqueta, começou a pulsar com um tênue brilho dourado-avermelhado. Sua mão enorme apertou o cabo da espada velha e enferrujada que ele empunhava, e ele virou nos calcanhares e seguiu em direção às portas.

Fennrys e Rafe seguiram logo atrás.

Quando Tag disse que precisariam lutar, Fenn achou que ele queria dizer que teriam de lutar com os *Einherjar*. Ele na verdade gostou da ideia de uma boa luta, limpa e honesta. Sem répteis gigantes, monstros marinhos, zumbis da tempestade.

Mas ele não teve essa sorte.

No instante em que o jogador de futebol americano colocou o pé no trecho de terreno nu diante da edificação imponente, a terra entrou em erupção, e uma miríade de membros cinzentos e murchos de repente se projetou através do solo. Torrões de terra voaram, e Fennrys ergueu um braço diante do rosto para proteger os olhos. Quando o baixou, viu uma multidão de *draugr* postada entre ele e as portas de Valhalla. Era o sistema de alarme que Tag havia mencionado. Fazia sentido.

Draugr, ele pensou. *Odeio esses caras*.

Ele se perguntou por um instante como Mason tinha conseguido vencer as hostes de criaturas zumbis para entrar no salão. Mas não havia muito tempo para pensar nisso. Os *draugr*, com seus horríveis olhos brancos, suas garras e sua fúria irracional e assassina, avançaram sobre eles.

Tag bramiu como um touro e arremeteu em frente, de cabeça baixa.

Rafe transformou seu visual elegante no temível lobo negro.

E Fennrys sacou sua espada, curvou o corpo para a frente e se preparou para a luta, para matar... para a onda de frenesi de batalha que o levaria adiante, até onde uma garota especial esperava que ele aparecesse a tempo e a ajudasse a sair de uma encrenca das grandes.

Porque de forma alguma Fenn falharia de novo em proteger Mason.

XI

A morte não me assusta. Eu a conquistarei como conquisto todo o resto. Fennrys estava brincando ao dizer aquilo a Mason. No parque High Line, sob a lua cheia, depois que ela o feriu com a espada e eles se beijaram e ela se deu conta de que talvez, apenas talvez, estivesse meio que se apaixonando por ele...

Mas, naquele momento, Mason percebeu que, mesmo que na hora ele não soubesse, havia falado a verdade. Ela sabia agora que ele tinha, de fato, vencido a morte. De certa forma. Ele estivera em Asgard e tinha conseguido sair de novo. E ainda que ela desejasse de todo o coração que ele estivesse ali ao lado dela, naquele exato momento, ela sentia orgulho dele.

Ele tinha conseguido sair dali.

Ela também conseguiria.

Segurando com toda a força o medalhão de ferro que ele lhe dera, como se sua vida dependesse disso, e sufocando a onda de pânico que subia de seu peito, Mason apertou os olhos com força e imaginou Fennrys ali no salão com ela. Ela imaginou as tochas ardendo com vívidas chamas douradas formando um halo ao redor do cabelo amarelo dele enquanto ele lhe sorria. Antes mesmo de se dar conta de que estava se movendo, Mason de repente já havia cruzado cerca de um terço do imenso salão, o som das portas ao se fecharem ainda ecoavam em sua mente. Ela estava quase correndo quando chegou ao fundo do aposento, onde havia uma plataforma elevada com degraus que levavam até um trono. Este parecia ter sido entalhado a partir do tronco de um carvalho de mil anos. Repousando de encontro a um dos braços do trono todo entalhado e contorcido havia uma lança. E havia um enorme corvo negro pousado na lâmina da lança.

Mason perguntou-se momentaneamente se aquela criatura malcuidada de penas arrepiadas e oleosas seria um dos lendários companheiros de Odin. A ave saltou sobre o encosto do trono, onde ficou encolhida, fitando impassível Mason com um olho vermelho como rubi. A julgar pelo estado do lugar, era muito mais provável que fosse apenas um pássaro ao acaso que tinha feito seu lar nas vigas do salão de festas abandonado. Quando ele abriu o grande bico para crocitar para ela, em uma voz desolada como o vento norte, Mason não conseguiu saber se o som era de boas-vindas ou um alerta. De qualquer modo, ela reduziu a velocidade e voltou a atenção para o que concluiu ser a lança de Odin.

Para um suposto objeto carregado de magia poderosa, era tão pouco impressionante quanto o resto de Valhalla. A lâmina longa e delgada da arma estava gravada com símbolos que lembravam as marcas no medalhão de Fenn, mas os entalhes da lança estavam quase totalmente escondidos por uma grossa camada de uma ferrugem escura que se desfazia.

Foi só quando chegou perto que Mason percebeu que não era ferrugem. Era sangue velho e ressecado.

Vamos terminar logo com isso, ela pensou, estremecendo. *Pegue essa coisa e saia daqui. Então você volta para Manhattan, e pode ir atrás de Fennrys e pedir desculpas por ter sido mal-educada depois do torneio. Aí você pode ir procurar seu irmão idiota, descobrir o que exatamente ele achava que estava fazendo com aquela história debiloide do trem... e dar um murro na cara dele por ter acertado um tiro no ombro de Fenn.*

Mason não sabia por qual dessas coisas ela ansiava mais. No entanto, ambas se combinavam e a invadiam com uma sensação de urgência. Enquanto ela subia em direção ao grande trono, porém, seus passos hesitaram. Aquele era o trono de um *deus*. Para onde teria ido Odin? Para onde tinham ido todos os deuses? Ela se perguntou se a humanidade estaria melhor sem os deuses. Ela suspeitava que sim. Se o que os outros deuses tinham feito a Loki era uma indicação de como eles lidavam com situações desagradáveis, ela não queria se encontrar com eles. Só queria ir para casa.

O corvo no trono gritou alto, três vezes.

A lâmina de Odin começou a brilhar com uma luminosidade rubra esmaecida, que mudava de intensidade, parecendo entrar no ritmo do coração dela, enquanto Mason dava mais um passo hesitante para a frente, tentando entender o que de repente havia de errado com ela. A lança era sua passagem de ônibus para fora dali. Ela lhe cantava, em sua mente, uma canção de batalha envolvente, constante, que a impelia a continuar. Então por que, por baixo daquela música urgente e estimulante, Mason podia ouvir um sinal de alarme ecoando potente em seus ouvidos?

Ela olhou para a arma encostada no trono, que parecia ter sido esquecida por seu dono, que a qualquer momento voltaria para buscá-la. Mason hesitou, recordando algo que Fennrys lhe dissera quando a estava ajudando com sua técnica de esgrima. Algo que não tinha sido uma piada. Ele havia dito que você nunca pega simplesmente uma arma. Você se torna a arma que pegou.

Mason não queria se tornar aquela arma.

Mas que escolha ela tinha?

O medalhão formigou e se aqueceu na palma de sua mão, como se a magia dentro dele estivesse respondendo à magia da lança. Mason sentiu outra pontada desesperada de solidão. Ela desejava tanto que Fennrys estivesse ali com ela que até doía. O brilho vermelho da lança ficou mais intenso. Ela estendeu a outra mão e sentiu as ondas de encantamento rubro como sangue emanando da lança de Odin. Era a única fonte de luz e calor em todo o salão repleto de penumbra.

A mão dela pairou poucos centímetros acima do cabo de madeira.

Pegue logo essa lança maldita, disse a si mesma. *Este aqui não é o seu lugar. Este lugar é só dos mortos. Você tem de sair desta armadilha, desta tumba, e ir embora para casa...*

Sua mão se contraiu, seus dedos se fecharam, e ela não conseguiu se forçar a chegar mais perto. O teto lá em cima parecia estar se contraindo, fechando-se ao redor dela. A escuridão para além do resplendor vermelho da arma era sufocante.

De repente, um estrondo ensurdecedor ecoou por todo o salão vazio, atrás de Mason. Ela se virou para ver, lá na outra ponta do aposento, as portas imensas se escancarando. Elas se chocaram contra as paredes a cada lado da abertura, e a luz gélida e mortiça do céu sem sol de Asgard jorrou em Valhalla. E parada lá, sua silhueta recortada no brilho de fora, estava a pessoa que Mason desesperadamente queria ver.

Mas não naquele lugar.

— Fenn? — ela sussurrou horrorizada, mas ele estava longe demais para ouvi-la.

Não..., ela pensou. O horror de repente abriu um buraco dentro dela. *Ele não pode estar aqui!*

Emoldurado pela ampla abertura da porta, Fenn estava de cabeça baixa e com os ombros curvados para a frente, como se estivesse exausto. Iluminado por trás como ele estava, ela não podia ver-lhe o rosto, como de resto nenhum outro detalhe, e ainda assim ela soube, de imediato, apenas pelo jeito como ele se movia, que era ele quem estava entrando no salão dos deuses.

Os dedos de Mason apertavam com tanta força o medalhão de ferro que a borda do disco fez um corte na palma de sua mão. Ela sentiu o sangue escorrendo nas runas gravadas e pensou: *O que foi que eu fiz?*

Ela se lembrou de Fennrys contando-lhe, quando estavam no café em Manhattan, onde tinham sido atacados pelos monstros, que era o poder dos pensamentos dela, a força de sua vontade, que fazia funcionar a magia do talismã. Ela o fizera, e usara a magia para transformar em realidade o que estava em sua mente. E seu coração ficou apertado ao pensar que, em seu desespero por vê-lo, por tê-lo mais uma vez a seu lado, ela fizera aquilo de novo. Com seu desejo, ela fizera Fennrys retornar a Asgard.

O que significava que ela havia desejado que ele estivesse morto.

Mason ouviu o gemido de angústia que escapou de seus lábios. Rory tinha *atirado* em Fenn no alto do trem. Ela estremeceu quando as imagens assaltaram sua memória: a visão do rosto de Rory contorcido de raiva... o fogo do disparo da pistola... o ombro de Fennrys, com a mancha vermelha se espalhando quando a bala o atingiu e ele caiu do alto do vagão...

Mason cerrou os olhos com força, recordando como ela apenas ficara ali, olhando enquanto o corpo de Fenn rolava pelos trilhos do trem, braços e pernas se espalhando como os de uma boneca de trapo jogada longe. E então o brilho do portal de Bifrost a engoliu e ela se foi, achando que Fennrys estivesse morto.

Morto...

Fennrys, o Lobo, começou a andar na direção dela atravessando o salão, seus primeiros passos foram incertos e desajeitados. Daquela distância, Mason não conseguia ver os ferimentos dele, mas sabia que estavam ali. Deviam ser horríveis. Culpa e desespero a inundaram, ameaçando sufocá-la.

— Você não pode estar morto — ela sussurrou, a voz ressecada como poeira. — Vou voltar para casa. Vou voltar para casa e ficarei com você de novo.

O toque na lança a enviaria de volta para casa.

Ela deixaria aquele lugar... e nunca mais veria Fennrys, o Lobo, de novo.

Atrás dela, o corvo sobre o trono grasnou com uma voz áspera, urgente. Mason virou-se e viu que a lança brilhava com tanta intensidade que parecia a ponto de irromper em chamas. A imagem da arma começou a desaparecer como uma miragem diante dos olhos dela, e Mason sentiu que estava frente a uma situação de "agora ou nunca".

— Mase! — Fennrys gritou, sua voz dilacerada.

Não. Ela não suportaria virar-se e vê-lo mutilado por qualquer golpe mortal que o tivesse mandado para lá, então, em vez disso, ela lhe deu as costas e estendeu a mão para a lança à sua frente. O som da arma rugia em sua cabeça. Mas, ainda assim, ela hesitou.

Você poderia ficar, sussurrou uma voz em sua mente.

Ficar ali, em Valhalla, e ficar com ele...

Ver Fennrys empenhado, dia após dia, numa batalha infindável, sem sentido. Vê-lo tornar-se um dos *Einherjar*... Um ser de brutalidade irracional, despedaçado de novo e de novo, e reconstituindo-se uma vez após a outra, mas cada vez perdendo um pouco mais de sua humanidade. Fennrys havia lhe contado que, tendo crescido no Outro Mundo, *isto* era o que ele tinha almejado durante toda a sua vida. Este salão, este lugar. Um destino honroso. Uma morte gloriosa que lhe garantiria um lugar no palácio de Odin, em Asgard, onde ele participaria de combates e banquetes, e isso prosseguiria até o fim dos tempos. *Essa* era a recompensa recebida por um príncipe viking para uma vida de violência. Era horrível.

Era a recompensa de Fennrys.

— Mason! — ele gritou de novo. — Pare!

Enquanto ela estava ali, dividida, uma imagem horrível passou por sua mente. Fennrys alcançando-a, tomando-a em seus braços, envolvendo-a em um abraço ensanguentado enquanto a apertava contra seu peito destruído. Ela quase conseguia sentir a umidade pegajosa das feridas dele contra sua pele.

— Mason!

Ele estava correndo, agora. Correndo na direção dela.

Mason não sabia o que fazer. O ritmo das passadas pesadas de Fennrys se acelerou por trás dela, e o pânico subiu por sua garganta. Ela não tinha coragem suficiente. Ela não podia vê-lo daquele jeito. Aquilo a mataria...

Pegue a lança!

Não posso...

— Mason! Não toque na lança!

Não posso vê-lo desse jeito.

Pegue a lança!

Mason cerrou os olhos, apertando-os, e mordeu o lábio com tanta força que sentiu o gosto de sangue. Estendeu a mão mais uma vez na direção da lança, os dedos recurvados como as garras do corvo acima dela, prontos para empunhá-la. Ela ouviu o sibilar triunfante do corvo:

— *Mase!*

Um último grito lancinante.

E sua mão se fechou.

Sobre carne quente e sólida.

Mason sentiu dedos longos e fortes fechando-se ao redor dos seus, e então foi puxada para trás com força, para longe do trono e da lança e do pássaro preto que guinchava... e para dentro dos braços de Fennrys. Ele a envolveu em um abraço feroz e sussurrou o nome dela vezes e vezes sem contar, a boca junto a seus cabelos, e ela se agarrou a ele.

Ela soluçou de encontro ao tecido rasgado da camiseta dele.

— Por que você está aqui? — ela chorava. — Você está *morto*? Ah, Deus.

Ela mal conseguia compreender suas próprias palavras, sua garganta estava travada de tanto sofrimento.

— Eu sinto muito, Fenn... Eu sinto *tanto*...

Mas ele estava tentando tranquilizá-la. Embalando-a para a frente e para trás, segurando-a com força de encontro ao calor de seu peito. Ele era real e sólido e estava *ali*. E ela não sentia sangue em sua camisa, nada pegajoso ou coagulando grudando-se nela.

— Mason, eu não estou morto — ele disse. — Não de novo. *Juro*.

Um silêncio ensurdecedor preencheu os ouvidos dela junto a essas palavras.

Devagar, mal ousando ter esperança, ela abriu os olhos e ergueu a face para poder olhar nos olhos dele. Estavam vermelhos de sofrimento, ou talvez fosse cansaço, mas eram os olhos de Fenn, cheios de vida. E, naquele mesmo instante, cheios de algo que poderia ser amor.

— *Não* estou morto — ele repetiu.

Ele baixou a cabeça e, como se quisesse provar que de fato estava vivo, beijou-a. Todo o corpo de Mason se derreteu, e ela achou que fosse desabar, mas ele a manteve em pé. Os lábios dela se abriram sob os dele, e ela inalou a respiração que saía dos pulmões de Fennrys. A calidez do beijo dele parecia trazer seu próprio coração de volta à vida. Sem nem mesmo pensar, ela ergueu os braços e envolveu com força o pescoço dele, enquanto mais uma vez ele a apertava com suavidade em um abraço caloroso, real, *vivo*. Mason sentia a umidade escorrendo em sua face, mas não soube dizer de quem eram aquelas lágrimas. Suspeitava que fossem dela.

Fenn confirmou isso ao diminuir a pressão de seu abraço e erguer a mão para limpar as lágrimas sob os olhos dela, suavemente, com os polegares. Ele estava sorrindo, aquele sorriso estranho, raro, lindo. Seus olhos azuis brilhavam ao olhá-la.

— Oi, querida — ele sussurrou. — Senti sua falta.

— Como...?

Ele silenciou a pergunta com um beijo. E depois outro. Então, com relutância, ele afastou seu corpo do dela e tomou-lhe a face entre as mãos.

— Podemos falar sobre isso mais tarde, certo? — ele disse. — Agora, precisamos ir embora.

Apenas para ter certeza, ela colocou a mão sobre o coração dele, que batia, e então assentiu. Ele estava vivo e bem. Ainda que sua camiseta estivesse tão rasgada como se tivesse passado por uma fatiadora de pães gigante. Mas, fora isso, Fennrys parecia não estar ferido. Ofegante e todo desgrenhado, mas intacto.

— É... — Ele recobriu a mão dela com a sua e apertou-a contra seu peito. — Tinha uns *draugr* na entrada. E você sabe como esses caras podem incomodar. Mas tive alguma ajuda. É estranho, mas tem um sujeito lá fora com uma jaqueta da universidade...

— Você viu Tag? — Mason olhou para ele surpresa.

— Vi, sim. Amigo seu, não é?

— Amigo de Rory — disse Mason, vendo a expressão de Fennrys ficar sombria. — Fenn, que diabos aconteceu? E como eu vim parar aqui?

Ele hesitou por um instante.

— Eu só sei uma parte da história. Mas aqui, especialmente aqui, não é o lugar certo para falar sobre isso, Mase. Vai por mim. Primeiro, precisamos chegar a algum lugar seguro.

Ela concordou. Exausta e ao mesmo tempo aliviada, deixou que Fennrys passasse um braço por seus ombros e descesse com ela os degraus da plataforma. As perguntas podiam esperar. Enquanto atravessavam o longo salão, uma sombra pairou por cima deles. Mason se encolheu, abaixando-se quando o corvo passou voando e saiu pela porta aberta, desaparecendo na luz que penetrava pelo umbral da Valhalla de Odin.

Enquanto eles também se aproximavam da porta, Mason tocou o tecido da camiseta de Fennrys. Esta pendia da gola em tiras rasgadas que balançavam quando ele caminhava, e ela notou que traziam os restos do logotipo da cerveja Blue Moon. Por algum motivo, ela achou aquilo meio engraçado.

— É um senso de moda bem estranho — ela disse, sorrindo.

— Meu estilo de vida acaba com qualquer guarda-roupa.

— Acho que você devia usar Abercrombie. Os caras dos anúncios nunca precisam se preocupar com camisas destruídas.

Ao dizer isso, Mason não esperava, de fato, que Fennrys, sem pestanejar, erguesse a mão até a gola do que restara da camisa e a arrancasse sem nenhum esforço.

Ele deixou os farrapos da camiseta caírem no umbral do salão.

— Melhor? — disse.

Mason abriu um amplo sorriso pela primeira vez no que parecia ter sido uma eternidade. Ela deteve Fennrys antes que ele pudesse sair do palácio de Odin e passou a mão devagar pelo peito dele nu, cheio de cicatrizes e belo. Ela o sentiu estremecer ao toque e então envolveu o pescoço dele com os braços e baixou a cabeça dele para si.

— Muito melhor — murmurou de encontro aos lábios dele.

E quando ele retribuiu seu beijo, por um momento longo e delicioso, ela se deixou esquecer de tudo o que os aguardava para além das portas de Valhalla.

XII

D o lado de fora do palácio, o chão estava coberto com partes de corpos esqueléticos cinzentos e poças de espesso sangue negro. O campo estava rodeado por *Einherjar* que se postavam como sentinelas, as armas abaixadas, mas ainda à mão e prontas. E Rafe estava limpando o gume de sua espada de lâmina de bronze com um trapo que devia ter saído da túnica de um dos guerreiros zumbis mortos. Guerreiros zumbis *mais* mortos.

— Uau — disse Fennrys, seco. — O que eu perdi?

— Você quer dizer, fora a camisa? — Rafe ergueu uma sobrancelha diante do estado seminu de Fennrys. — Eu tinha dado aquela camiseta para você.

— Tudo bem. Eu te devo uma camiseta.

Rafe se virou e piscou para Mason.

— Mason, é bom ver você de novo.

— Igualmente. Acho que te devo essa.

— Ei! — Rafe ergueu a mão. — Nunca diga isso para alguém que pode cobrar algum dia. Está me ouvindo? Nunca diga "devo".

Ele deu um sorriso para suavizar a reprimenda, mas Mason lembrou-se de que já havia feito algo parecido com um grupo de deusas do rio. Elas ainda não haviam cobrado nada, mas ouvir Rafe dizendo aquilo causou-lhe uma pontada passageira de preocupação.

Rafe olhou de volta para Fennrys.

— O lance de dever uma camiseta eu acho que vou deixar passar. De qualquer forma, era só um item promocional.

Rafe ergueu diante de si a lâmina já livre de restos e, com um movimento rápido de pulso, fez com que desaparecesse. Mason perguntou-se por que ele precisaria limpar uma espada feita de magia, mas aprovou o gesto. Ela própria jamais deixaria um treino de esgrima sem lubrificar e verificar se tudo estava bem com a arma, afiando-a para eliminar qualquer irregularidade no gume, certificando-se de que o cabo estava bem preso...

Ao pensar nas espadas, Mason se virou de repente e correu para a pilha de armas junto às portas de Valhalla. Ela suspirou aliviada ao ver que sua espada ainda estava onde a deixara, no alto do monte de armas enferrujadas. Apanhou-a e passou a correia de couro preto pela cabeça, para que pendesse de forma correta, de atravessado em seu corpo. O peso da espada a seu lado fez com que Mason, de imediato, se sentisse muito melhor.

Até virar-se de novo e ver o vulto alto e envolto em negro, de Hel, cruzando pelas hostes dos *Einherjar*, que se afastavam inquietos para abrir caminho.

— Filha...

Os olhos dela examinaram Mason, observando a espada em seu quadril e a óbvia ausência da lança de Odin em suas mãos.

Mason ergueu o queixo e preparou-se para qualquer fúria que viesse a recair sobre ela, mas, antes que Hel pudesse dizer qualquer coisa, Fennrys adiantou-se, quase — mas não totalmente — colocando-se entre mãe e filha.

— Olá — ele disse. — De novo.

Havia uma ponta de desconfiança em sua voz.

Mason olhou para ele e depois de volta para a mãe. De canto de olho, viu que Rafe movera-se discretamente, e agora estava em pé do outro lado de Mason. Ela de repente sentiu-se flanqueada por dois guarda-costas.

— Vocês dois se conhecem? — ela perguntou a Fennrys.

Ele fez que sim sem desviar o olhar da mãe de Mason.

— Esta... dama é muito parecida com a que me tirou de Asgard da primeira vez.

— Ela é minha mãe — disse Mason a Rafe. — Dá para acreditar?

O olhar de Rafe também estava fixo na mulher esguia de cabelos escuros.

— Hum — ele murmurou. — Na verdade, não dá, não...

Hel lançou a Rafe um olhar frio, hostil. Parecia bem claro a Mason que ela sabia estar na presença de outra divindade. E não estava muito feliz com isso.

— Não sei. Posso ver alguma familiaridade — respondeu Fennrys. — Os olhos, o cabelo... Não acredito que não somei dois e dois, mas tudo está começando a fazer mais sentido agora. Escuta, eu não tive a chance de agradecer pela fuga da outra vez. — A postura dele negava o tom descontraído da voz. — Então, sabe... Obrigado. E agora, se nos dá licença, precisamos ir embora.

Mason ficou surpresa com a reação dele. Afinal de contas, era com a mãe dela que ele estava falando, e ainda que Mason não guardasse sentimentos calorosos e afetuosos quanto à mulher, teria imaginado que Fennrys demonstraria seu charme selvagem de sempre. Sobretudo se, como ele dizia, tinha sido ela quem o ajudara a fugir das masmorras terríveis às quais havia sido confinado. Só de saber isso, na verdade, os sentimentos de Mason em relação à Hel se suavizaram.

— Claro que vocês devem partir. — Ela inclinou a cabeça. — Para o bem de todos. Mas minha filha ainda precisa da lança de Odin para retornar ao mundo mortal.

— É... ainda estou meio confuso quanto a esse ponto — disse Fennrys.

Ele não parecia nem um pouco confuso quanto a nada, pensou Mason. Na verdade, ele só parecia um tanto perigoso. A voz dele baixou para um rosnado de aviso.

— *Eu* não precisei de uma lança.

A expressão dura e fria de Hel de repente deu lugar a uma fúria ardente mal reprimida. Mason podia vê-la fumegando nos olhos da mãe.

— Tudo o que *eu* precisei foi daquela sua amiga, a do arco-íris.

— *Minha* amiga do arco-íris — corrigiu Rafe.

Fennrys o ignorou.

— Não entendo bem por que você não pode chamá-la de novo para mandar sua filha de volta para casa, se é isso que quer.

— Íris também é uma deusa. — Hel deu de ombros. — Ela não vem sempre que a chamo. E nem deveria.

— Mas ela veio. Por mim. Porque *você* lhe pediu — disse Fennrys. — Não pediu? Parece-me meio difícil de acreditar que tirar-me de Hel era mais importante do que mandar Mason de volta para casa.

— Fenn... — Mason colocou a mão no braço dele.

Onde ele queria chegar com aquilo?

— Você era necessário para protegê-la — respondeu Hel. — O tempo era essencial.

— Certo — disse Fennrys. — Mas me ocorreu uma coisa... Quer dizer... Lá está Bifrost, a ponte do arco-íris entre o reino mortal e Asgard, e ela aparece bem no meio de Manhattan. Então comecei a achar que você... quer dizer, *Hel*... de repente talvez tivesse algum tipo de desentendimento com o guardião da ponte mantido pelos Aesir. Como é mesmo o nome dele? Heimdall?

Mason percebeu que Rafe, do outro lado dela, prendeu a respiração de repente.

Fennrys ignorou isso também e continuou:

— Eu me lembro das histórias sobre ele. Um sujeito rabugento, se bem me recordo. Ele não costumava se dar bem com alguns dos outros deuses, por exemplo... Loki. Mas esse Heimdall também não é flor que se cheire. Não é?

Mason escutava com atenção o que Fennrys dizia, ainda que não tivesse certeza do que ele pretendia. Mas então ele olhou de soslaio para ela e sua intenção se tornou bem clara com as palavras seguintes que saíram de sua boca.

— Alguns Aesir são meio que como o Rafe aqui. Eles são *transmorfos*. Heimdall é um deles. Pode se transformar em uma foca, entre outras coisas, o que nunca me pareceu lá muito útil, mas fazer o quê? — A voz de Fennrys estava fria e inflexível, seu olhar era duro como pedra quando ele se voltou para a asgardiana diante dele. — Mas o lance é que Heimdall sempre tinha um chifre que ele carregava para qualquer lugar, não importava a forma que assumisse, de modo que sempre dava para saber que era ele. A maior bandeira...

O olhar de Mason fixou-se no cinto da mãe, onde um chifre adornado com ouro pendia, ao lado da bolsinha de pele de foca. Ela sentiu o sangue ser drenado de seu rosto.

Ela não é minha mãe.

O peso brutal da decepção se abateu sobre ela. O tempo todo Mason tinha acreditado ter encontrado sua mãe, quando na verdade estava apenas sendo enganada. A ideia de perder a mãe de novo era quase insuportável, e ela sentiu um aperto na garganta que ameaçava transformar-se em um mar de lágrimas.

Aguente firme, a voz em sua cabeça interrompeu o que estava virando um acesso de autopiedade. *O tempo todo você achou que era sua mãe. E o tempo todo você achou que sua mãe era tipo uma babaca.* Ela deu um passo na direção do deus impostor. A fúria, em vez da desilusão, ferveu em seu peito.

— Remova esse disfarce — disse, ríspida. — Agora.

— Você está falando com...

— Nem vem com essa palhaçada de discursinho de deus. Pode tirar daí o rosto de minha mãe ou eu mesma tiro.

Ela levou a mão à rapieira, aprontando-se para usá-la.

Os olhos daquela pessoa que não era Hel faiscaram com selvageria, movendo-se entre o rosto de Mason e a mão que envolvia a espada de prata, e a garota tirou alguns centímetros da arma de dentro da bainha. Ao fazer isso, um pulso violento de energia percorreu seu braço como uma onda, subindo por seus músculos desde a ponta dos dedos até o ombro.

— Calma aí — murmurou Rafe no ouvido de Mason, ao se aproximar e, com delicadeza, afastar da espada a mão dela. — É melhor não empunhar nenhuma arma nos degraus da casa de Odin, a menos que não tenha escolha. Mesmo ele não estando aqui.

Houve um momento tenso de impasse, e então de repente as feições de Yelena Starling se tornaram indistintas e se transformaram. A luz do dia pareceu distorcer-se e redefinir-se ao redor dela, e quando se estabilizou e se fundiu, Hel havia partido. No lugar onde a imagem da mãe de Mason estivera apenas um momento antes, havia um homem alto, de elegância imponente, com cabelo acobreado e uma barba bem aparada. Os olhos dele, agora de um tom âmbar profundo, ainda faiscavam de fúria, mas sua expressão controlada estava vazia.

— Eu sabia...

Fennrys sacudiu a cabeça enojado.

— Bem, bem, Heimdall, o Guardião da Ponte — engrolou Rafe. — Você deve ter ficado bem furioso quando a Hell Gate voou pelos ares, não é?

— Cuide da sua própria vida, Cachorro Morto — Heimdall rosnou para o deus egípcio dos mortos, entre os dentes cerrados. Então voltou-se para Fennrys: — Se dependesse de mim, você ainda estaria apodrecendo em sua cela. Mas Hel tinha outras ideias, e com certeza haverá um ajuste de contas.

Os nós dos dedos de Fennrys ficaram brancos quando ele cerrou o punho, mas, fora isso, ele não deu qualquer indicação de ter ouvido o insulto.

— Quanto a você, Mason Starling, tentei ajudar e mandá-la de volta ao mundo humano. A ponte de Bifrost se foi. — Havia um tom de raiva mal reprimida na voz de Heimdall quando ele disse essas palavras. — Como vai retornar para casa agora, sem minha ajuda? Sem a magia da lança?

Mason franziu o cenho, mas Rafe apenas riu.

— Não se preocupe com isso, amigo. Os Aesir e seus brinquedos não são a única opção. Parece que a galera entra e sai de Asgard à vontade sem ter que cruzar sua preciosa ponte. Vamos, vocês dois — ele disse a Fennrys e Mason. — Não precisamos da lança, e vocês com certeza não têm a mínima necessidade de ficar aqui de conversa mole com esse idiota.

Ao se virarem e irem em direção ao anel de *Einherjar* que os rodeara durante todo o diálogo, Mason ouviu Heimdall dizer:

— Este não é o fim. É só o começo do fim.

Mason fez uma careta de desprezo e virou-se com violência.

— Obrigada, Senhor Misterioso. Cara, estou *tão* feliz por você não ser mesmo minha mãe. Mas se algum dia você tentar uma gracinha dessas de novo, pode estar certo que vou fazer você desejar ter sido outra pessoa. — Ela deu um passo adiante. — Fennrys disse que seu nome é Heimdall.

O deus acenou com a cabeça uma vez.

— Ótimo. Heimdall. Você acaba de entrar na lista.

Então Mason lhe deu as costas, agarrou Fennrys pela mão e saiu decidida rumo à barreira de guerreiros, com Rafe seguindo logo atrás.

— Você tem uma lista? — perguntou Fennrys, aumentando as passadas para conseguir acompanhá-la.

— Agora tenho.

Uma última olhada por cima do ombro mostrou a Mason que Rafe estava disfarçando um sorriso e que Heimdall havia sumido por completo. E aquilo talvez fosse uma coisa boa, porque estava ficando cada vez mais difícil para ela manter sua aparência de furiosa dignidade. Sobretudo porque ela ficava tropeçando nos pedaços de *draugr*.

— Fala sério...

Ela indicou com um gesto os restos espalhados pelo chão por toda parte, que eram muito mais do que um homem poderia produzir. Mesmo que esse homem fosse Fennrys, lutando para entrar em Valhalla e salvá-la de um destino que, ela agora suspeitava, poderia muito bem ter sido pior que a morte.

— O que aconteceu?

Rafe chutou para fora do caminho um braço com a consistência e a cor de borracha e explicou.

— Depois que Fennrys abriu caminho até o salão para salvar você, mais um monte dessas aberrações cinzentas apareceu. — Ele apontou para um vulto conhecido entre os guerreiros nórdicos. — Mas então seu amigo

Tag meio que... reuniu as tropas. Os *Einherjar* cerraram fileiras e impediram que os *draugr* cruzassem as portas de Valhalla.

Mason ficou olhando atônita para o antigo ídolo do futebol americano. Pelo visto, Tag Overlea era muito mais legal na morte do que tinha sido em vida.

— Durante tanto tempo esses sujeitos não tiveram nada com o que lutar, exceto um ao outro, que isto foi como uma espécie de feriado para eles – disse Rafe. – Quando Tag os convenceu de que precisavam derrotar os *draugr*, eles... Bem, quer dizer, olha só para isso. Eles se divertiram um pouco e num instante acabaram com os zumbis. O rapaz ali virou uma espécie de herói para eles.

— Oi, Starling. – Tag acenou para Mason, meio tímido.

— Oi, Tag – ela respondeu. – Hã... Bom trabalho.

— Obrigado. – Ele apontou para trás de si com um polegar. – Eles fizeram quase tudo. Eu só disse o que fazer. Meio que fiz o que um armador faz.

Mason olhou ao redor, para os *Einherjar*. Mesmo que ainda formassem um bando assustador de sujeitos musculosos e ameaçadores, alguns daqueles guerreiros gloriosos chegavam até a sorrir. E no geral havia uma espécie de... *centelha* pairando sobre eles, uma vivacidade que não estivera presente quando ela cruzou o campo com a mãe... não, não sua mãe, mas um *impostor*... e que Mason gostou de ver. Parecia que ao menos alguma coisa boa tinha acontecido com os *Einherjar* por conta da presença dela e dos demais.

— Então. Vamos lá. – Fennrys bateu as mãos uma na outra decidido e voltou-se para Rafe. – Eu disse a Mason que você poderia nos tirar daqui. Como vamos fazer isso?

Rafe ergueu uma sobrancelha e apontou por cima do ombro de Fennrys. Mason olhou e viu uma distorção estranha, fantástica, que acabara de aparecer, tremeluzindo. Tentáculos serpenteantes de uma energia arcana, erguendo-se e contorcendo-se a partir da carnificina da batalha, começando a se aglutinar... enovelando-se e fundindo-se para formar algo que parecia um rasgo irregular, reluzente, no ar. Para além dele, havia escuridão e estranhos clarões de luz bruxuleante.

— O que é isso? — perguntou Mason.

— A fenda entre os mundos que vem aumentando desde que Fennrys cruzou para Asgard da primeira vez — Rafe explicou. — A coisa tem um ponto fixo no mundo mortal, mas agora, já faz um tempo, ela vem se manifestando ao acaso nos Reinos do Além, permitindo que entidades ausentes durante muito tempo do mundo humano se infiltrem para lá de novo e comprometendo a integridade de todo o tecido da realidade. É como uma rachadura no para-brisa de um carro: ela começa com um defeitinho pequeno... e então se irradia como uma teia de aranha em várias direções.

— Espera. É *assim* que você estava planejando levar a gente de volta para casa? — Fennrys sacudiu a cabeça, sem conseguir crer. — Uma manifestação *ao acaso*? E você só está me dizendo isso agora?

Rafe ergueu um ombro.

— Eu não queria sobrecarregar você com incertezas. Garanto que foi uma aposta arriscada, porque a fenda é superinstável, mas ela parece absorver energia a partir da morte e do caos. — Rafe olhou ao redor. — Eu achei que algo assim ia rolar quando chegássemos aqui. De qualquer forma, funcionou. Eu estava certo. Vamos.

— Eu não estou entendendo *nada* disso. — Mason sacudiu a cabeça. — Por que Hel... ou Heimdall, ou sei lá quem, me disse que a lança era a única coisa que poderia me levar de volta para casa? O que teria acontecido *de fato*? E por que eu estou aqui, afinal de contas?

Rafe e Fennrys se entreolharam sérios.

— O que é? — perguntou Mason, seca.

Fennrys lançou um olhar fixo a Rafe, que apertou a ponte do nariz e fez uma careta, murmurando para si mesmo.

— Eu ia te contar quando chegássemos à casa — disse Fenn, ao se virar para ela.

— Por que não me conta agora? — perguntou Mason, que claramente não estava a fim de evasivas.

Fenn se voltou para o deus egípcio e lançou-lhe um olhar pedindo socorro.

— Rafe?

Rafe deu um suspiro pesado.

— Tá legal. Vou tentar explicar de um jeito que faça sentido, mas depois a gente *vai* embora. — Ele apontou para Fennrys. — Você já sabe a história dele.

— Sei. — Mason juntou as mãos, entrelaçando os dedos, e fez que sim com a cabeça. — Príncipe viking. Criado pelo povo de Faerie. Me salvou dos monstros.

Rafe assentiu.

— E você aceita que seja isso mesmo.

— Não tenho muita escolha. Aconteceu. Foi real.

— É? Isto também é — disse Rafe, indicando a paisagem fantástica de Asgard com a mão. — Sei que parece um sonho, ou talvez um pesadelo, mas não é. Não é uma experiência de viagem astral, e nem uma alucinação. Não é um truque. Você conseguiu entrar em Asgard, lar dos deuses nórdicos ancestrais, Mason Starling... e estamos aqui para garantir que você consiga sair e voltar para seu mundo.

Mason sentiu um nó gélido de apreensão contorcer suas entranhas.

— E por que, exatamente, eu fiz isso? Quer dizer... Como?

— Bom, o *como* é porque você cruzou Bifrost — explicou Rafe.

— Você quer dizer a Hell Gate — disse Mason. — De trem.

— Isso mesmo. A magia da ponte do arco-íris asgardiana foi entretecida na ponte Hell Gate no início do século XX, por seus construtores. Homens descendentes das famílias que serviam os deuses nórdicos. Que tinham seus próprios motivos e objetivos em longo prazo, que esperavam que, um dia, aquele artefato viesse a ser útil.

— O *porquê* — Fennrys prosseguiu — é que... alguém que hoje em dia compartilha esses objetivos em longo prazo achou que você também poderia ser útil.

Mason piscou os olhos, olhando para os dois, sem entender nada.

— Útil para *quê*?

— Você sabe o que é uma Valquíria, Mason? — Rafe perguntou baixinho.

— Claro que sei o que é uma Valquíria. — Mason fez um muxoxo irônico e com um gesto indicou todo o entorno mítico. — Se bem que não vi nenhuma por aqui, e fiquei até meio desapontada. Garotas guerreiras aladas. — Ela bateu com um dedo no cabo da rapieira. — Acho que fiquei meio obcecada por elas quando eu era pequena. Eram a única parte legal das histórias que meu pai lia para mim e para meus irmãos antes de dormirmos. O resto me entediava, era tudo tão sombrio e apocalíptico... Mas Rory tinha um ataque se não tivesse sua dose noturna de apocalipse nórdico. Não sei se ele sabia que todo esse lance era *de verdade*. Só fico pensando o que ele... hã...

O tom animado dela sumiu quando uma certeza crescente se insinuou em seus pensamentos. Uma compreensão fria e um medo ainda mais gelado inundaram-na de alto a baixo. O horror da verdade.

— Rory... — Mason sentia como se estivessem lhe apertando a garganta. — Ele...

— Quando vocês estavam naquele trem, ele não estava só fazendo uma brincadeira idiota que deu muito errado, Mase. — Fennrys disse baixinho. — Seu irmão tem planos. E ele não é o único.

Mason estava começando a sentir vertigem. Não sabia se era apreensão ou uma fúria que se avolumava lentamente.

— Quem? — ela perguntou em um sussurro áspero. — Quem mais...

Os olhos escuros e atemporais de Rafe encheram-se de compaixão.

— Para algumas pessoas, Mason, as velhas histórias não são apenas contos de ninar.

O olhar dela foi e voltou entre os rostos de Rafe e Fennrys, lendo aquilo que nenhum deles conseguia se forçar a dizer.

— Vocês querem dizer que... Rory e meu *pai*...?

Rafe fez que sim.

— Lembra-se dos objetivos em longo prazo dos quais eu falava?

Quanto a Rory ela podia crer. Mas Gunnar Starling?

Seu pai... *Não.*

— Sinto muito, Mason. Seu pai é uma espécie de... — As sobrancelhas de Rafe se cerraram. — Vamos dizer que ele é respeitado entre os mais antigos círculos sociais da elite do poder. E por "respeitado" eu quero dizer "muito temido". Rory, por outro lado, ainda não apareceu no radar de ninguém no que diz respeito a esse tipo de coisa. Ele deve ser só um oportunistazinho barato, suponho.

— Você está dizendo que meu *pai* é tipo algum poderoso chefão sobrenatural...

— Eu diria que é uma descrição bem precisa.

— E Roth? — perguntou Mason. — Ele tem algo a ver com essa... essa...?

Fennrys sacudiu a cabeça.

— Não. Roth estava tentando encontrar você. Avisá-la. Na verdade, ele me disse que tinha sido enviado pelo pai de vocês para me procurar, mas ele temia que Rory chegasse até você antes que ele pudesse nos alertar. Sei que seu pai nunca planejou que fosse você a cruzar a ponte, Mason. Foi um engano.

Ele se inclinou para a frente, com os braços apoiados nos joelhos e as mãos entrelaçadas a sua frente. Mason não pôde deixar de notar as cicatrizes em seus pulsos. Aquelas que ele tinha conseguido quando ficou acorrentado em uma cela em algum ponto daquele lugar horrível que seu pai e o pai dele achavam tão legal.

— Eles acreditavam que eu seria o único que poderia entrar em Asgard e depois sair de novo — prosseguiu Fennrys. — Isso por conta do lance de estar "mais ou menos morto" e em consequência de ter tendência a fazer isso. O plano, pelo que percebi de Roth, era que iriam me forçar a cruzar a Hell Gate. Você estava no trem apenas porque deveria ser a... hã...

— O quê? — A voz de Mason estava tensa. — Eu deveria ser apenas o quê?

Fennrys virou a cabeça, e seus olhos azuis estavam sombrios.

— A isca.

Fúria. Sim, definitivamente, era fúria, agora, cálida, líquida, incandescente. Ela correu pelas veias de Mason. Aquilo parecia coisa de Rory. Mas o que cortou Mason como a lâmina de uma faca afiada foi saber que seu pai... *seu pai*... sabia disso. Mais do que sabia. Ele na verdade tinha... o quê? Dado seu aval? Ele havia permitido que Rory a colocasse em um saco e a trancasse no porta-malas do carro. Ele quase a havia matado. Tinha atirado em Fennrys.

Isso por si só era suficiente para cegar Mason com uma fúria terrível.

Mas o fato é que seu pai, que ela havia amado por toda a vida mais do que qualquer outra coisa, que ela sempre soube que a protegeria da dor, estava de alguma forma envolvido em tudo isso. E mais do que envolvido, pelo visto. A fúria evaporou e algo pior se abateu sobre ela. Um sofrimento profundo.

— A lança não teria me mandado para casa. — Mason abraçou a si mesma, para impedir-se de tremer com o frio súbito que invadiu seu corpo. — Teria?

— Não. — Os *dreadlocks* de Rafe, finos como lápis, balançaram quando ele sacudiu a cabeça. — Esse não é o propósito dela. Não exclusivamente, pelo menos. Tenho certeza de que ela teria lhe dado o poder de ir e vir entre os mundos à vontade. Ela teria lhe dado a capacidade de fazer um monte de coisas. É por isso que queriam que Fennrys a pegasse. Para que eles pudessem dá-la a você.

Ela soubera. De algum modo, Mason soubera. Havia sentido. Tinha ouvido a música ensurdecedora em sua cabeça quando chegou perto, *muito* perto, de cerrar os dedos ao redor da terrível arma milenar.

— Está me dizendo que, se eu tivesse pegado aquela lança, ela teria me transformado em uma Valquíria? — perguntou, precisando ter certeza.

— De acordo com uma profecia muito antiga, sim — confirmou Fennrys.

— Uma profecia antiga que meu pai conhecia.

— Não é de fato culpa dele. — O olhar de Rafe se voltou para dentro, sombrio, como se estivesse examinando uma lembrança. Uma lembrança desagradável. — Um trio de adoráveis damas chamadas Nornes se certificou de que ele a conhecia.

A forma como Rafe havia dito "adoráveis" fez com que parecessem ser tudo menos aquilo.

Mason tinha lido sobre as Nornes, agentes do destino ou da sina, e tinha lido sobre as Valquírias. As mulheres escudeiras de Odin. Aquelas que escolhiam os que tombavam em combate, que voavam sobre os campos de batalha e decidiam quais dos guerreiros mais valentes sofreriam uma morte gloriosa para serem admitidos nos salões de Valhalla como *Einherjar*.

— Há outras Valquírias?

— Até onde sei, as Valquírias não existem mais. Ao longo dos milênios, uma a uma elas abandonaram o Pai Todo Poderoso dos Aesir. Algumas se enojaram com a sede de sangue interminável, algumas apenas devem ter ficado entediadas. Algumas foram mortas, e algumas se rebelaram contra os deuses e suas briguinhas tolas e inúteis, seu egoísmo e sua derrocada rumo a um destino fatídico que as Valquírias começaram a ver como cada vez menos glorioso, e mais e mais como um desperdício estúpido e cego. As que se rebelaram foram banidas para o reino mortal. Eu conheci apenas uma que conseguiu superar isso e se arranjar mais ou menos por lá.

— Quem era? — perguntou Mason.

— O nome dela era Olrun — respondeu Rafe, com um tom pouco habitual de respeito na voz ao pronunciar o nome. — Ela se tornou uma condutora de carruagens no Central Park e jurou nunca mais voltar para os salões de Asgard. Mas, às vezes, o pendor das pessoas é incontrolável. E quando um herói de verdade esteve às portas da morte, seu espírito chamou por Olrun. Ela apareceu para levá-lo aos Reinos do Além. Algo entrou no caminho dela.

Fennrys baixou o olhar e deixou seus ombros penderem.

— Eu — ele disse.

— É, você — disse Rafe. — E em um ato de bravura altruísta, que eu em geral chamo pelo que realmente é, um ato de estupidez monumental, você se ofereceu para ir no lugar dele. Isso, e o fato de que você voltou de novo, fez de você o arauto de uma profecia e criou toda uma série de novos problemas para o reino mortal.

Por cima do ombro de Rafe, Mason viu que a fenda escura, irides-cente — o rasgão no tecido da realidade — havia crescido tanto que fazia as portas de Valhalla parecerem pequenas, e estendia-se do chão à abó-bada do céu. Um portal estranho e surreal. Mas agora estalava e soltava chispas a torto e a direito.

— Acho que devemos ir. — Ela indicou a fenda com a cabeça. — Parece que ela está ficando temperamental. Esqueçam o que eu disse sobre me contarem tudo agora. Podem me contar quando chegarmos em casa por que meu pai acha que é uma ideia tão legal transformar sua única filha numa selecionadora dos mortos.

A voz dela falhou, hesitando um pouco ao dizer a palavra "pai", e ela enterrou as unhas nas palmas das mãos para evitar que se transformasse num soluço.

Fennrys assentiu, e ele, Rafe e Mason se puseram em pé e foram em direção à fenda, que ondulava e se contorcia, assustadora e sedutora ao mesmo tempo. Mason pensou poder ver coisas movendo-se no que quer que houvesse do outro lado da fenda.

— Isso é o que chamamos de Hiato. Vamos ter que passar por ele para voltar para o reino mortal. — Ele olhou para Fennrys. — E, sim, desta vez você *vai* ter que segurar minha mão. Também não fico feliz com isso. Mas sugiro fortemente que *não* a solte. Há coisas no Hiato com as quais você não gostaria de se defrontar.

Antes de entrarem, Mason parou por um instante, virando-se para Tag Overlea, que ainda estava parado ali com uma espada na mão.

— Ei, você vem com a gente?

— Não, o senhor Rafe tipo que me explicou. Pelo que entendi, estou aqui para sempre. Se eu sair deste lugar, viro um fantasma. Mas é legal. — Ele encolheu os ombros e piscou para ela.

Mason percebeu que o vermelho dos olhos dele estava desapare-cendo, e com ele sua dificuldade de raciocínio. Tag, na verdade, estava parecendo mais com uma pessoa normal do que jamais parecera. Ele deu um sorriso torto.

— Pelo menos posso fazer com que esses cabeças de bagre façam algo interessante para variar. E então, se lutarmos bem o suficiente, talvez a gente consiga aquele rango incrível e toda aquela bebida de que todos eles ficam falando.

Tag começou a se virar, para voltar a se reunir aos outros guerreiros, que pareciam estar esperando por ele. Mas então uma ruga surgiu entre suas sobrancelhas. Ele se virou para Mason.

— Ei... hã, sério, Starling. Eu sinto muito, de verdade, por tudo o que rolou. Diz isso para Palmerston por mim quando você a encontrar de novo, tá?

— Claro. — Mason sorriu para ele.

— E pra ser sincero... Eu sei que disse que seu irmão era legal. Mas ele é um miserável. Não lhe dê as costas, certo?

— Pode ficar tranquilo. Não vou.

Então Tag Overlea virou-se e voltou para os *Einherjar*, que esperavam por ele. Mason abanou a cabeça ao virar-se para seguir Rafe, que havia se transformado em sua forma de transição homem-chacal, provavelmente para o caso de alguém no Hiato decidir questionar sua condição de deus.

A poucos metros da fenda, ele parou. Mason estendeu a mão para segurar a mão que a divindade milenar lhe oferecia. Ou pata. O que fosse.

— Tudo isso é absurdamente esquisito — ela murmurou.

Do outro lado de Rafe, Fenn fez uma careta e segurou a outra mão do deus.

— Com certeza é — disse Fennrys. — Infelizmente, acho que não vai melhorar.

XIII

R ory jazia numa névoa de torpor induzida pelo anestésico, ouvindo as vozes do outro lado da porta. Quando recobrou a consciência, estava desorientado e confuso. Agora pelo menos sabia que estava no quarto de hóspedes da luxuosa cobertura de seu pai no centro de Manhattan. E sabia que, o que quer que lhe tivessem dado, não era nada que se pudesse comprar em farmácia. Só algo repleto de magia poderia fazê-lo se sentir tão bem. Especialmente depois da surra que levara.

Rory Starling nunca tivera muita tolerância para a dor.

Assim, quando Fennrys o atacou e quebrou seu braço, tentando fazer com que ele largasse a arma que apontava para Mason, a dor do ferimento talvez tivesse prejudicado seu discernimento. Afinal, atirar justo no cara de quem eles precisavam... A única alma conhecida e disponível que tinha atravessado a barreira para os Reinos do Além e voltado, inteiro e vivo de novo... Bem, talvez ele tivesse se precipitado um pouco naquele momento. Porque se Fennrys, o Lobo, estivesse morto, então ele teria perdido a única chance de trazer de Valhalla a lança de Odin.

Ou talvez não...

Rory não conseguia se lembrar bem de como tinha chegado à cobertura. Sua última lembrança clara era de seu pai destruindo a runa dourada que Rory usava para aumentar a velocidade e a força de Taggert Overlea. Claro, Rory tinha injetado tanta magia rúnica em Tag, na esperança de fazer dele um teste para criar seu exército pessoal de guerreiros, que, ao destruir a bolota dourada, Gunnar também havia aniquilado Tag.

Mas o que mais importava é que Rory tinha aniquilado Fennrys, o Lobo, antes.

Meti uma bala naquele filho da mãe, pensou Rory. *Se ele não morreu com o tiro, morreu com a explosão da ponte. Quer dizer... quantas vezes um cara precisa morrer para ficar morto de verdade? Tem que haver um limite, não é?*

E mesmo que a morte de Fennrys talvez eliminasse qualquer chance de desencadear o Ragnarök, Rory sentiu uma pequena e cruel satisfação ao pensar na morte do Lobo. Mas enquanto lutava para se concentrar nas vozes no corredor, ficou claro que a situação era mais complicada do que ele poderia ter imaginado.

— Gostaria muito de saber quem foi o responsável pela destruição de Hell Gate — disse Gunnar numa voz tensa e raivosa. — E quero saber onde está sua irmã!

— E você não acha que eu também quero? — respondeu Roth, irritado. — Por que não pergunta a Rory o que realmente aconteceu em cima daquele trem?

Xiiiii, pensou Rory, meio zonzo. *Roth está furioso.*

Aquilo nunca acontecia. Nunca.

— Já perguntei a ele — Gunnar respondeu, também de mau humor. — Ele disse que foi ofuscado pela luminosidade quando o trem cruzou a Hell Gate. E então, quando chegou do outro lado, Mason simplesmente... não estava mais lá. Ele não tem nenhuma explicação...

— É um inútil — rosnou Roth.

— ... e eu também não consigo atinar com nenhuma explicação aceitável. Pelo menos nenhuma que não envolva a morte de sua irmã, Roth

— Gunnar disse com cautela, baixinho. — É uma possibilidade que vamos ter de considerar...

— NÃO!

Rory estremeceu com o rugido indignado de negação e com o som que parecia ser o de um punho atravessando reboco. A parede do quarto onde estava estremeceu, e ele sentiu a própria mão doer em ressonância. Tentou virar o rosto para olhar o braço que, lembrava-se vagamente, estava ferido. Mas era difícil demais mover-se, e ele deixou a cabeça cair no travesseiro, fechando os olhos. Pensou ouvir ruídos no quarto, pequeninos sons como os de insetos zunindo e se arrastando, e tinidos e chiados de metal, mas não conseguiu reunir forças para procurar a fonte.

Roth babaca, pensou, flutuando numa onda soporífera, *dando xiliques babacas... Vai ser bem feito se algo horrível tiver acontecido com sua preciosa Mason...*

Rory sentiu uma pontada distante de inveja, seguida por outra, ainda mais distante, de culpa. Parecia que ele era o único que tinha uma noção exata de como a irmã era uma inútil total. Mason tinha provado isso de forma irrefutável com a derrota no torneio de esgrima. E, por acaso, ele sabia que Cal Aristarchos a culpava pelos ferimentos que sofrera na noite da tempestade. Ela era uma lunática de carteirinha. E tinha passado as duas últimas semanas zanzando por aí com aquele fortão com um nome ridículo de motoqueiro de gangue.

Que diabo a irmã tinha de errado?

Quando descobriu que o destino de sua irmã era tornar-se uma Valquíria, Rory mal pôde acreditar. Era algo legal demais para Mason. Até onde ele podia ver, ela não tinha estofo para isso, e ele ficava enfurecido só de pensar que ela era a peça-chave para o destino dele. Especialmente agora que havia estragado de forma espetacular os grandes planos dele e de Top Gunn com relação ao Ragnarök, simplesmente desaparecendo em pleno ar quando atravessaram a ponte Bifrost. Talvez tivesse caído do trem para o rio lá embaixo. Talvez estivesse mesmo morta.

— Roth... Rothgar! — Lá fora, no corredor, Gunnar estava tentando controlar o ataque de fúria de Roth, gritando mais alto que ele. — Sei o quanto você gosta de sua irmã. Mason é mais preciosa do que o ouro para mim. Você sabe que eu jamais quis vê-la machucada, e não temos nenhuma evidência de que esteja. Agora, tudo o que temos que fazer é... achá-la.

— E quanto à lança de Odin? — perguntou Roth, que parecia estar um pouco mais calmo, embora ainda tivesse uma ponta de dureza na voz.

— Não podemos nem começar a cumprir a profecia sem ela. Para conseguir a lança, ainda precisamos *dele*. E precisamos de um jeito de fazer com que entre em Valhalla, o que me parece um tanto impossível, agora que a ponte foi destruída.

Surpreendentemente, Gunnar deu uma risada.

— Roth, você me desaponta — disse. — Pense um instante. A Hell Gate não esteve sempre aqui... mas sempre houve viagens entre os Reinos do Além e o dos seres humanos. Só que não foi sempre fácil. E é ainda mais difícil para nós, "meros mortais". Por isso esse tal de Fennrys era um presente dos deuses, por assim dizer. Seja lá de onde ele tenha vindo, seja lá qual for sua história, quem deu ao rapaz o nome do Grande Devorador estava brincando com o destino.

— Como estamos fazendo agora — disse Roth.

Fez-se uma pausa. Quando Roth falou de novo, parecia mais calmo.

— E se não pudermos encontrá-lo? — perguntou a Gunnar. — Deixamos elas por elas?

O quê?, pensou Rory. *Não! Cale a boca, Roth...*

— Se a profecia tiver que ser, será — Gunnar respondeu.

Rory quase podia ouvir o pai encolher os ombros, e a passividade da afirmação deu-lhe vontade de gritar.

— Acredito que ela *vai* se cumprir — continuou Gunnar. — Se não... é sinal de que nós simplesmente não estávamos à altura de uma tarefa tão monumental.

Se Rory pudesse, teria soltado uivos de protesto. Mas fosse lá o que tinham lhe dado, paralisava-o totalmente.

Os ruídos no quarto estavam ficando mais fortes...

— Você vai desistir? — perguntou Roth.

— Acha mesmo que eu desistiria, filho?

Roth respondeu com um silêncio.

— No momento, nossa prioridade imediata é encontrar Mason e esse Fennrys, o Lobo — Gunnar continuou. — E é melhor fazer isso antes que a situação no East River fique incontrolável.

O quê? Que situação? Rory se esforçou desesperado para se concentrar.

— O que você ouviu dizerem? — perguntou Roth.

Gunnar deu um suspiro de desgosto.

— A destruição da ponte parece ter deixado ainda mais perigosa uma situação que já era instável. A fenda entre os reinos está se ampliando, e se não pudermos canalizar o poder que está fluindo através desse escoadouro místico antes que nossos rivais o façam, tudo pode estar perdido para nós.

— Rivais? Você está falando de Daria Aristarchos, não é?

— Estou.

Rory entreouviu a amargura na voz do pai.

— Há outros, claro, mas são fracos e estão espalhados. Respeito a força de Daria e sua determinação. É a alta sacerdotisa mais dedicada que os eleusinos já tiveram. E é uma adversária à altura. Mas vou *destruí-la* se ficar no meu caminho.

Fez-se um longo silêncio, e Rory se perguntou por que Roth não manifestava entusiasmo com aquela declaração. Parecia-lhe uma boa ideia. Por outro lado, sabia perfeitamente bem que a mãe de Cal Aristarchos, linda e arrogante, era a chefe de uma família que se dedicava ao panteão dos deuses gregos da mesma maneira que a família Starling havia jurado servir aos antigos deuses nórdicos. *Acabe com ela, pai,* pensou Rory.

— Agora... — A voz de Gunnar soou como se estivesse se afastando pelo corredor.

Tudo bem, pai... não se importe comigo. Vou ficar muito bem aqui sozinho.

— Encontre sua irmã, Rothgar — disse Gunnar. — Use qualquer de meus recursos que precisar.

Enquanto os passos se afastavam, Rory afundou no travesseiro com um gemido fraco. O ato de lutar contra a medicação para ouvir aquela conversa o havia esgotado por completo. Mas agora ele podia dormir.

Agora sabia que Gunnar estava indo em frente. E assim que tivesse descansado um pouco, provaria a seu pai que ainda era uma parte vital da equipe. Fechou os olhos, mas foi invadido por uma onda de dor.

– Que *po...* – Ele se agitou em espasmos na cama e praguejou, mas a mão que cobriu sua boca o calou.

Os olhos de Rory se arregalaram. Os efeitos soporíficos da droga desapareceram de imediato. Quando conseguiu focalizar o olhar, viu Roth em pé a seu lado, segurando um tubo intravenoso na outra mão. Ele havia dobrado o tubo ao meio, impedindo que o fluxo do líquido azulado e levemente brilhante entrasse no braço de Rory.

– Aquela arma era sua, irmão – disse Roth, em voz baixa.

Os protestos de Rory saíram como guinchos, abafados pela mão de Roth.

– Cale-se. Já fazia meses que eu sabia que você tinha uma arma guardada no porta-luvas do seu carro. Imagino que tenha sido um pagamento pelos anabolizantes de magia que você fornece a seus amiguinhos cabeça de bagre. O que, por sinal, está no topo da lista de coisas mais estúpidas que se pode fazer. – A voz de Roth ficou áspera, cheia de ira mal contida. – Nossa família não faz tráfico de drogas, Rory. É uma *regra*. – Seu olhar perfurou o irmão como uma broca. – Mas não se preocupe, não vou contar ao papai que você omitiu esse pequeno detalhe de sua historinha.

Encarou o irmão com um olhar gélido e, depois de um instante, retirou a mão que cobria a boca de Rory. Mas Rory sabia muito bem que não devia emitir nenhum som. Se gritasse e Gunnar viesse correndo para ajudá-lo – como se isso pudesse acontecer –, Roth simplesmente voltaria atrás em sua promessa e contaria ao pai que Rory havia mentido para ele.

– O que você quer, Roth? – perguntou, a voz pouco mais que um sussurro.

Roth olhou para ele com um desprezo total.

– O que eu quero é saber que outras mentiras você contou nessa historinha. Quero saber o que você fez com Mason.

– Não fiz nada com ela!

– Não acredito em você.

— Tudo o que fiz foi levar ela para o trem.

Rory agora suava de tanta dor. E de medo. Na verdade, Roth sempre o aterrorizara. O irmão era sempre tão calado que, quando chegava a dizer alguma coisa, você sabia que estava ferrado. Mas, por algum motivo idiota, Rory decidiu enfrentá-lo.

— Foi você que pisou na bola, Roth. Você devia ter trazido o tal Fennrys para a ponte. Eu fiz minha parte. Sou eu que...

— Diga-me *como*. — Roth ignorou o ataque de Rory. — Como você a levou para o trem?

Rory engoliu em seco. Se o irmão descobrisse que ele basicamente tinha torturado Mason, que havia usado a claustrofobia da irmã contra ela própria, sem dó nem piedade, Roth seria capaz de matá-lo. Ou chegaria muito perto disso, o que poderia até ser pior. A dor tinha começado a se espalhar pelo corpo de Rory como um incêndio descontrolado. Ele tinha a sensação de ter batido de cara contra uma parede de tijolos, e sua mão e seu braço direitos pareciam ter sido mergulhados num tanque de ácido. Sabia que Fennrys tinha quebrado seu braço de uma forma horrível, mas nem conseguia levantar a cabeça para ver o tamanho do estrago.

Roth segurou o tubo amassado do soro intravenoso diante da cara de Rory.

— Ouvi dizer que esta droga é fantástica. Eu posso cortar o fluxo e deixar você sem ela, se não me contar o que preciso saber — ele disse, com um sorriso ameaçador. — Sabe, o Lobo fez um belo estrago. Os médicos normais acharam que não tinham muita coisa a fazer pelo seu braço, exceto colocar meia dúzia de pinos e umas duas placas. Só a fisioterapia levaria meses. Então papai cobrou uns favores que lhe deviam para que você fosse tratado, Ror, mesmo que fosse só para você não virar um lixo completo. Mesmo assim... há limites para o que os mecanibruxos podem fazer, sabe?

Mecanibruxos?, pensou Rory, morrendo de dor. E então se lembrou. "Mecanibruxos" era o termo meio pejorativo que Gunnar usara algumas vezes em seu diário para descrever os anões dos mitos nórdicos. Eram criaturas repulsivas, mas às vezes úteis, pequenos seres malignos que viviam sob a terra e criavam maravilhas a partir de metais preciosos em troca de barganhas sinistras. Metade médicos-bruxos, metade feiticeiros--mecânicos. Ainda assim, Rory não sabia muito bem o que eles tinham a ver com *ele*...

— Acho que você estava machucado demais — Roth disse. — Talvez nem tenha chegado a recobrar a consciência.

— Pelo amor de Deus, Roth — arquejou Rory. — Somos irmãos!

— E Mason é nossa irmã. — Roth encolheu os ombros. — Quer saber? Sempre gostei mais dela do que de você. Então. *O que* você fez com ela?

— Nada! Eu juro! — Rory começou a pensar furiosamente. — Ela estava com aquela garota Palmerston. E... hã... eu e Overlea... nós... nós só dissemos a elas que íamos a uma festa. E as convidamos para nos acompanhar. Só isso.

— E Mason simplesmente te seguiu. Assim. Mesmo depois de perder a competição?

— Foi. Foi... Acho que estava muito perturbada. Talvez só quisesse esquecer. Acho que foi o que Heather disse a ela. Quero dizer... Tenho certeza de que foi. Você sabe. Que uma festa a ajudaria a distrair a mente. — Uma onda de dor subiu de seu braço e explodiu atrás de seus olhos como um rojão. — Por favor, cara! Solta o tubo...

— Por que diabos Mason acabou em cima do vagão do trem?

— Porque é idiota demais! — Rory arquejou. — Você sabe que ela faz loucuras, Roth! Eu estava, você sabe, *me divertindo* com Heather na parte da frente do vagão do salão, e acho que as coisas entre Mason e Tag saíram do controle.

— Você a deixou sozinha com aquele gorila vitaminado?

— Eu não sabia. Acho que sim... Quero dizer, foi. Pisei na bola. Eu devia estar tomando conta dela, eu sei. Acho que ele ficou um pouco agressivo. O brutamontes deve achar que é um Romeu...

Que diabo, Rory pensou. Os mortos não falam, e se tivesse sorte, e Mason realmente fosse uma carta fora do baralho, então ele poderia colocar toda a culpa num jogador de futebol americano que seu pai tinha eliminado umas duas horas atrás. Pelo menos poderia ganhar algum tempo.

— Acho que a Mason deve ter dado um chega pra lá nele e foi para o outro vagão para ficar sozinha — continuou, criando uma história plausível à medida que ia contando. — Acho que Tag a seguiu. Está acostumado com universitárias. Deve ter encurralado ela, e Mason... você sabe. Provavelmente entrou em pânico. Você sabe como ela fica. Acho que o mais provável é que ela tenha tido uma crise.

E, de fato, *era* uma história bem plausível. Até Roth, que conhecia o histórico de claustrofobia de Mason, não poderia negar. Os olhos de Roth se estreitaram, e ele encarou Rory pelo que pareceu meia hora. Rory o encarou de volta e silenciosamente torceu para que seu irmão acreditasse nele. Os sons metálicos estranhos e persistentes que tinha ouvido antes haviam parado, e agora o relógio tiquetaqueando na estante do outro lado do aposento era o som mais alto no quarto mais silencioso em que Rory já estivera. Sentiu seus batimentos cardíacos diminuírem para acompanhar o ritmo do relógio; cada batida ecoava no interior de seus ouvidos.

Roth soltou o tubo.

— Preciso ver o que posso fazer para arrumar essa bagunça que você armou — disse e sacudiu a cabeça decepcionado. — Talvez eu possa impedir que as coisas saiam totalmente de controle... mas duvido.

Rory quase chorou de alívio quando a magia azul brilhante voltou a fluir para dentro de suas veias e o envolveu numa nuvem de euforia. Ele ia ficar bem. Ia ficar mais do que bem. Não tinha percebido o quão melhor, porém, até que Roth, virando-se para sair, olhou de novo para ele, e seu olhar se fixou em seu braço direito, o que não estava recebendo o maravilhoso elixir. Aquele que Fennrys havia quebrado, tentando desarmá-lo.

— Eu disse a Gunnar que ele estava cometendo um erro, pedindo para que eles consertassem você *desse jeito*. Ainda não estou convencido de que você mereça — Roth disse. — Tudo o que posso dizer é... não desperdice.

Rory pestanejou confuso, sua mente estava de novo anuviada com o anestésico. No entanto, quando o irmão deixou o quarto, ele se forçou a levantar a cabeça para finalmente ver o que tinha acontecido a seu braço ferido. E o fez bem a tempo de ver uma criatura estranha e atarracada arrancando os últimos pedaços fibrosos de carne que ligavam o braço ao resto do corpo. Outros dois seres anões e disformes levaram embora seu braço enquanto ele tentava gritar, mas o narcótico que anuviava sua mente também lhe roubou a voz. Só podia assistir, horrorizado e em silêncio, outro mecanibruxo sair de um estranho buraco que tremeluzia no assoalho da cobertura, trazendo um pacote enrolado em um encerado. Quando o desenrolava, Rory teve um vislumbre do cotoco esfarrapado no lugar onde seu antebraço antes estivera... e apagou de vez.

Quando acordou, depois de um tempo, Rory se debateu na cama com as terríveis recordações, lutando desesperado para sentar-se. Na penumbra da luz difusa filtrada pelas cortinas, viu seu braço direito repousando sobre a colcha.

Foi só um sonho, pensou. *Um pesadelo*.

Ainda tinha sua mão.

Inteiros e saudáveis, seus dedos moveram-se, flexíveis e fortes, quando os dobrou e flexionou as articulações. Quando fechou a mão em punho, os dedos pareceram frios e macios demais ao se tocarem. Alcançou o interruptor e acendeu a luz do abajur da mesinha de cabeceira. À luz da única lâmpada, Rory viu que a pele de seu braço reluzia com um brilho aquoso e metálico. Rory levantou a mão em frente ao rosto e prendeu a respiração. Seu braço, o braço real, de carne e sangue, já não existia do cotovelo para baixo.

No lugar dele havia outro, incrível, feito de prata viva.

Rory observou hipnotizado enquanto, obedecendo a um pensamento, os dedos reluzentes lentamente se fecharam, formando um punho. A sensação era de uma marreta. Sorriu ao pensar em descê-la na cabeça de Fennrys, o Lobo na próxima vez que se encontrassem. Porque haveria uma próxima vez. E acertar a cabeça dele, Rory jurou em silêncio, era exatamente o que ele iria fazer.

XIV

Fennrys não conseguia entender, de modo algum, como Rafe sabia se orientar no Hiato. Era tudo uma só névoa desoladora, opressiva e escura. E ainda assim, de alguma forma, o antigo deus parecia se mover com total segurança na escuridão repleta de fantasmas, às sombras dos mortos irrequietos.

Fennrys na verdade só estava preocupado com o que aconteceria quando chegassem a seu destino: a ilha *North Brother*, o ponto onde a fenda se ancorava no reino dos mortais.

— Quando chegarmos a nosso destino, teremos que sair de lá, e *rápido* — Rafe disse, como se tivesse lido os pensamentos de Fennrys. — Haverá um barco nos esperando.

— Um barco? — perguntou Mason, abaixando-se para evitar uma coisa esfumada e dentuça que passou perto da cabeça dela.

— A fenda se abre numa ilha — Fennrys explicou e virou-se para Rafe. — Esse barco por acaso não é o mesmo que da última vez demorou tanto para ir nos pegar que quase fui comido por um monstro marinho?

Rafe deu um meio sorriso.

— Eu disse a Aken que, se desta vez ele não estiver nos esperando quando chegarmos lá, vou fazê-lo pagar sua conta do bar. De uma só vez.

— Monstro marinho? — Mason levantou a sobrancelha.

— Monstro marinho *morto* — Fennrys a tranquilizou.

— Certo. Tudo bem. Então... uma ilha. — Mason afastou outro fantasma que fazia o possível para se enrolar em seu cabelo. — Parece... legal.

Fennrys fez uma careta.

— Ah, fala sério – disse Mason. — Como esse lugar poderia ser ruim? Quero dizer, eu gosto de ilhas. Você sabe: Coney Island... Havaí...

— Rikers... Ilha do Diabo... – disse Fennrys, olhando para ela de soslaio.

— Chegamos! — Rafe exclamou. — Última parada, desçam todos, partida imediata, pessoal!

O deus moveu-se para a frente, e a penumbra que rodopiava em torno do trio de repente se dividiu, lançando uma luz púrpura brilhante dentro do Hiato. Rafe arrastou Mason e Fennrys atrás de si por meio de uma onda cinética de energia estática que os envolvia e mordiscava seus membros, cabelos e mãos. Os três foram expelidos do Hiato, despencando juntos e se estatelando no chão, em um lugar que lembrava uma clareira saída de um conto de fadas, recoberta de musgo denso e folhas caídas na beira da floresta. O tipo de floresta que se dizia às crianças pequenas e mocinhas virtuosas para evitar a todo custo.

Fennrys soltou a mão de Rafe e ergueu-se até ficar de joelhos. Olhou em volta. Do lado oposto ao das árvores, uma pequena enseada irregular e uma praia pedregosa repleta de lixo davam lugar a uma vista do East River. O sol estava quase se pondo, e faixas de nuvens vermelho-sangue se desdobravam sobre o fundo de ouro queimado do céu. Detrás deles, sob as árvores, as sombras eram de um roxo-escuro, e a luz contrastante do crepúsculo realçava cada detalhe das folhas e dos ramos, deixando-os em foco nítido e definido.

— Funcionou? — perguntou Mason, rolando para se endireitar e afastando o cabelo do rosto. — Chegamos?

— Sim, chegamos. — Fennrys ficou em pé e esticou a mão para ajudar Mason a se levantar. — Bem-vinda à ilha *North Brother*, Mase. O lugar onde morri.

Os olhos de Mason se arregalaram, e seu queixo caiu. Sua mão apertou a dele com força, e ele viu o olhar dela encher-se de preocupação por ele. Fennrys não tinha certeza de como se sentia naquele instante, revendo o lugar onde havia se sacrificado e ido para Valhalla, para que outro homem pudesse viver. Imaginara que poderia ser difícil encarar, que voltar ali poderia ser doloroso. Mas, de fato, tudo o que sentia era uma espécie de vazio. Ecos. Tinha a sensação de que aquela vida pertencia a outra pessoa. A única coisa que lhe importava era quem ele era *agora*. E com quem estava.

Estendeu a mão e afagou o cabelo de Mason, os fios deslizaram por seus dedos como seda, negros e brilhosos. Os olhos dela estavam fixos no rosto dele, e o calor e a compaixão naqueles olhos de safira fizeram valer a pena tudo pelo que Fennrys tivera de passar para estar ali naquele momento.

Ele sentiu o sorriso em seu rosto ao desviar o olhar, relutante, do rosto dela para os arredores. À distância, podia distinguir vários edifícios, seus contornos suavizados pela vegetação luxuriante que havia tomado conta da ilha desde que fora abandonada. No passado, a ilha tinha sido um hospital de quarentena, e tivera sua cota de tragédias, mas agora o lugar parecia estar sendo invadido pela natureza. Era sinistro. Assim como eram sombrias as estranhas luzes parecidas com fogos-fátuos que cintilavam e dançavam nas sombras densas sob as árvores.

— Em termos de ilhas, esta é bem menos turística do que eu normalmente gosto — Mason murmurou.

Ela estremeceu e cruzou os braços com força contra o peito e disse:

— Parece meio... assombrada.

— Ela *é* assombrada — disse Fennrys.

A oeste, as torres de concreto e vidro de Manhattan brilhavam ao longe, mais além da extensão cinzenta do estreito de Hell Gate, como se fossem um reino encantado. O sol baixava rápido por trás do horizonte artificial da cidade, e em seu rastro o céu se tingia de um azul índigo profundo.

– Queria saber que horas são – disse Mason.

– É? Eu queria saber que *dia* é – murmurou Rafe, e encolheu os ombros quando Mason lhe dirigiu um olhar de indagação. – O tempo passa de forma diferente nos reinos. Até ver um calendário, nem eu posso ter certeza de quanto tempo passou aqui enquanto estávamos do lado de lá.

Ele se virou para a água e olhou de um lado a outro da margem, e uma ruga marcou sua testa.

Mason suspirou.

– Isso não vai ser como um daqueles contos folclóricos em que uma mortal desventurada retorna ao lar depois de uma noite de diversão e descobre que se passaram cem anos e todo mundo que conhece está morto, vai? – ela perguntou ríspida. – Porque isso seria bem pior do que todas as outras esquisitices que me aconteceram nas últimas horas.

– Ei, há destinos piores do que isso – disse Fennrys, tentando parecer despreocupado.

No entanto, Mason evidente que havia detectado uma ponta de aspereza na voz dele, e ele mentalmente se xingou. Não era culpa dela que o que ele tinha descrito era, no fundo, exatamente o que havia lhe acontecido.

– Ah, meu Deus. – Ela estremeceu. – Sinto muito, Fenn... Não quis... Não estava pensando...

– Esqueça, Mase. – Ele sacudiu a cabeça e se forçou a sorrir de novo. – Está tudo bem. De verdade. *Eu* estou bem. Afinal... Se eu tivesse vivido e morrido quando devia, não teria te conhecido, certo?

– Estou começando a achar que não teria sido má ideia.

– Pare. *Nunca* diga isso. – Ele a agarrou pelos ombros com tanta força que a fez pestanejar várias vezes. – Nada disso é culpa sua, e você *não* é a culpada aqui. Vamos descobrir como dar um jeito em tudo isso, e, quando terminarmos, voltaremos ao Boat Basin Café, nos sentaremos de novo na mesa daquele garçom chato e beberemos nossa cerveja e pediremos nossos hambúrgueres como manda o figurino. Certo?

– Certo.

– Maldito barqueiro – murmurou Rafe, ainda varrendo o rio com o olhar. – Vou mais para baixo ver se consigo avistar nosso transporte.

Vocês dois, encontrem um lugar seguro para me esperar. Com a noite caindo, não quero Mason andando nesse lugar a céu aberto.

Fennrys concordou, embora pudesse sentir Mason ficando irritada a seu lado. Mas então, não muito longe deles, ouviu-se um uivo longo e horrível e algo se movimentou com intenso barulho pelas sombras dos arbustos do sub-bosque. A mão de Mason pousou trêmula sobre o punho da espada, mas Fennrys limitou-se a sorrir e a sacudir a cabeça e cobriu a mão dela com a sua.

— Não lhes dê motivo — disse. — Este é o tipo de lugar onde o melhor ataque é sempre a defesa. Fuja primeiro, e só lute se precisar, lembra?

— Certo. — *É claro* que ela se lembrava. Era a mesma coisa que ele lhe havia dito tanto na vida real quanto nos sonhos. — Corra.

— Se for necessário.

Ela assentiu com a cabeça e relaxou a mão, dando um breve sorriso e inspirando fundo para se acalmar. Fennrys olhou em volta e avistou a fachada de um dos velhos edifícios da ilha, erguendo-se atrás das árvores, como um castelo medieval.

— Vamos nos abrigar ali até você nos dar um sinal — ele disse a Rafe.

Rafe concordou. Então, num piscar de olhos, seu contorno estremeceu, e um lobo negro correu pela praia, desaparecendo ao dobrar um promontório coberto de mato.

Quando o animal sumiu de vista, Fennrys tomou Mason pela mão e a levou por uma trilha que mal se via. A verdadeira porta do prédio estava bloqueada por um maciço de árvores, então eles entraram através de um buraco na parede de tijolos e se depararam com uma sala abobadada com sombras azuis. Metade do teto havia ruído, e o chão estava coberto de folhas caídas que se juntavam nos cantos, em pilhas que chegavam à altura do joelho. Na penumbra, Mason e Fennrys mal podiam ver o rosto um do outro. Fennrys juntou uma pequena pilha de ramos e galhos e limpou um espaço em uma alcova decrépita que podia servir como lareira improvisada.

— Tome... — Buscou no bolso o isqueiro que carregava. — Por que não acende o fogo para nós?

Mason piscou.

— Sério?

Fennrys estendeu a mão e tocou o medalhão de ferro que pendia do cordão de couro em torno do pescoço de Mason.

— Você se lembra daquela noite em meu apartamento?

Mason fez que sim com a cabeça e deu um sorriso malicioso.

— Só de cada segundo.

Ela roçou de leve com o dedo a cicatriz que havia proporcionado a ele. Fennrys sorriu, seus olhos brilharam na penumbra.

— Legal. Beleza. Nada de me espetar desta vez, tá? Só quero ver se você consegue conjurar um foguinho. Como eu te ensinei no Boat Basin: use sua mente para dar forma à magia.

— Não sou igual a você, Fenn. Não fui treinada nessas coisas. Será que eu deveria mesmo fazer isso?

— Não vejo por que não. Acredito que sempre devemos ter tantas cartas na manga quanto for possível. Nunca se sabe quando vamos precisar.

Ele acendeu o isqueiro com o polegar, e uma pequena chama azul e amarela surgiu.

Hesitante, Mason esticou o polegar e o dedo indicador...

— Ai! — ela gritou e retirou a mão.

Fennrys sorriu.

— Você está brincando com fogo, Mase. Precisa *desejar* não se queimar. Tente outra vez.

Ele ficou observando, enquanto a outra mão dela ergueu-se, as pontas dos dedos tocando a face do medalhão. Uma ruguinha se formou entre os arcos escuros de suas sobrancelhas, enquanto seu rosto assumia uma expressão de concentração intensa. Respirou fundo, estendeu de novo o braço e com delicadeza colheu a chama do pavio do isqueiro. O sorriso deliciado que se espalhou por seu rosto, iluminado pelo pequeno brilho, fez o coração de Fennrys se apertar em seu peito.

Mason virou a mão para cima e empurrou a chama da ponta dos dedos para a palma, onde ela tremeluziu e dançou, passando por tons de laranja, azul e verde... Então, de repente, a gotinha flamejante ficou violeta e disparou pelo ar como uma bala. Fennrys se desviou quando ela passou zunindo por sua cabeça e ricocheteou desgovernada pelas paredes em ruínas. Mason jogou os braços sobre a cabeça e se agachou, e Fennrys colocou seu corpo sobre o dela, protegendo-a do míssil incendiário. De uma hora para outra, os dois corriam o risco de se queimar seriamente, e não havia nada que Fennrys pudesse fazer. Não era seu feitiço.

Fennrys podia sentir Mason lutando sob seu corpo para se libertar de seu abraço protetor. Ele tentou segurá-la, mas ela se desvencilhou e, erguendo a mão bem acima da cabeça, com os dedos abertos como se estivesse usando uma luva de beisebol, pegou o pequeno projétil de fogo no ar. Com um movimento fluido, ela fechou os dedos ao redor da pequena chama como se formasse uma gaiola, virou-se e jogou-a na pilha de galhos. Houve uma pequena explosão laranja e carmesim, espalhando centelhas sobre a madeira seca, que irrompeu em chamas vivas e crepitantes.

Arquejando, Mason inclinou-se para a frente, apoiando as mãos nos joelhos. Fennrys começou a rir. Por trás da cortina de seu cabelo, ela lhe lançou um olhar incrédulo enquanto ele praticamente se dobrava em dois de tanto gargalhar.

— Viu? Você tem o dom! — ele disse.

Ainda rindo, Fennrys foi até um canto do recinto e pisoteou uma pilha de folhas que pegava fogo. Ele apontou para a fogueira e disse:

— Olha isso. Só precisamos de *marshmallows*.

— Ótimo. *Você* pode conjurá-los. Eu provavelmente acabaria conjurando uma pequena horda de deliciosos cogumelos possuídos pelo demônio. — Ela tirou o medalhão do pescoço e o devolveu a Fennrys, sacudindo a cabeça. — Vou deixar os encantamentos para os profissionais, muito obrigada.

Fennrys sorriu e colocou o medalhão em torno do próprio pescoço. Em vez de sentir o choque do metal frio contra sua pele, ele estava quente. Não sabia se o calor provinha da magia ou de Mason, mas qualquer dos dois era bem-vindo. Havia uma pilha volumosa de folhas perto do fogo, e eles sentaram sobre ela. Fennrys envolveu Mason com os braços e puxou-a para si.

— Sabe... Este lugar não é tão ruim assim — disse Mason, apoiando a cabeça no peito de Fennrys e olhando para os painéis de vidro quebrados das janelas que reluziam com o último brilho do crepúsculo.

A luz do fogo refletiu em sua pele suave e alva, banhando-lhe o rosto com um dourado pálido. Ela apontou para o espaço cheio de folhas e lixo onde as sombras se espalhavam, subindo pelas paredes e se juntando nos cantos quebrados das vigas do teto. Enquanto a última luz do dia desaparecia do céu, Fennrys teve a sensação de que seres saídos de pesadelos poderiam invadir o recinto pelos buracos na parede a qualquer momento.

— Só precisa de uma boa varrida — continuou Mason. — Alguns quadros nas paredes. Talvez umas boas cortinas...

Com a chegada da noite, a temperatura estava caindo depressa, e Fennrys sentiu os membros de Mason tremendo, apesar da expressão corajosa no rosto dela. Ele a abraçou com força, olhando-a. Ela devolveu o olhar valente, confiante, linda.

— Cortinas — ele disse.

— É, cortinas.

— Você é muito esquisita. — Fenn sacudiu a cabeça. — Deve ser por isso que eu te amo.

E de repente o tempo parou.

Bem naquele instante. Com aquelas palavras. Aquela palavra.

Ele não tinha planejado dizer, mas soube, naquele instante, que falava sério.

Amo...

Amo...

Mason prendeu a respiração, e seu coração quase parou.

Ela estava refugiada em um edifício em ruínas, cercada por uma floresta assombrada numa ilha fantasma no meio do East River com um cara morto, logo depois de escapar de um lugar que na verdade não deveria existir, e sua família parecia estar arquitetando planos sinistros para seu futuro, e...

E nada disso importava. Nada.

Porque Fennrys tinha acabado de dizer que ela era esquisita.

E que ele *a amava*.

Emudecida pelo choque, Mason olhou nos olhos dele e viu que ele estava sendo sincero. E que ela sentia o mesmo naquele momento. *Nada mais importava*. Dando seu sorriso estranho e tão lindo, ele baixou o rosto em direção ao dela e ela lhe enlaçou o pescoço com os braços. A boca de Mason se abriu sob a dele e ela sentiu que poderia devorá-lo inteiro e ainda continuar faminta por mais.

Pelo modo como a beijou, Mason percebeu que ele estava tão faminto quanto ela. Quando se apertaram um de encontro ao outro, todo o resto desapareceu. Tudo o que Mason podia sentir eram os lábios de Fennrys movendo-se sobre os dela, as mãos dele, os dedos fortes e bem abertos passeando por suas costas e seus ombros, como se ele necessitasse tocá-la o máximo que pudesse de uma só vez. E ela sentia também o bater do coração dele, quando ambos se deixaram cair na cama de folhas sob eles. As paredes rotas que os protegiam erguiam-se como os muros de uma fortaleza medieval, e no alto Mason pensou entrever as estrelas. O grito solitário e distante de uma coruja caçando ecoou ao longe, a luz da fogueira delineava o perfil de Fenn em vermelho e sombras, e Mason sentiu como se tivesse caído nas páginas de um conto de fadas. Mesmo que o prefácio tivesse sido toda a loucura que culminara naquele momento, não conseguia ver qualquer motivo para se lamentar. Ela apenas se entregou à troca apaixonada de beijos com seu belo príncipe.

Até aqui, este é um dos contos de fada com final feliz...

Ela podia sentir um sorriso se formando em sua boca, sob os lábios de Fenn, e ele interrompeu o beijo, recuando a cabeça alguns centímetros para poder olhar nos olhos dela.

— Fez cócegas? — ele perguntou, com um brilho divertido nos olhos azuis.

— Não...

— Então por que você está rindo?

— Eu estava sorrindo. — Ela passou os dedos sobre a barba incipiente, dourado-escura, que crescia no queixo dele. — Você está precisando se barbear.

— Estive meio ocupado ultimamente.

— Mas você continua não sendo um lobisomem, e pelo menos *isso* já me deixa bem aliviada. — Ela sentiu seu sorriso se abrir. — Mas não era por isso que eu estava sorrindo.

— Eu tenho certeza de que você estava a ponto de rir.

— Estou *feliz*.

— Está? — ele perguntou, e Mason detectou apreensão na voz dele.

— Apesar de tudo...

— E no meio de todo este caos.

— ... e no meio de todo este caos. É. Estou feliz.

Fennrys traçou o contorno da face dela com as pontas dos dedos. Sua expressão estava desarmada naquele instante, e de repente Mason se perguntou se tudo aquilo não seria demais para ele. Mas então ele viu o modo como ela o olhava, e sua boca curvou-se novamente naquele sorriso tão loucamente beijável.

— Ei — ela sussurrou enquanto ele passava as pontas dos dedos em seu queixo e contornava a curva de seus lábios.

O mais leve toque dele fazia a pele dela formigar.

— Não faça pouco... — ela disse.

Ele ergueu uma sobrancelha, e ela explicou:

— Acho que numa situação assim, embora eu nunca tenha enfrentado nada parecido, a gente deve tentar encontrar qualquer felicidade que puder, e tirar o máximo proveito. Quero dizer, nunca se sabe o que virá pela estrada para trombar com a gente.

— De forma figurada, é claro — Fennrys disse irônico.

— É claro.

Mason sorriu e puxou a cabeça dele para poder beijá-lo de novo. Teve a clara sensação de que gostaria muito de poder fazer isso sempre que quisesse. Agora que sabia o que Fennrys sentia por ela... Tinha vontade de dizer a ele, naquele momento, que também o amava. Mas, ao mesmo tempo, quase tinha medo de fazer isso. Não sabia por que, mas ela achava que, se dissesse isso, seria como quebrar algum tipo de encantamento. Era bobagem. Entretanto ela também não estava a fim de provocar o destino. Parecia que todos os outros estavam fazendo isso por ela e, o que era pior, ela permitia. Permitira-se ignorar a nefasta obsessão de seu pai. Permitira que Rory usasse sua claustrofobia contra ela. Permitira que Heimdall a manipulasse, usando o rosto de sua mãe morta.

Havia parado de fazer perguntas...

De repente, um calafrio desceu por sua espinha, apesar do calor do corpo de Fennrys apertado contra o dela, quando ela percebeu que não fizera a maior de todas as perguntas.

— Ei, o que foi? O que está te perturbando? — Fennrys por fim quebrou o longo silêncio, pondo um dedo sob o queixo dela e virando-lhe o rosto para cima, forçando-a a olhar nos olhos dele.

Havia coisas movendo-se no olhar dele. Sombras. Segredos...

Mason virou-se e ergueu o corpo, apoiando-se em um cotovelo, para poder olhar de cima para Fennrys. Pousou a mão sobre o peito dele e sentiu o bater firme de seu coração pulsando contra a palma da mão dela.

— Como foi que cheguei a Asgard? — ela perguntou.

Quando ele abriu a boca, nenhuma palavra saiu dela, então Mason teve certeza de que sabia a resposta. Só precisava ouvi-lo dizer.

— Fenn?

Os músculos do pescoço de Fennrys se contraíram quando ele pigarreou e então recobrou a voz.

— Que foi?

— Não tem problema — ela disse. — Eu posso segurar a onda.

Tem certeza?, disse uma vozinha dentro de sua cabeça.

— Eu sei que pode. Eu sei. Mason... — Fennrys fechou os olhos.

Ela esperou.

Quando tornou a abri-los, ela viu a resposta no fundo dos olhos azuis antes que ele dissesse as palavras.

— Você morreu.

Um dos galhos da fogueira de súbito espocou com força, a seiva chiando nas chamas, e lançou centelhas no ar ao mesmo tempo em que iluminou à volta com um lampejo laranja que desapareceu quase de imediato. As sombras do recinto invadiram o ambiente. Mason podia quase senti-las. Era como se os espectros que assombravam a ilha tivessem de repente percebido que ela era como um deles.

Você é.

Você está morta.

Ela havia perguntado e ele havia respondido. E ali estava. Sem rodeios.

Parecia que o mundo estava desmoronando ao redor dela. As paredes em ruínas, as folhas, a luz da fogueira... tudo, menos o rosto de Fennrys, cheio de preocupação, estava perdendo a solidez. Como se o mundo fosse o fantasma, e não Mason.

Mas você é.

Fennrys sentou-se e a fez erguer-se junto consigo. A cabeça dela pendeu entre os ombros, sua capacidade de controlar os músculos perdeu-se naquele instante.

— Mason — ele disse, sacudindo-a pelos ombros. — Mase!

Ela tentou se concentrar no rosto dele. Tentou respirar.

Preciso respirar? Eu respiro?

— Minha querida... *escute-me.*

Ele respira... as mãos dele são cálidas...

— Isso aconteceu faz muito tempo. E não muda *nada*. Não muda quem você é, nem o que eu sinto por você.

Garotas mortas não choram...

Mas os cílios dela estavam úmidos. A umidade transformava a luz da fogueira em partículas douradas e fazia parecer que ela olhava para Fennrys através de uma cortina de chuva. Ele a fitou, os olhos cravados no rosto dela. Sem pestanejar, o olhar firme. Ele estava ali. Era real. E também estava morto.

Mason de repente inspirou fundo.

E o mundo voltou a entrar em foco.

— Como? — perguntou. — Quando?

— Não tenho certeza, mas acho que foi na época em que sua claustrofobia teve início.

— Ah, meu Deus — Mason murmurou. — O jogo de esconde--esconde...

— É, acho que sim — Fennrys disse. — Quero dizer, faz sentido. Acho que sua fobia decorre do fato de você ter morrido. Quero dizer, sua morte foi temporária, é óbvio, mas você cruzou o limiar.

— Algo me mandou de volta.

Fennrys assentiu com a cabeça.

Mason sabia o que esse algo... essa *pessoa*... era.

— Minha mãe.

Fennrys assentiu de novo.

— Foi o que também pensei. É um bom chute, eu diria.

— Não é um chute. Eu sei que foi ela — Mason respondeu.

Havia um sentido de certeza total quando ela disse isso. Sua mãe era uma rainha do mundo dos mortos, e sua mãe a havia mandado de volta. Da mesma forma que havia mandado Fennrys de volta.

E a questão era... Mason sabia disso. Sempre soubera. Apesar de não se lembrar do acontecido, de não ter a menor ideia do que havia acontecido com ela quando esteve presa naquele galpão, ela sempre se sentiu diferente, desde aquele momento. Havia um distanciamento, uma falta de conexão. A sensação de que estava num plano de vibração ligeiramente diferente dos demais alunos de Gosforth. E também havia os pesadelos... a claustrofobia.

Não. Não mais. Já não vou ter medo de nada.

Mason fechou os olhos e se sentiu ficar leve como o ar.

O ar inundou seus pulmões, o sangue correu intenso por suas veias. As mãos continuavam sobre o peito de Fenn, e ela ainda podia sentir-lhe o coração batendo. E então sentiu seu próprio coração... quando começou a bater junto ao dele.

Ela estava morta. *Esteve* morta... E agora...

Agora se sentia mais viva do que nunca.

Mason manteve uma das mãos sobre o coração de Fennrys e colocou a outra sobre o próprio peito. As batidas de seu coração eram leves e rápidas, fortes e vibrantes. As de Fennrys eram profundas, firmes e poderosas. Com os dois batimentos percorrendo seu corpo, ritmo e contrarritmo, Mason, de forma estranha e surpreendente, não se importava por estar morta. Ou ter estado. Ou como quer que fosse. Não se importava porque o mesmo tinha acontecido com Fennrys, e isso significava que os dois eram especiais do mesmo jeito.

Se ele podia lidar com isso, ela também podia.

Fenn ainda a olhava, uma sombra de preocupação enevoando seus olhos azuis. Ele precisava saber que ela estava bem. Mason se inclinou e envolveu o pescoço dele com os braços para que ele percebesse como ela se sentia. Fennrys a apertou contra si, e Mason se deixou levar pela sensação de beijá-lo, mas de repente ele se imobilizou. Por um instante, ela achou que tinha feito algo errado, mas então viu que a cabeça dele estava inclinada de lado... escutando...

E então ela também ouviu.

Uivos.

Cheios de pesar, do fundo da alma, e de uma ferocidade assustadora.

Fennrys estava em pé, soltando a grande faca que carregava na bainha atada à perna. Os uivos aumentaram até se tornarem uma cacofonia reverberante, e Mason estremeceu quando percebeu o que eram. Uivos de lobo.

Rafe.

Algo estava muito errado.

Mason levantou de um pulo e pisou na fogueira até apagá-la por completo. No momento seguinte, ela e Fennrys estavam correndo antes mesmo que Mason pudesse imaginar o que estava acontecendo. Quando contornaram a ponta sul da ilha *North Brother*, Mason e Fennrys viram que seu transporte os estava aguardando.

Só que não da forma que esperavam.

XV

A ken, o barqueiro, flutuava na água a uns três metros da praia. Mais exatamente, pedaços dele flutuavam na água. O barco no qual Aken pretendia levá-los embora da ilha estava partido ao meio, emborcado e jogado contra um banco de rochas. As duas metades flutuavam, desajeitadas, bem em frente à praia.

Rafe estava na parte rasa, encurvado; um enorme lobo negro uivando para o céu noturno. Foi o som mais desolador e doloroso que Mason ouviu na vida. Quando ela e Fennrys chegaram, os uivos cessaram, e os contornos de Rafe tornaram-se indistintos até que ele caiu de joelhos na praia, na forma de transição de homem-lobo.

Mason o ouviu vociferar no que supôs ser a língua do Antigo Egito e ficou feliz por não conseguir entender o que ele dizia. Soavam como maldições. Depois desse rompante, Rafe pareceu desvanecer-se um pouco, seus ombros relaxaram. Ele murmurou algo sobre a necessidade de um ritual de passagem para o espírito do falecido semideus Aken e começou a entoar um encantamento, numa voz baixa e melodiosa, carregada de uma emoção pura e espontânea.

Fennrys e Mason se afastaram pela praia para lhe dar privacidade, ambos fingindo não perceber os rastros das lágrimas cor de sangue que escorriam pelo rosto peludo. Enquanto eles percorriam a praia, Mason não pôde deixar de notar que as mãos de Fennrys estavam cerradas em punhos. Ele a olhou e viu que ela olhava para ele.

— Acidente de barco? — ela perguntou, ouvindo a raiva mal contida em sua própria voz.

— Pois é. Qual a probabilidade disso? — respondeu Fennrys com voz irritada.

— Acho que está bastante claro que alguém não quer que a gente saia desta ilha — Mason disse baixinho.

Ela se sentou numa pedra coberta de musgo na borda da floresta, e seu olhar percorreu o East River, na direção das formas escuras e faiscantes das torres da cidade. Seu pai tinha escritórios em uma delas. E uma cobertura digna de um palácio em outra.

E mais o quê?

Havia todo um lado obscuro de Gunnar Starling que Mason nunca conhecera. Ou talvez ela sempre suspeitasse de que estava lá, mas nunca conseguiu forçar-se a pensar a respeito...

— Parece que há um nevoeiro se formando — ela disse, apontando para onde as luzes dos arranha-céus começavam a tremeluzir com a distorção, envoltas em halos na luminosidade noturna.

Ela nem sequer tinha certeza de querer tocar no assunto. Mas, claro, em algum momento teria de fazê-lo. De repente parecia haver um monte de verdades desagradáveis que ela teria de encarar. Não tinha certeza de quantas mais ainda poderia aguentar. Mas precisava saber.

Fennrys sentou-se ao lado dela.

— Então, me conta. Como uma... Valquíria, eu faria... — Ela hesitou, tentando formular a pergunta de maneira que ela mesma pudesse entendê-la. — Quero dizer... o que, exatamente, meu pai queria de mim? O que eu precisaria fazer?

Por um instante, ela pensou que ele não responderia. Quando ele respondeu, ela quase desejou que não o tivesse feito.

— Há Valquírias e *Valquírias*, Mase — ele disse. — Como tudo, é uma questão de hierarquia. A Valquíria em que seu pai queria transformar você seria a que escolheria um terceiro filho de Odin para liderar os *Einherjar* para fora de Valhalla.

— Um terceiro filho.

— Rory, Roth... — Fennrys foi contando nos dedos. — Você deveria ter sido o terceiro filho. Um menino. E quando você nasceu mulher, parece que Gunnar simplesmente supôs que a profecia não havia se cumprido. Que seria impossível que fosse cumprida. De acordo com Rafe, seu pai estava a ponto de abandoná-la totalmente. Mas então, em parte graças a mim, a fenda entre os mundos se abriu. E eu podia me movimentar entre eles. Foi então que Gunnar tirou os planos da gaveta e fez alguns ajustes. Se eu pudesse trazer a lança de Odin para ele, Gunnar poderia criar uma Valquíria. Uma Valquíria pode fazer um filho de Odin. — Fennrys olhou de soslaio para Mason. — É isso que seu pai quer.

— Porque, segundo a profecia, esses filhos de Odin são necessários para liderar os *Einherjar* — Mason disse, esforçando-se para entender, embora suspeitasse já ter entendido. — Liderá-los no quê?

— No Ragnarök.

Mason fechou os olhos e viu tudo vermelho.

Ragnarök. Ela sempre havia temido aquela palavra. Áspera e gutural, era feita de sons que prendiam na garganta como os estertores da morte. Que, ela supunha, era o que seria. A morte. O fim. Mason nunca entendera os mitos de seus ancestrais. Não os havia aceitado da mesma forma que Rory, com entusiasmo macabro e desdém pela humanidade, e nem os havia incorporado como Roth, com sua visão silenciosa, estoica e fatalista da vida. E com certeza nunca havia aspirado a realizá-los, como pelo visto seu pai secretamente sempre fizera.

— Ragnarök. O fim do mundo. — A voz dela ecoou sombria em seus próprios ouvidos.

— É. Com certeza essa parece ser a direção para a qual seu pai está se encaminhando — Fennrys disse, em voz baixa.

Meu pai...

Ele prometera a Mason, depois daquele jogo de esconde-esconde em que ela ficara presa por três dias no galpão, que a protegeria. Para quê? Para que mais tarde ele pudesse sacrificar a humanidade dela e cumprir algum tipo de mórbido desejo de morte global? Ela mal podia crer. E, ao mesmo tempo, havia alguma coisa nisso tudo que fazia o mais perfeito sentido.

Desgraçado.

Pela segunda vez em menos de uma hora, Mason sentiu-se a ponto de desmaiar. Sua visão estava começando a se afunilar, mesmo na escuridão, mas de forma alguma ela ia se entregar ao desespero que ameaçava dominá-la depois de saber dessa... dessa...

Traição.

Era a única palavra que parecia se encaixar no momento. De repente, Mason viu tudo com uma espantosa clareza. E de alguma forma ela compreendeu que sua mãe — sua mãe *verdadeira*, onde quer que estivesse — soubera da profecia, e do fato de que Mason deveria ter nascido menino. Yelena *provavelmente* sabia. E havia feito algo a respeito. Quem sabe algum tipo de barganha, ou talvez tivesse se sacrificado para alterar aquele desfecho fatídico.

Não era de admirar que Loki tivesse dado a Yelena Starling o poder de uma deusa. Sua mãe devia ter uma força de caráter extraordinária. Ou talvez Mason só estivesse se iludindo para sentir-se melhor. Com certeza era só uma suposição, mas ela sentia que, quando estava viva, Yelena tinha feito tudo o que pôde para salvar Mason do destino que fora profetizado. Porque, *depois de morta*, sua mãe lhe havia enviado Fennrys. Só por isso, Mason seria grata a ela para sempre.

— Isso é que é ironia — ela murmurou baixinho.

— O quê?

— Você me contou que Hel, a *verdadeira* Hel, enviou você a mim. Minha mãe o enviou para que me impedisse de me tornar um instrumento moldado para precipitar o fim do mundo. *Você.* — Ela deu um sorriso débil. — Um cara que estava tão ansioso por seu próprio fim. E agora está de volta, lutando para me impedir de cumprir o destino mais desejado por todos os vikings. Acho isso irônico.

— Se não tivesse te conhecido, Mase, provavelmente eu teria mesmo encontrado meu fim. — Fennrys encolheu os ombros. — Por certas coisas vale a pena morrer. Por outras vale a pena viver. E algumas coisas são as duas. Acho que sua mãe suspeitava que eu pudesse me sentir assim por você. Ela me pareceu bem perceptiva.

Mason pestanejou, tentando impedir as lágrimas que se formavam.

— Gostaria de tê-la encontrado, a *verdadeira*, quando estava em Asgard. Ela parece ser muito legal.

— E é mesmo. E meio que tive a impressão de que você é tudo para ela, Mase — Fennrys disse, com doçura. — Ainda que tenha a missão de impedir o fim do mundo.

— Será que ela sequer soube que eu estava lá? Será que...

— Olha, se for possível... — Fennrys tomou a mão dela na sua. — Quero dizer, quando toda essa situação tiver se resolvido, prometo que voltaremos lá para procurar sua mãe. Certo?

Mason sorriu, mas sacudiu a cabeça, triste.

— Sei que isso nunca vai acontecer — disse. — Tudo bem. Obrigada por dizer assim mesmo.

Fennrys apertou a mão dele com força e disse:

— *Nunca* vai acontecer? Não sei se você notou, mas há um risco de eu virar frequentador assíduo de Asgard. Passo mais tempo lá do que no meu apartamento. Se sobrevivermos ao que vem por aí, seja o que for, iremos. E se não... bem... que inferno! — Ele encolheu os ombros. — Provavelmente vamos acabar lá de novo de qualquer jeito.

Quando Mason deu por si, estava rindo da piada.

Ela chutou uma pedra com o bico da bota. A fina linha de espuma que marcava a beira da água estava a pouco mais de um metro, brilhando branca na escuridão, e Mason começou a imaginar o que, exatamente, havia acontecido com o barqueiro de Rafe. Ela franziu o cenho, apanhou a pedra e atirou-a no rio.

Houve um momento de calma quando ondulações se espalharam e desapareceram. E então, de súbito, toda a superfície do rio entrou em erupção.

A apenas três metros da beira do rio, a figura iridescente e esguia de uma linda jovem subitamente rompeu a superfície da água, saltando como um golfinho, seguida por outra e depois mais outra. A cabeça da primeira virou-se na direção deles, agitando seus cachos de cabelos verdes cintilantes, e Mason viu que, apesar de a jovem ser linda, seus olhos queimavam com um fogo frio e sua boca aberta estava repleta de dentes serrilhados. Ela a escancarou para Mason numa careta apavorante antes de cair de novo na água e desaparecer sob a superfície.

— Caramba... — murmurou Mason, chocada e paralisada pela visão do cardume de seres que obviamente eram alguma espécie de sereia, ninfa marinha ou algo assim. — Acho que isso explica o que aconteceu com Aken.

— Explica o *quê* — concordou Fennrys, tentando disfarçar enquanto arrastava os pés para longe da beira do rio. — Já o *porquê* é outra história.

— Eu me pergunto se essas são as amiguinhas psicóticas de Calum — Mason disse tensa. — Engraçado... Cal disse que eram lindas, mas nunca falou dos dentes.

A seu lado, Fennrys de repente ficou rígido, numa tensão silenciosa.

Mason virou-se para olhar para ele, mas ele continuou sentado, calado, com os lábios apertados formando uma linha branca. Parecia estar a ponto de dizer algo, mas manteve-se mudo. Mason decidiu não pressioná-lo. Independentemente do que fosse, ele lhe diria, se fosse importante. Ela voltou a olhar para a superfície da água, que deixara de se agitar e borbulhar para voltar à calmaria.

— Cal vai surtar quando eu contar que uma delas comeu o pobre Aken — disse.

— Eu... não... — disse Fenn. — Não vai, não.

— É, você deve ter razão. — Mason encolheu os ombros. — Já não dá para prever como ele vai reagir. É como se eu já não o conhecesse mais. E, de qualquer modo, não sei se terei chance de contar a ele. Acho que já nem estamos mais nos falando.

— Mason...

Ela chutou uma pedra menor, que rolou até parar pouco antes da beira do rio.

— Tivemos uma tremenda discussão logo antes do torneio, e realmente deixei que ele me abalasse. Foi um dos motivos para eu ter perdido a competição. E... Fenn... Me desculpe por ter descontado em você depois.

— Mase...

— Eu sei, eu sei... — Ela ajeitou uma mecha de cabelo atrás da orelha. — É porque tudo aquilo parece tão bobo agora, diante do que está acontecendo. Mas, ao mesmo tempo, eu sabia que Calum estava chateado, e não fiz nada para facilitar as coisas para ele. Quero dizer, talvez eu tenha uma parte da culpa pelo que aconteceu. Mas eu...

— *Mase...*

Fennrys apertou a mão dela com mais força. Ela estremeceu quando os ossos de seus dedos estalaram.

— Que é?

Ele segurou a mão dela com menos força, fazendo uma careta ao baixar os olhos para as mãos de ambos entrelaçadas.

— Cal se... foi — disse, finalmente.

Mason olhou para ele, pestanejando, confusa. Ela viu algo na expressão dele que poderia ser culpa e pensou saber do que ele estava falando. Ele devia ter encontrado Cal no ginásio depois do torneio. Ela só podia imaginar como tinha sido a conversa entre ambos.

— Não tem problema — ela disse.

— Não? — Fennrys franziu o cenho.

— Fenn... Seja lá o que Cal tenha dito a você... Ou o que você tenha dito a ele... Não me importa. Ele me odeia? Nunca mais quer me ver? Não importa. — Ela sorriu e sacudiu a cabeça. — Sempre vou considerá-lo um amigo, mas talvez seja melhor se ele se afastar de mim. Parecia que eu só conseguia irritá-lo. E, de qualquer forma, eu não sinto por ele... o que sinto por você.

Um gemido de angústia escapou dos lábios de Fennrys quando Mason ergueu para ele os olhos brilhantes, repletos do que ela estava sentindo por ele naquele momento. Um momento que deveria ter sido perfeito. Ela era tão linda... Seus cabelos formavam uma cortina escura e sedosa que flutuava ao vento, a pele pálida banhada pelo luar, os lábios curvados num esboço de sorriso...

Ela era perfeita. Ela era *dele*.

E Fennrys sabia que ela estava a ponto de dizer que o amava.

E tudo o que ele precisava fazer era *nada*. Deixar que ela dissesse aquelas palavras que ninguém nunca lhe dissera. Tomá-la nos braços, beijá-la e esquecer-se de contar a ela como o corajoso, atraente e tolo Calum Aristarchos havia morrido ao ajudar Fennrys quando este tentou salvar Mason na ponte Hell Gate.

Você não precisa fazer isso. Não precisa contar a ela.

Não, ele não precisava. Só devia ficar de boca fechada.

— Mason, tenho que contar mais uma coisa.

Já houvera tantas revelações terríveis para ela digerir, ele pensou. No entanto, esta poderia ser a pior. Uma das coisas lindas que havia descoberto sobre Mason era que ela se preocupava mais com os outros do que consigo mesma. E ela gostava muito de Cal.

Quanto mais ele ficava calado, tentando pensar no que podia dizer para reduzir o impacto, mais o sorriso nos olhos dela oscilava. Ao sul, uma cascata de relâmpagos iluminou as ruínas retorcidas da Hell Gate, onde esta arranhava o céu com dedos de aço partidos. Fennrys não podia sequer olhar para a ponte. E também não podia forçar-se a olhar para Mason.

— Que foi, Fenn? — Mason perguntou baixinho.

Fennrys respirou fundo.

— Na ponte — ele disse, indicando com a cabeça rio abaixo. — Quando cheguei até você na ponte, foi porque Cal me levou até lá. Quando Roth veio nos contar o que estava acontecendo, Cal insistiu em ir junto...

Você não precisa dizer a ela que ele foi um herói e levou você ao trem a tempo, e que então você não fez nada de muito útil. Você não precisa contar a ela os detalhes.

Só que ele precisava. Cal merecia ao menos isso.

— Ele estava dirigindo a moto, e eu estava na garupa dele. O pavimento da ponte era irregular e acidentado, mas ele conseguiu manter o controle da moto pelo tempo suficiente para eu pular para o trem, e aí...

— E aí o quê?

Os músculos na garganta de Mason saltaram quando ela engoliu em seco convulsivamente.

— Então aconteceu alguma coisa. Eu não vi, foi Rafe que me contou depois, mas houve um acidente. Cal perdeu o controle da moto e caiu da ponte dentro do rio. Rafe disse que ele bateu em um dos barrotes e...

— Onde ele está? — Mason interrompeu. — Ele está bem?

Fennrys sacudiu a cabeça.

— Não.

— Como assim, *não*? — Ela agarrou o braço dele, com força suficiente para machucá-lo. — Quem o encontrou? Onde ele está?

— Mason... a ponte explodiu. Nem tivemos tempo de procurar.

Fennrys não se deu ao trabalho de lembrá-la que ele tinha levado um tiro e caído do trem, e que Rafe teve de carregá-lo para longe. Em comparação com o que tinha acontecido com Cal, isso parecia sem importância. Fennrys deveria ter ficado. Ele deveria ter sido capaz de fazer algo pelo rapaz.

— Mas mesmo que tivéssemos... Mase... Sinto muito. Vi as rachaduras no capacete dele, que deve ter se soltado durante o acidente. Mas mesmo que ainda o estivesse usando ao cair da ponte... não seria possível sobreviver àquela queda.

— Mas... *nós* morremos — disse Mason, com uma esperança desesperada nos olhos. — E estamos aqui. E se...

— Não acho que seja a mesma coisa.

Fennrys sentiu seu coração apertar. Ele preferiria ter dado um soco na própria boca a dizer as palavras que fizeram Mason ficar como ficou naquele instante.

— Cal sofreu um acidente, Mase. Só isso.

Mason mordeu o lábio e fechou os olhos com força. Lágrimas transbordaram de seus olhos, deixando rastros brilhantes ao luar. Fennrys estendeu a mão e a puxou para seu colo, acolhendo-a em um abraço. Ela se amparou no peito dele, os punhos fechados apertados contra ele, e ele a segurou, acariciando-lhe os cabelos negros, enquanto as lágrimas escorriam silenciosas pelo rosto dela.

Depois do que pareceram horas, mas que deviam ter sido minutos, Rafe surgiu em meio ao que agora era escuridão total, vindo até eles. Estava de novo na forma humana, o terno imaculado, sem um *dreadlock* fora do lugar. Parecia recomposto e tranquilo, mas seus olhos escuros ostentavam um pesar que antes não estivera ali. E uma fúria perigosa em fogo brando.

Mason levantou a cabeça do peito de Fennrys e limpou o rosto com a mão. Rafe franziu o cenho ao ver que ela estivera chorando. Olhou para Fennrys.

— Contou a ela?

— Tudo. Ragnarök, a morte dela... Cal. Acho que é tudo.

Rafe sacudiu a cabeça.

— É o suficiente. Como você está se aguentando, Mason?

Ela ergueu o queixo e disse:

— Vou sobreviver. Quero dizer...

O deus ancestral levantou a mão.

— Sei o que quer dizer. Que bom.

— Lamento por seu amigo — ela disse.

Rafe acenou com a cabeça tenso.

— *Eu* lamento por seu transporte. — Olhando por cima do ombro para o rio escuro, suspirou. — Queria tirar vocês desta ilha, mas no momento acho melhor voltarmos para o abrigo.

— Não podemos esperar aqui até algum barco passar? — Fennrys perguntou. — Talvez acenar para um barco da guarda costeira...

— Não — respondeu Rafe, apertando os olhos ao ver uma camada de névoa prateada se espalhando sobre a água. — Não é seguro ficar desabrigado. Especialmente com esse nevoeiro chegando. Não confio em nevoeiros.

Mason de repente se enrijeceu e deu um passo em direção à água.

— Gente, acho que esse nevoeiro acaba de dizer meu nome.

XVI

Heather estava deitada na cama em seu quarto no dormitório, comparando o peso das duas flechas de balestra que Valen lhe dera no metrô, uma em cada mão. A dourada era leve como uma pena, fina, e o metal imediatamente se aquecia ao toque. Quase parecia se contorcer contra a pele, formigando cheia de energia. A pequena flecha de chumbo, em contraste, era fria e pesada, e fazia seus dedos doerem. Heather encaixou a segunda flecha na pequena balestra e engatilhou a arma. No fundo da mente, suspeitava já ter adivinhado o propósito da estranha e diminuta arma, especialmente se o cara que a deu para ela fosse quem ela pensava que era, mas ainda assim não sabia em que circunstâncias viria a usá-la.

Entretanto Heather estava entediada. Entediada por ficar presa, entediada por ter de estudar. Não que tivesse estudado as matérias da escola, pois não havia assistido a uma aula sequer desde que voltara à academia. Ela vinha tentando descobrir tudo o que podia sobre as diferenças entre os deuses gregos e romanos... enquanto tentava decidir se de fato acreditava ter encontrado um deles no trajeto de metrô do Queens a Manhattan, três dias antes.

Por isso, havia tirado a balestra da gaveta de roupas íntimas, onde a escondera, e começou a brincar com ela.

— É — murmurou. — Nos últimos dias, ou eu cruzei uma linha muito assustadora... ou então pirei de vez.

Ela se levantou e fez uma pose de pistoleiro, apontando a estranha arma para uma foto de Cal na parede, do lado da porta. A foto para a qual ela ainda desejava boa-noite quando apagava a luz, ao final de cada dia. Mesmo depois de ele ter terminado com ela. Mesmo depois de ele...

Gostaria de poder tirar você da minha cabeça, ela pensou.

— O que você acha, Cal? — ela sussurrou, fechando um olho e apontando a balestra para o rosto sorridente dele. — Fiquei maluca? Se eu fiquei, deve ser sua cul...

De repente, a porta do quarto se abriu com violência, batendo contra a parede, e uma jovem esguia, de cabelos roxos e olhar alucinado, irrompeu quarto adentro. O dedo de Heather apertou o gatilho e a flecha de chumbo foi lançada pela arma e se enterrou no retrato, bem no meio do peito de Cal.

— Santa...

Gwen Littlefield se desviou bruscamente do projétil que atingiu o alvo a menos de quinze centímetros de seus cachos pintados de roxo. Ficou paralisada, apertando-se contra o batente da porta, com os olhos arregalados de susto.

— Ah, *não*! — Heather exclamou, tão chocada quanto Gwen. — Não acredito!

Depois de um instante, recobrou-se o suficiente para jogar a balestra sobre a pilha de livros de mitologia abertos em cima da cama e atravessar o quarto para puxar a garota para longe da porta. Olhou para um lado do corredor e para o outro, para garantir que não havia nenhum outro aluno à vista, e bateu a porta, a respiração pesada. Depois voltou até o centro do quarto e virou-se irritada para a outra jovem.

— O que você está fazendo aqui? — rosnou.

— Procurando você — Gwen respondeu, arquejante.

Aparentemente, ela estivera correndo, e suas mãos e o peito da blusa estavam manchados de sujeira. E de... sangue.

— Preciso de ajuda.

Heather podia sentir seus olhos se arregalando e recuou em direção à porta.

— Ajuda para quê? Para se livrar de um cadáver?

— Relaxa... é só o jantar — Gwen disse, sem fôlego, seguindo o olhar de Heather, fixo nas manchas vermelhas que cobriam sua pele clara até quase os cotovelos. — Hoje vão servir fígado no refeitório. Eu precisava fazer uma leitura, então roubei um pouco antes que o cozinhassem.

— Bem, valeu a informação — disse Heather. — Acho que vou ter que comer pizza hoje. De novo.

Ela se moveu mais para perto da porta.

— Eu convidaria você para ir comigo, mas acho que você não está com tanta fome assim...

Tentou fugir, mas Gwen foi mais rápida e chegou antes à porta, enfiando o ombro contra ela e mantendo fechada a pesada lâmina de carvalho, com uma força surpreendente.

— Sai da frente, Littlefield!

Heather puxou com força a maçaneta de latão, sem resultado, e xingou-se mentalmente por não ter trancado a porta depois de sua última visita furtiva ao banheiro feminino, no final do corredor. Estivera preocupada demais em não ser vista por nenhum colega de dormitório enquanto se escondia em seu quarto.

Na verdade, ela nem precisaria sair para comer pizza. A única outra pessoa que Heather vira nos últimos três dias tinha sido o entregador da pizzaria, duas noites seguidas, e com certeza havia sobrado algo em pelo menos uma das caixas que estavam sobre a escrivaninha. Desde o incidente no metrô, Heather tinha se trancado no quarto, e saía só tarde da noite, ignorando as chamadas e mensagens no celular, e mantendo fechadas as cortinas.

Toby Fortier lhe dissera para voltar à escola. Disse que ela estaria a salvo ali. Protegida. Heather sabia que era um risco enorme. Voltar a Gosforth, onde Gunnar Starling era o presidente do conselho de diretores, era em essência se esconder em plena vista. Porém ela não sabia mais o que fazer.

E Toby havia prometido.

Ficar escondida no dormitório era mais fácil do que ela havia pensado. Muitos dos alunos tinham sido chamados de volta para casa. Os pais estavam preocupados com o estranho fato de que, nos últimos dois dias, Nova York, onde nunca ocorriam terremotos, tivesse sofrido uma série de tremores, de fracos a preocupantes. Somando-se a explosão da ponte Hell Gate, a maioria das pessoas parecia achar que Nova York estava sob algum tipo de ataque, fosse da natureza ou por parte do ser humano. Heather suspeitava que estivessem certos quanto ao ataque, mas errados quanto a sua origem.

A maioria dos professores, porém, parecia continuar na escola, ao menos pelo que Heather pudera ver, olhando furtiva pelas janelas do quarto e do banheiro. Mas, ainda que corresse o risco de denunciar sua presença, ela precisava desesperadamente de uma desculpa para escapar do quarto naquele instante. Precisava afastar-se de Gwen Littlefield.

— Droga, solta a porta!

Ela apoiou um dos pés na parede e puxou a porta com força.

— Heather, você precisa me ouvir...

— Não! *Não* preciso!

Heather soltou a maçaneta, frustrada, e virou-se para Gwen, subitamente furiosa.

— Da última vez que ouvi você... — ela apontou um dedo para o rosto de Gwen — ... fui sequestrada, ameaçada, perdi uma das poucas amigas que fiz durante todo o maldito tempo que passei nesta penitenciária que chamam de escola e vi meu ex-namorado *morrer*! Não quero mais ouvir você. Não tem nada que você diga que possa me interessar nem um pou...

— Ela vai matar Roth.

— Eu... Quê?

Gwen mordeu o lábio inferior, as mãos fechadas em punho sob o queixo.

— Eu sei o que você sentia por Cal. O que você... *ainda* sente. Eu sinto o mesmo por Roth Starling.

Heather encarou a moça, pestanejando sem entender.

— E a mãe de Cal vai matá-lo.

— A mãe de...

Heather recuou, o rosto tomado pela perplexidade. Assim como na primeira vez em que ela e Gwen tinham se falado, a princípio era quase impossível entender o que a estranha garota banida de Gosforth, com seu jeito esquisito e cabelo cor de beringela, queria dizer. Quando Gwen a procurara, dias antes, para dizer que Mason estava metida em algum tipo de encrenca, ou a ponto de se meter numa, demorou quase uma hora para que Heather compreendesse o que a arúspice estava tentando lhe contar. Naquela altura, Heather nem sequer sabia que raios era uma arúspice, ou que Gwen era abençoada — ou, melhor dizendo, amaldiçoada — com tais poderes.

Mas até ela entender tudo e, mais importante, até resolver *acreditar* em tudo, tempo demais tinha sido perdido, e justamente os eventos que Gwen queria impedir com a ajuda de Heather já estavam em andamento. O episódio todo tinha se transformado em um fracasso de proporções colossais. E Heather não podia nem pensar em passar por aquilo de novo. Mesmo tendo algo a ver com Cal, ou com a mãe dele, ou...

Não. Ela não ia dar ouvidos a nem mais uma palavra do que Gwen tinha a dizer. Fim de papo. Enquanto encarava a outra jovem, Heather observou duas das maiores lágrimas que já tinha visto na vida se formarem nos olhos cinzentos de Gwen. Elas cresceram até finalmente escorrerem pela face afogueada e caírem na blusa dela, deixando duas manchinhas perfeitas e circulares abaixo das clavículas.

Heather revirou os olhos e deu um longo suspiro.

— Droga.

— Por favor, Heather. Eu não sabia mais para onde ir.

— Claro. Porque, da última vez, eu fui *tão* útil, não é? — ela murmurou.

Heather caiu sentada na cama e enterrou o rosto nas mãos. Seu cabelo, sentiu ao passar as mãos por ele, estava um ninho de ratos. Sabia, graças à única vez em que se dera ao trabalho de se olhar no espelho, que estava com grandes olheiras.

— Tudo bem, me conte. O que você viu *desta* vez?

Enquanto Gwen começava a contar, Heather pegou uma camiseta de mangas longas das costas da cadeira e a vestiu. Passou os dedos pelo cabelo despenteado, puxando-o para trás e fazendo um coque desleixado. Enquanto calçou os tênis, pegou o casaco e colocou as chaves e o celular na bolsa, Gwen narrou os detalhes, se bem que um tanto vagos, do que tinha "visto" no fígado.

— Você olha para as entranhas de um animal e consegue ver o futuro — Heather disse, estremecendo de nojo. — Tem algo *muito errado* nisso.

— Por que você acha que sou vegana?

Heather olhou para Gwen, boquiaberta, e começou a rir com a expressão desolada da moça. Depois de um instante, Gwen também riu.

— Então, qualquer entranha serve para o seu truque de mágica? — perguntou Heather. — Ou tem que ser, tipo... miúdos de primeira?

Gwen revirou os olhos.

— O ideal é um ritual de sacrifício, em um altar de mármore.

— E tem muitos desses por aí, aqui em Manhattan?

Gwen fez um muxoxo.

— Eu costumava fazer encomendas para um açougueiro do East Village. Ele tinha uma sala trancada, nos fundos do açougue, com um altar de sacrifício completo consagrado à deusa Deméter. Altar de mármore, facas de prata pura, estátuas... tudo.

Heather lembrou-se de ter aprendido em aula que Deméter era a deusa da agricultura e da civilização. Ela franziu as sobrancelhas e olhou para os livros-textos sobre a cama, recordando o que lera sobre os antigos seguidores secretos de Deméter em um lugar chamado Eleusis. Eram fanáticos, sectários, estranhos.

— Ele me fornecia material de primeira — Gwen disse, com uma expressão mista de nojo e nostalgia. — Sabe... se a oferenda não for pura, preparada em condições muito estritas e... hã... fresca de verdade, eu recebo... hã... interferência. Estática. Às vezes é difícil sintonizar com precisão e entender o que está acontecendo.

— Então, em teoria, você poderia estar errada a respeito de tudo isso — Heather disse.

— Sim. — Gwen encolheu os ombros. — Mas eu sempre acho que prevenir é melhor que...

Ela se interrompeu quando, de repente, o ar do quarto ficou carregado de eletricidade.

Heather sentiu um pouco de tontura e ficou desorientada, antes de perceber que as paredes estavam tremendo e ela parecia estar no convés de um navio. Outro terremoto. Com esse eram oito — ou nove? — nas últimas 24 horas. Ela estendeu o braço para se apoiar na parede, e a luz do teto começou a oscilar. Uma foto emoldurada, ela e Cal sentados à beira d'água no estreito de *Long Island*, caiu da estante, e seu vidro se espatifou quando bateu no chão.

Heather olhou para Gwen, que estava com o cenho franzido; duas linhas paralelas marcavam sua testa sob a franja cor de ametista.

— É — ela disse.

Nem se deu ao trabalho de se apoiar na parede, mas dobrou os joelhos e acompanhou o movimento do chão que tremia, como se estivesse em uma prancha de surfe.

— É pior nas catacumbas. Lá embaixo realmente dá para sentir. E um dos túneis antigos desabou ontem, mas acho que era um túnel sem saída.

— Que catacumbas? — Heather perguntou.

— As que existem debaixo da escola.

Gwen esticou o braço para pegar no ar um dos troféus de Heather que caiu da prateleira, antes que ele também se espatifasse no chão. Heather o arrancou da mão dela antes que Gwen pudesse ler a plaquinha e constatar que era um prêmio de segundo lugar em uma feira de ciências no oitavo ano.

— Alguns dos túneis descem bem fundo — Gwen prosseguiu, seguindo com os olhos o progresso rápido de uma rachadura que ziguezagueava parede acima, soltando poeira e partículas que flutuaram no ar, caindo devagar entre as duas garotas.

Heather caminhou com passos inseguros até a janela e afastou a cortina alguns centímetros. O céu da tarde parecia raivoso e revolto. Tinha sido assim o dia todo, agitado por nuvens de tempestade e relâmpagos, mas ainda não havia caído qualquer chuva na cidade, e o calor e a umidade estavam se tornando opressivos.

— Só examinei aquelas onde era mais fácil entrar — disse Gwen, por alguma razão ainda falando de catacumbas. — E algumas das câmaras que não têm selos mágicos de aviso ou runas de maldição entalhadas no alto.

— Mas o que é um "selo mágico"?

— Um símbolo arcano — Gwen resmungou impaciente. — Magia. Aqui é Gosforth. Você não presta atenção nas aulas?

A expressão de Heather, quando ela se virou da janela, era tão vaga que provavelmente devia ser engraçada. Ela estava começando a se cansar daquela figura bizarra que usava termos como "catacumbas", "selos mágicos", "runas" e "câmaras" e falava da escola como se fosse a maldita escola de magia de Hogwarts.

— E o que exatamente você estava fazendo? Explorando essas câmaras velhas e sinistras?

— Estou morando lá.

De novo, Heather ficou imóvel, pestanejando.

Gwen encolheu os ombros e, constrangida, passou o dedo por uma mancha de sujeira na blusa.

— Faz pouco tempo. Foi ideia do Roth, quando soube que eu precisava me esconder. As coisas ficaram complicadas, e tive que sumir debaixo da terra. Literalmente.

— Complicadas... como, exatamente?

— Lembra que mencionei a mãe de Cal?

— Sim. O que Daria Aristarchos tem a ver com tudo isso?

— Eu trabalhava para ela — Gwen respondeu. — O açougueiro de que falei é um dos funcionários de Daria. Devoto, na verdade. A mãe de seu ex-namorado é, tipo, a alta sacerdotisa do culto de mistérios eleusinos.

E, *caramba*, de repente tudo aquilo fez sentido.

Heather sempre tinha suspeitado de que a mãe de Cal era uma dessas figuras sedentas por poder. Obcecada até a medula por controle. E que forma melhor de controlar as pessoas à sua volta do que afirmando ser o canal para os deuses delas?

Deuses antigos, secretos e misteriosos...

— Quando profetizei o que ia acontecer com Mason, Roth surtou — disse Gwen. — E não só por causa do pai, mas de *tudo*. Todos os chefes das famílias de Gosforth. Ele achou que seria muito perigoso, para mim, continuar trabalhando para ela.

— Acho que nesse ponto o Roth podia ter razão — disse Heather, seca, e contou a Gwen o que descobrira em seu encontro com Gunnar no trem dele.

— Olha, tudo o que sei é que eu vi Roth confrontando Daria por causa de alguma coisa. Não sei o quê, porque as visões nem sempre vêm com som, mas o que vi a seguir foi ela se descontrolando. Depois veio estática, e quando as visões voltaram, Roth estava desmaiado. — Gwen fechou os olhos e os apertou, como se estivesse vendo a visão passar de novo por sua mente. — Vejo, tipo, um salto no tempo... e depois as visões mudaram e ela o levou para algum lugar. Algum lugar onde eu *sei* que ela vai matá-lo.

— Você tem alguma ideia de que lugar é? — Heather perguntou.

— É um lugar bem alto. — Gwen abriu os olhos e sacudiu a cabeça. — Na visão, senti quando houve outro tremor, mais forte do que todos os que tivemos até agora, e pareceu que eu estava cercada de paredes de vidro e colunas de mármore, quase como se fosse um palácio ou um templo, e tudo estava balançando. E eu tinha medo de cair pelo vidro e despencar através do céu. Mas... não sei direito onde estava. Acho que podia ver o parque... Quero dizer, havia um monte de árvores ao longe, além de edifícios altos...

— Certo.

Heather pensou por um instante.

Despencar através do céu...

O parque...

Ela sabia onde Roth estava.

Estendendo o braço de repente, Heather arrancou a flecha de chumbo do retrato de Cal. Sentiu um vazio no coração ao ver o buraco que ficou na foto. Ela se voltou e viu que Gwen estava olhando para a flechinha rombuda em sua mão.

— Isso aí é...

— Eu não *sei* o que é. Não exatamente.

Ela não tinha certeza de querer saber.

— Quem...

— Também não sei exatamente quem me deu.

Ela foi até a cama e apanhou a arma, então colocou as duas flechas e a balestra na bolsa a tiracolo. Era a única coisa que tinha que se parecia com uma arma, então decidiu levá-la. Por via das dúvidas.

— Tenho algumas ideias.

— Você precisa ter cuidado com isso — disse Gwen numa voz baixa, sombria. — Muito, *muito* cuidado.

— É, é uma de minhas ideias. — Heather deu um sorriso débil. — Agora vamos. Sei aonde Daria levou Roth Starling.

XVII

O som do motor de um barco soou por sobre a superfície da água. A lua havia desaparecido por trás de uma nuvem, e a ilha ficou envolta na escuridão. O estrondo de um trovão abafou o barulho por um instante, mas, quando se atenuou, puderam ouvir o ronco do motor de popa. E parecia estar chegando perto.

— Você estava esperando alguém? — Fennrys perguntou baixinho a Rafe. — Fora Aken?

O deus sacudiu a cabeça.

— Não. Mas é evidente que alguém estava esperando por nós.

Alguéns, pensou Mason. *Primeiro as sereias de Cal, e agora isto.*

Ela avançou mais um passo, com a cabeça inclinada meio de lado enquanto escutava com atenção. Ela ouviu de novo. Uma voz, chamando-a baixinho, como se seu dono não quisesse ser ouvido pelas pessoas erradas.

A voz chamava o nome de Mason.

— Mase — sussurrou Fennrys, agarrando-a pela mão e arrastando-a de volta para trás de um matagal.

Na mesma hora, um pequeno holofote acendeu-se em algum ponto na superfície da água e começou a varrer as margens da praia rochosa. Rafe abaixou-se atrás de uma pedra e gesticulou para que permanecessem escondidos.

— Mason? — a voz chamou de novo, e o facho de luz varreu a praia de um lado a outro.

O chamado era baixo, a voz, profunda, o tom pairava a meio caminho entre o receio e a esperança.

— Você está aí?

Mason abriu a boca para responder e então deteve-se. Ela agora reconhecia a voz, sem qualquer sombra de dúvida. Mas, embora confiasse em seus ouvidos para identificarem sua fonte, ela não necessariamente confiava na fonte em si. Não depois de Heimdall fazendo-se passar por sua mãe. De qualquer modo, ela reconhecia com toda certeza aqueles tons bruscos. Tinha passado horas e horas demais ouvindo-os, em instruções gritadas na pista de esgrima.

— É *Toby* — disse em silêncio para Fennrys, apenas movendo a boca.

— *Talvez* — ele respondeu da mesma forma, também cauteloso.

— Mason, aqui é Toby Fortier — disse a voz. — Se puder me ouvir, estou aqui para ajudar.

Mason respirou fundo e olhou para trás, por cima do ombro, para Fennrys. Era evidente que ele também não fazia ideia do que o instrutor de esgrima estava fazendo em um bote no meio do East River, de noite, procurando por ela ao largo das praias da ilha de *North Brother*. Fennrys apertou os olhos e examinou a escuridão. Mason seguiu sua mirada, e então conseguiu ver algum tipo de bote inflável, deslizando pela superfície da água. Ela se lembrava vagamente de um documentário a que assistira, que aquele bote era chamado de Zodiac, e era um dos meios de transporte preferidos de pesquisadores marinhos e dos SEALs, soldados da força de operações especiais da Marinha. Então lembrou-se de algo que na verdade não deveria saber. Toby Fortier havia sido um SEAL.

A embarcação de borracha preta fosca estava quase invisível na escuridão, da mesma forma que seu piloto. Mason mal conseguia distinguir um vulto, por trás do holofote manual, vestido de preto e usando um gorro da mesma cor. Ela abriu a boca para chamá-lo, mas Fennrys colocou a mão em seu braço e ergueu um dedo até a boca, fazendo sinal para que ela ficasse em silêncio. Então ele passou por ela e foi até a beira do rio, suas botas rangiam alto no cascalho enquanto ele caminhava descontraído, sem tentar ocultar sua presença.

— Mason? — chamou Toby, e o facho de luz varreu Fennrys dos pés à cabeça.

Fennrys pôs a mão diante do rosto para cobrir os olhos e olhou bem na direção da luz.

— Boa noite, treinador — disse.

— Bem, você não é a primeira pessoa que eu esperaria encontrar aqui, devo admitir — respondeu Toby, reduzindo o motor.

Fennrys encolheu os ombros.

— O sentimento é mútuo, por estranho que pareça.

Toby inclinou a cabeça para um lado, e Mason pôde ver o brilho em seus olhos escuros, quando a lua fez um aparição breve e repentina por uma abertura entre as nuvens que corriam velozes.

— Achei que você estivesse fora de ação. O que está fazendo aqui, filho? — perguntou Toby.

— Um piquenique. E você?

— Passeando de barco.

— Estou vendo...

Fennrys fez silêncio por um instante e então perguntou:

— Que número de bota você calça, treinador?

— O quê?

— Você me ouviu. Número de bota. O seu. Qual é?

Fennrys olhou por cima do ombro para Mason, que olhava para ele ainda escondida atrás da folhagem. Ela tampava a boca com a mão para não rir do modo que Fennrys escolhera para confirmar a identidade de Toby. Fenn, que havia aparecido do nada na noite da tempestade dos zumbis, nu em pelo e descalço, tinha sido obrigado a roubar os calçados de Toby enquanto o mestre de esgrima dormia, por isso ele sabia *exatamente* a numeração dos coturnos dele.

Houve uma pausa na superfície da água.

E então o homem no barco deu uma risadinha e disse:

— Eu uso coturno número 44, largo, como você sabe muito bem. Aliás, obrigado por devolvê-los. Da próxima vez, passe num engraxate antes, sim?

Mason soltou um suspiro de alívio.

— Você deve estar se perguntando o que estou fazendo aqui neste bote — disse Toby.

Mason quase conseguiu ouvir o sorriso irônico em seu rosto.

— Passou por minha mente — concordou Fennrys.

— Você salvou meus garotos naquela noite da tempestade. — A voz de Toby estava séria e baixa. — Você me salvou. Quanto a mim, não ligo muito, mas detesto desperdiçar potencial, e meus esgrimistas são exatamente isso. Estão sob minha responsabilidade, e isso é sagrado.

Mason pôde vê-lo sacudindo a cabeça.

Toby continuou:

— Não costumo reagir bem quando monstros me atacam enquanto estou tentando fazer meu serviço. E não gosto de ter que depender de outra pessoa para revidar o ataque no meu lugar. Mas isso não quer dizer que não me sinto grato, e não significa que não pago minhas dívidas. Faço questão disso.

— É bom saber. — Fennrys cruzou os braços diante do peito. — Mas você não veio aqui para *me* encontrar, treinador. Acabou de dizer isso.

— É verdade. Mas achei que você deveria saber disso antes que eu lhe conte o que estou fazendo aqui. Porque essa minha postura tem impacto sobre as decisões que tomarei.

— É justo.

— Suponho que Mason esteja com você.

— Estou bem aqui, Toby — ela disse, saindo de trás das árvores e postando-se ao lado de Fennrys.

Ambos ouviram Toby suspirar aliviado.

— Graças aos deuses — murmurou.

Mason e Fennrys trocaram um olhar ante aquela escolha particular de palavras. Fennrys ergueu uma sobrancelha e Mason encolheu os ombros.

— Vou colocar o Zodiac na praia. Vocês dois podem subir a bordo, e então sairemos daqui.

— Nós *três* — corrigiu Mason. — Estamos em três aqui.

— Quem mais está... oh...

Toby ficou em silêncio quando Rafe surgiu da escuridão e parou ao lado de Mason; o facho do holofote iluminou seu vulto claramente não humano. Toby o reconheceu de imediato.

— Humildes saudações, poderoso Senhor de Aaru, Protetor dos Mortos — ele disse, inclinando a cabeça em sinal de respeito. — Ponho-me aos seus serviços.

— Caramba, obrigado — respondeu Rafe, seco. — Mesmo porque acabei de ficar sem barqueiros.

Mason e Fennrys entreolharam-se de novo enquanto o mestre de esgrima manobrava o bote de fundo chato até a pequena praia onde estavam, e então Fennrys ajudou Mason a se equilibrar enquanto ela embarcava.

— A boa notícia é que o fato de você ainda estar viva é um motivo a menos pelo qual seu pai vai querer me matar — disse Toby para Mason, enquanto Fennrys soltava a mão de Mason para que Toby a ajudasse a subir.

Mason ficou tensa e repentinamente gelada à menção de Gunnar Starling.

— A notícia ruim é que — prosseguiu Toby, pesaroso —, de qualquer forma, ele ainda vai querer me matar, por conta do que estou a ponto de fazer.

— O que é...? — perguntou Fennrys, desconfiado.

— *Não* levar você e Mason diretamente para ele. Agora suba.

Fennrys passou por cima da borda do barco, seguido por Rafe, que os empurrou para longe da praia. Toby engatou a ré no motor, embicou o bote rio abaixo e manobrou na direção oeste. Ninguém falou durante alguns minutos, enquanto deslizavam pela superfície negra da água. Rio abaixo, fileiras de refletores haviam sido instaladas nas extremidades do que restara da ponte Hell Gate, iluminando as ruínas com uma potente luz branca que transformava as vigas metálicas retorcidas em silhuetas de um preto profundo. A estrutura como um todo parecia algum tipo de escultura abstrata e tinha uma beleza estranha.

E então eles passaram diretamente abaixo dela.

Em ambos os lados deles, havia barcos da polícia e da guarda costeira patrulhando as águas do estreito de Hell Gate, e operários limpando os destroços acima deles, mas Toby manteve o motor do Zodiac ronronando o mais baixo possível, e a pequena embarcação negra passou por eles sem ser notada. Claro, talvez aquilo tivesse algo a ver com o fato de Fennrys segurar o tempo todo o medalhão de ferro que trazia ao pescoço enquanto murmurava algo. Mason imaginou que ele estava usando algum poder da magia do amuleto dos Faerie para mantê-los ocultos enquanto passavam pelos barcos de patrulha.

Um olhar de entendimento havia passado entre ele e Rafe quando ele começara a conjurar o encantamento de ocultação. O deus milenar pareceu agradecido e mais do que disposto a deixar que Fennrys fizesse parte do "trabalho braçal" arcano. A viagem através do Hiato, a morte de Aken e o ritual que Rafe realizara para ele, tudo isso parecia ter esgotado o deus chacal. Ele estava sentado na proa do bote, com os ombros curvados e a cabeça baixa. Seus *dreadlocks* pendiam para a frente, escondendo-lhe o rosto, como uma cortina.

Quando já tinham deixado a Hell Gate bem para trás, Fennrys recostou-se e olhou para Toby, que estava sentado à popa, manejando o leme do Zodiac.

— Ei, treinador — ele disse baixinho. — Agora, há pouco, você disse que achava que eu estava fora de ação. O que, exatamente, o levou a essa conclusão?

— Ah, não sei.

Toby tomou um gole da caneca de viagem que era sua companheira constante e limpou o canto da boca com as costas da mão. Ele mantinha a voz baixa, e seus olhos nunca se desviavam do rio à frente deles.

— Talvez tenha sido o tiro no ombro. Ou a queda de cima do trem. Ou, sabe... — ele apontou para cima com a caneca — a explosão da ponte enquanto você ainda estava lá.

— Então você sabe tudo sobre nossa viagenzinha de trem — disse Fennrys.

— Claro que sei — resmungou Toby. — Eu estava *conduzindo* o trem.

Mason ficou olhando Toby de boca aberta. Sua mente voltou ao torneio de esgrima onde tivera uma participação tão desastrosa... e tentou lembrar-se do que Toby havia dito, e de que forma. Como ele lidara com aquilo. E então ela se lembrou. Toby não estivera lá.

— Você não foi à competição — ela murmurou, sacudindo a cabeça, sem poder crer que não tinha sequer percebido aquilo na hora.

Ela estivera realmente perturbada naquela ocasião.

— Eram as eliminatórias nacionais e você não foi.

Toby olhou-a, piscando os olhos como se estivesse surpreendido pela acusação feita.

— Eu sei, Mase, sinto muito. Não recebeu meu recado?

Ela sacudiu a cabeça sem dizer nada. Durante toda aquela noite... quanto tempo fazia? Algumas horas? Dias?... Agora parecia algum tipo de sonho febril. Ela havia ficado muito abalada por causa do confronto com Calum e por tudo o que acontecera, mesmo tendo achado que conseguiria segurar a onda. Mas agora, olhando em retrospectiva, era como se todos aqueles eventos tivessem sido encenados para pegá-la em seu momento mais vulnerável. Como se o destino tivesse entrado em cena para ferrar com ela. Mason perguntou-se: se Toby estivesse lá, será que a competição teria sido tão catastrófica? Ela teria ido embora daquela forma intempestiva e caído direto na armadilha de Rory? Talvez ela nunca tivesse ido parar naquele trem. O trem que Toby conduzira...

Mas que inferno!

Mason sentiu uma pontada de frio no estômago.

— Espera aí. Se você estava conduzindo o trem naquela noite... mas... isso quer dizer que...

— Que eu trabalho para seu pai, Mason. — O olhar de Toby permaneceu firme e calmo enquanto ele olhava para ela. — Sim, eu trabalho. De certa forma. E Gunnar me deu ordens categóricas de prestar-lhe serviço naquela noite. E de um jeito que não dava para recusar. — Ele sacudiu a cabeça. — Você sabe como eu me orgulho de você, Mase, e sabe como eu desejava estar lá naquela noite. Por causa da equipe, mas especialmente por você. Eu queria ver você vencer.

— Eu não venci. Eu perdi.

A dor surda por ter falhado havia ficado esquecida com tudo o que acontecera desde então, mas de repente transformou-se numa pontada lancinante na memória.

— Eu implodi — concluiu Mason.

— Sinto muito...

Os olhos de Toby permaneceram fixos no rosto dela.

— Eu ainda estou orgulhoso de você.

Mason sentiu o canto da boca se erguer.

— Você tem certeza de que é *mesmo* Toby Fortier?

— Vejamos... Se você sequer *pensar* em repetir esse desempenho péssimo, vou pregar seu traseiro no banco de reservas para *sempre*.

Ele sorriu e então debruçou-se para a frente e deu tapinhas reconfortantes no joelho dela.

— Tá legal, treinador.

Mason piscou, e as lágrimas de repente arderam em seus olhos.

Fennrys continuava recostado, deixando que eles compartilhassem aquele momento. Então ele se inclinou um pouco para a frente e limpou a garganta.

— Então você *trabalha* para Gunnar Starling? E a gente acaba de entrar em um bote junto com você?

Enquanto Fenn perguntava isso, Mason viu os dedos dele avançarem em direção à faca longa que ele carregava. Toby também viu, mas não se alterou.

— Correto — ele disse, confirmando com um aceno de cabeça. — O que Gunnar não sabe... ou ao menos *espero* sinceramente que não saiba... é que ele não é o único para quem eu trabalho.

— Deixe-me adivinhar — disse Rafe, impertinente, ainda sentado e encolhido no banco da proa. — Daria Aristarchos?

— Não. — Toby fez uma careta de repulsa. — Não de forma direta. Não suporto essa mulher, para ser sincero. Mas os objetivos dela e os meus às vezes... coincidem. Da mesma forma que os seus, imagino eu, senhor. Eu simplesmente não aprovo os métodos dela. Olha, meu intuito principal é a proteção de meus pupilos. Os alunos na academia. Esse é meu compromisso. Mantê-los... manter *você*... a salvo. Durante algum tempo, fazer um bico trabalhando para Gunnar Starling pareceu uma boa forma de fazer com que isso acontecesse.

— Conhece seu inimigo? — perguntou Mason, seca.

Ela sentiu um aperto no coração com essas palavras.

— Até pouco tempo atrás, eu não estava convencido de fato de que ele fosse um inimigo — disse Toby, baixinho. — Gunnar parecia ter abandonado a ideia de um apocalipse nórdico depois que sua mãe morreu, e eu encarei isso como um progresso. De certa forma, Mason, eu na verdade acredito nas mesmas coisas em que seu pai acredita. Ao menos Gunnar acredita no livre-arbítrio. Mais do que Daria e seus seguidores. Ele acredita que a humanidade fez o que fez a si mesma sem grande interferência dos deuses, para o bem ou para o mal, e que temos o que merecemos. As demais famílias de Gosforth, ao menos algumas delas, querem não apenas manter viva a memória de seus deuses, mas trazê-los de volta ao mundo. Para que a humanidade possa, algum dia, venerá-los novamente.

— Você sabe que Cal está morto, não é? — Mason disse baixinho.

Toby, que estava pálido à luz tênue do luar, ficou ainda mais pálido. Ele resmungou baixinho e fechou os olhos com força por um instante.

— Não, eu não sabia.

Fennrys passou um braço ao redor dos ombros de Mason e decidiu generosamente contar a Toby, no lugar dela, o que havia acontecido. Mason podia sentir seus músculos estremecendo sob o braço dele, enquanto lutava para não chorar de novo por Cal.

A sombra da ponte Triborough lançou-os em uma escuridão mais profunda quando passaram por baixo dela. Mason podia ouvir o som das buzinas e o murmúrio distante de vozes alteradas. Parecia haver algum problema de trânsito, mas ela não conseguiria prestar atenção em algo tão mundano naquele momento.

Toby fez o bote dobrar a ponta mais meridional da ilha Wards e conduziu-o na direção da costa de Manhattan, acelerando o motor de uma forma que fez a embarcação avançar adiante.

— Há um terminal de *ferry* e um atracadouro industrial na altura da rua 90 Leste — ele disse. — Posso estacionar o bote lá e pegamos um táxi para levar você a algum lugar seguro.

— Sabe, Toby, eu nunca teria pensado que você fosse o tipo de cara que acreditasse em deuses e deusas — disse Mason, esforçando-se por aceitar aquela forma radicalmente nova de encarar seu treinador.

— Minha visão sobre deuses e deusas é... complicada, Mase.

A expressão plácida do mestre de esgrima se desfez, seus olhos se turvaram, então ele continuou:

— É mais ou menos o que acontece quando você se apaixona por um ser desses... *e* ele retribui.

Mason ficou olhando para ele, sem palavras.

Toby sacudiu a cabeça e torceu o cabo do acelerador do motor de popa.

— É de fato uma longa história, garota, e essa história vai ter que esperar. — Ele resmungou e virou a barra do leme, e acelerou ainda mais o motor. — Parece que vamos ter alguma dificuldade para chegar à terra.

Toby tinha apontado o barco inflável na direção da cidade, mas, mesmo acelerando ao máximo o motor de popa, eles pareciam estar avançando quase nada, era quase como se alguma força invisível os estivesse empurrando para trás. A correnteza começou a carregá-los depressa rio abaixo. Mason notou que ficava cada vez mais difícil distinguir a silhueta dos edifícios no Upper East Side.

O nevoeiro que tinham visto antes, adensando-se perto da ilha *North Brother*, parecia ter se movido para oeste, como se tivesse sido atraído por alguma espécie de ímã. Na margem leste do rio, as luzes do Queens ainda brilhavam com força, não estavam enevoadas, mas, ao redor de toda a

Manhattan, uma barreira de neblina iridescente cinza-prateada erguia-se da superfície da água, parecendo as muralhas de quinze metros de altura de uma fortaleza medieval. Uma barreira intransponível entre o bote e a cidade.

— Estou começando a entender o que você quis dizer quando falou que não confiava em nevoeiros, Rafe — disse Mason.

Ela olhou ressabiada para as massas de nevoeiro que se adensavam em torno de Manhattan. Mas então notou algo ainda mais preocupante. Um vulto pálido... não, *vários* vultos, movendo-se logo abaixo da superfície da água escura, ao lado do Zodiac.

Mason abriu a boca para alertar os companheiros, mas de repente, a despeito de todo o esforço de Toby para manter o bote no rumo, este começou lentamente a descrever um círculo, como se tivesse sido pego em um redemoinho invisível.

A pequena embarcação corcoveou para fora da água quando algo enorme e pesado atingiu uma das câmaras de flutuação, vindo de baixo. Toby foi jogado para trás, e o motor engasgou e ameaçou morrer, enquanto ele se agarrava às cordas de segurança nas laterais do bote, de algum modo conseguindo não ser lançado à água.

Ainda bem, pensou Mason, também agarrando-se desesperada às cordas. Porque não muito longe, a bombordo do barco, uma das sereias de Cal ergueu-se no ar espirrando água para todos os lados. Sua boca estava escancarada, emitindo um canto selvagem, e ela exibia os dentes, que pareciam longas lâminas brancas. Num instante, a sereia furiosa alcançou o Zodiac e, com as mãos palmadas e providas de garras, tentou escalar a lateral do bote. Sem pensar duas vezes, Mason tomou impulso e chutou a criatura com toda a força. O salto de sua bota chocou-se contra a cabeça dela fazendo um *crac* violento, e a ninfa guinchou de dor, desaparecendo abaixo da superfície.

De repente, ela irrompeu de novo da água, rosnando e desferindo golpes, o sangue escorria da lateral de sua boca, e dessa vez Mason arrastou-se para fora de seu caminho quando Fennrys gritou para que ela se mexesse. Brandindo um remo como um porrete, ele golpeou a criatura na cabeça de cabelos verdes, uma vez atrás da outra, pontuando cada golpe com palavras iradas que ecoavam o que Mason sentia:

— *Por que... tudo... que vive... nestes rios... tem dentes afiados?*

Do outro lado da embarcação, Rafe pegou uma lata de combustível e golpeou com ela outra criatura que tentava subir pela proa do bote.

— As pessoas ficam jogando remédios vencidos na privada... No fim, toda essa porcaria acaba tendo um efeito negativo sobre a vida marinha.

— Você é um deus! — gritou Mason para Rafe, enquanto a superfície do rio fervia de agitação. — Não dá para você fazer *nada?*

— Sou um deus do *deserto* — ele gritou de volta. — A magia baseada na água está um pouco além de mim!

Ainda assim, ele batia bem, e entre o salto da bota de Mason, os devastadores golpes de remo de Fenn e os golpes de lata de Rafe, as invasoras pareceram hesitar em se aproximar de novo. Por um longo momento, tudo ficou tranquilo. O bote de borracha ainda girava em um círculo lento, mas o rio de repente pareceu calmo e vazio. Com o máximo de silêncio, Mason soltou sua rapieira ainda na bainha e preparou-se para sacá-la.

Fennrys percebeu e sacudiu a cabeça.

— Está perto demais para usar uma lâmina longa — disse, em um sussurro. — Se você furar o barco, vamos acabar dentro do rio.

— Isso seria péssimo — ela respondeu, também sussurrando.

— Seria mesmo, — Fennrys sorriu. — Pegue isso aqui.

Ele lhe entregou o remo e sacou sua espada curta. Longos minutos se passaram e tudo ficou em silêncio, e ela começou a achar que talvez não fosse precisar usar o remo. Toby voltou a se acomodar no banco da popa e segurou a barra do motor. Girou o acelerador, o motor pegou e o bote avançou alguns metros preciosos...

E então um gêiser entrou em erupção diante deles.

Fennrys foi jogado para a frente e bateu a cabeça contra o banco duro, rasgando a pele do supercílio. O sangue brotou do ferimento, e o rosto dele ficou relaxado quando ele perdeu a consciência. Um momento antes de perder o equilíbrio e deslizar no piso molhado e escorregadio do bote, Mason teve um vislumbre de uma ninfa envolta em algas marinhas, cavalgando um enorme touro branco com cauda de peixe. O remo voou de sua mão e caiu fora da borda, desaparecendo na água escura. E então Mason o seguiu, caindo por cima da lateral e sumindo sob as ondas, sem emitir sequer um grito de socorro.

Por alguma estranha razão, seu último pensamento, enquanto afundava na escuridão, foi para Cal – seu sorriso, sua risada. E seus olhos verde-azulados.

XVIII

O som das ondas batendo na praia, embalando-o com um ritmo constante e regular, como o bater de um coração gigante, deu lugar ao *bip* estridente de um monitor cardíaco. Ele ficou ouvindo por muito tempo antes de perceber que o ruído soava no mesmo ritmo de *sua* pulsação. Sentia o ar seco e frio em seu rosto, onde antes houvera a carícia gelada da água. Através dos olhos fechados, podia sentir a luz, onde até pouco antes – ou assim parecia – só existira uma profunda escuridão. Ouviu os sons de alguém arfando e percebeu que saíam de sua própria garganta ressecada. Os pulmões estavam desconfortavelmente secos. Áridos. Ele estava se afogando da mesma forma que um peixe se afoga, e sentiu suas mãos se estendendo, agarrando-se ao nada diante de seu rosto, como se ele pudesse nadar de volta para o abraço líquido onde ficava tão à vontade. Tão em paz.

– Calma...

Calum Aristarchos sentiu um toque em seu braço.

– Calma, filho.

Dedos fortes e suaves circundaram seu pulso. Cal tentou abrir os olhos, mas era como se toda a umidade tivesse sido sugada deles. Suas pálpebras pareciam grudadas umas às outras, e era difícil e doloroso tentar abri-las. Quando ele por fim conseguiu, tudo estava desfocado e ondulante. Pareceu levar um longo tempo para sua visão clarear o suficiente; então conseguiu perceber que estava deitado em uma cama, em um quarto com paredes branco-esverdeadas. Cortinas claras agitavam-se de leve na brisa que entrava pela janela, e os lençóis engomados e ásperos raspavam como lixa sua pele, ao menor movimento que ele fizesse. Erguendo os olhos, Cal viu uma bolsa plástica com um líquido transparente pendurada em um gancho ao lado de sua cama. O líquido fluía por meio de um tubo até uma agulha espetada nas costas de sua mão.

Ele engoliu dolorosamente. Sentia muita sede.

Recordando a voz que lhe falara, Cal virou a cabeça, tirando os olhos do líquido intravenoso, e viu que havia um homem do outro lado da cama. Um desconhecido. A princípio, Cal achou que ele estava sentado em algum banco baixo demais, mas então viu que, na verdade, o homem estava em uma cadeira de rodas. Uma manta xadrez envolvia suas pernas e seus pés.

Cal pousou o olhar no rosto do homem e teve a estranha sensação de já tê-lo visto em algum lugar antes. O homem tinha o rosto bronzeado e uma barba bem aparada; o cabelo, preso em um curto rabo de cavalo na nuca, era espesso e ondulado, de um tom castanho profundo salpicado de reflexos mais claros. Seus olhos eram verde-azulados.

A mesma cor dos olhos de Cal.

— Como está se sentindo? — perguntou o homem; ele tinha uma voz de barítono agradável.

— Onde estou?

— No hospital.

O homem encolheu um ombro bem musculoso.

— Na verdade, é uma unidade de cuidados especiais na ilha Roosevelt. Em geral, não aceitam pacientes de emergência, mas como você chegou quase morto à praia, e praticamente se afogou na porta da frente deles, não tiveram muita escolha senão dar-lhe um leito. Quando cheguei aqui, consegui convencê-los a não transferir você para algum hospital em Manhattan.

— E como fez isso? — Cal perguntou desconfiado.

— O dinheiro fala.

O homem sorriu. Seus dentes eram de um branco quase ofuscante em meio ao rosto bronzeado.

— Você sabe disso.

Era claro que Cal sabia. A família de Cal era uma das famílias mais ricas de Nova York.

— Então você sabe quem eu sou — disse.

O homem fez que sim.

Cal cerrou os dentes.

— E quem é você?

Houve um brilho de diversão sarcástica nos olhos do homem.

— Você está querendo me dizer que sua mãe não deixou uma foto minha em cima da lareira? Estou magoado.

— Você é...

Cal entendeu, claro, na mesma hora. E sabia, agora, com a mais absoluta certeza.

— Seu pai. Isso mesmo, Calum.

O olhar do homem desviou-se por um instante, uma de suas mãos apertou com força a borda da roda da cadeira. Mas, quando retornou para Cal, seu olhar estava tranquilo.

— Não se preocupe, não estou achando que você vai me chamar de "papai". Meu nome é Douglas...

— Eu *sei* seu nome. Você é Douglas Muir.

Ele encolheu os ombros, sem se perturbar com o tom nada caloroso de Cal.

— Eu não tinha certeza de que você saberia. Não teria ficado surpreso se Daria tivesse banido da casa a menção a meu nome.

O olhar de Cal desviou-se, uma vez mais, para a manta que envolvia, bem ajustada, o colo do pai.

— Ela nunca me disse que você era... hã.

— Ela não sabe.

Douglas acenou com a mão, indicando que aquilo não tinha importância.

— Aconteceu depois que fui embora. Um acidente de barco. Um dos riscos de meu... estilo de vida.

— Você veleja?

Ele riu; um som profundo, suave.

— Foi como cheguei *aqui*. Meu veleiro está ancorado em um píer ao sul da área do hospital. Vim assim que pude. Logo que soube.

Cal franziu as sobrancelhas. Havia algo bem esquisito naquela situação. Era tudo meio surreal, e ele achou que aquilo poderia ser algum tipo de efeito colateral dos analgésicos.

— Sem querer ofender, mas por que o hospital chamou *você*?

— A administração do hospital *não* me chamou. Eles ainda não sabem quem você é.

Douglas Muir se deslocou até o pé da cama, tirou a ficha de Cal do gancho em que ela pendia presa a uma prancheta e a jogou sobre a cama, ao lado dele, onde ela aterrissou com um ruído abafado.

Cal se esforçou para erguê-la com dedos que formigavam, amortecidos, e examinou-a, franzindo ainda mais o rosto. No espaço destinado a seu nome estava escrito "Identidade desconhecida". Na seção de notas, havia referência às cicatrizes em seu rosto, já quase totalmente imperceptíveis, e aos ferimentos na cabeça, de grau ainda desconhecido, mas indicativos de um acidente recente. A ficha também mencionava que os pulmões de Cal estavam cheios de água quando ele foi encontrado, e que a enfermeira que o encontrara por acaso conseguira ressuscitá-lo com respiração boca a boca e reanimação cardiorrespiratória.

O pai conduziu a cadeira de rodas de volta para a cabeceira da cama.

— Quando o acharam, tinham certeza absoluta de que você não sobreviveria e...

— Como *assim* não sabem quem eu sou? — interrompeu Cal.

Ele estava assustado e começando a ficar bravo.

— Se é assim, como foi que você descobriu que eu estava aqui?

— As garotas me contaram.

— Que garotas?

Os olhos verdes do pai brilharam.

— As nereidas. Filhas do deus do mar Nereu. Criaturas adoráveis. Creio que você as conheceu recentemente, não?

Cal sentiu algo como se dedos de gelo de repente se espalhassem pelo seu peito.

Nereidas...

Seus pensamentos se voltaram para as noites recentes passadas em casa, na propriedade de sua mãe no estreito de Long Island. As noites passadas à beira d'água, assistindo em silêncio enquanto dúzias de lindas garotas brincavam nas ondas, nadando e mergulhando, cavalgando no dorso de criaturas que eram touros ou cavalos ou leões na metade da frente e peixes com caudas escamadas e prateadas na metade de trás. Cal lembrou-se do desejo que sentia de juntar-se a elas... A tentação perigosa, fascinante, a que ele resistia por pouco, e à qual às vezes desejava ceder.

As estranhas visitas, que pareciam algo saído de um sonho, começaram logo depois que Cal foi ferido, no ataque à escola — um confronto de pesadelo com monstros, sob uma tempestade, que resultara em seu rosto desfigurado por cicatrizes. Desde então ele passara a maior parte das horas diurnas tentando convencer a si mesmo que as ninfas aquáticas eram um produto de sua imaginação. Algum tipo de mecanismo que o ajudava a lidar com o estresse causado por seus ferimentos.

E com a rejeição por parte de Mason Starling, logo a seguir. Por causa daqueles ferimentos.

Você ainda está tentando se convencer que é mesmo *isso o que está rolando com ela?*

Não. Na verdade não. Mas era mais fácil pensar que ela sentira repulsa pelo fato de ele estar desfigurado do que considerar que talvez ela não sentisse por ele o mesmo que ele sentia por ela. Que talvez ela sentisse aquilo por outra pessoa... A sensação súbita de soco no estômago que Cal tinha, cada vez que pensava naquilo, era quase insuportável. Foi essa a razão principal pela qual, quando as nereidas o chamaram pela segunda vez, ele aceitou.

Mas ele não havia se *juntado* a elas. Seu instinto lhe dizia que ele estaria perdido para sempre se chegasse a nadar com aquelas criaturas sedutoras. Em vez disso, ele permanecia à margem daquelas reuniões noturnas. Como um observador, podia esquecer por alguns instantes a profunda ansiedade que sentia quando pensava em Mason. Ele podia distrair a si mesmo com outros desejos. No começo, tinha funcionado. Mas quanto mais vezes ele descia até a beira d'água, mais as garotas lhe imploravam, com suas músicas sedutoras, que ele ficasse, que se juntasse a elas. Logo ele se sentiu dividido entre dois anseios igualmente infrutíferos. Um deles era devastador para seu coração, o outro... um perigo para sua própria vida.

— Espere...

Agora ele se lembrava. Tudo voltou em uma onda dolorosa de lembranças e sensações.

— Eu as ouvi — ele murmurou. — Quando eu estava na ponte. Pilotando a moto. Elas estavam cantando, e depois *urrando*, em minha cabeça. Foi como se alguém de repente enchesse meu capacete de ácido.

Cal lembrou-se da sensação de ciúme ardente que preencheu seus pensamentos. Ele estivera na ponte, perto das águas onde elas nadavam. As nereidas o tinham chamado, e ele as havia ignorado. Por causa de Mason. Porque ele e Fennrys estavam tentando salvá-la.

As filhas de Nereu, o deus marinho, não tinham aceitado muito bem aquilo.

Cal lembrava-se da fúria corrosiva nas vozes delas, que tinha feito seu cérebro arder como se estivesse em chamas, e também de ter sacudido a cabeça como se fosse um cachorro, enquanto puxava com violência a correia do capacete para arrancá-lo, já que o som reverberava ali dentro. Ele teria feito qualquer coisa para fazer aquela dor terrível parar. E então, distraído por aquilo, e pela luz branca ofuscante que de repente explodiu a sua frente, ele se lembrou de ter perdido o controle da moto.

Em seguida, a escuridão...

Silêncio...

Cal olhou para o pai, que estava completamente imóvel.

— Elas não pretendiam fazer-lhe nenhum mal — disse Douglas, baixinho. — Elas não entendem como nossa humanidade às vezes nos torna tão frágeis. Tão vulneráveis. Elas só queriam que você fosse até elas...

— Elas quase me *mataram*.

Cal fuzilou o homem mais velho com o olhar e respirou fundo.

— Por que não me afoguei?

— É chamado de Beijo de Anfitrite. — A boca de Douglas ergueu-se em um meio sorriso. — Se você fosse qualquer outro, o beijo teria salvado sua vida. Sendo quem é, ele só... despertou algo que já estava dentro de você. Você realmente deveria pensar em entrar para a equipe de natação no semestre que vem. Você ganharia todas as medalhas de ouro.

Pai e filho ficaram em silêncio. Douglas estendeu o braço e, pegando a jarra que estava na mesa de cabeceira, encheu um copo com água e o entregou a Cal. O jovem tomou um gole, sentiu-se agradecido e então recostou a cabeça no travesseiro, fechando os olhos. E lá estava de novo.

O rugido distante das ondas.

Não tinha sido sua imaginação ao despertar. Ele podia sentir a pulsação distante do East River, enquanto ele fluía ao longo da costa da ilha Roosevelt. Podia sentir o subir e descer das águas do estreito de Long Island. E, ainda mais distante, sua mente podia se estender e tocar as ondulações salgadas do Atlântico. Ele sabia que a enfermeira que o encontrara não o havia salvado. Calum podia estar sofrendo os efeitos do ferimento na cabeça, mas não havia se afogado.

Ele não *podia* se afogar. Não mais.

Seus olhos se abriram, e ele se sentou de repente na cama. Quando se virou para o pai, Douglas aquiesceu com um movimento de cabeça, lendo nos olhos de Cal que ele havia compreendido. Cal podia sentir aquilo em seus ossos. Os ossos em um corpo que já não era mais totalmente humano.

Talvez nunca tenha sido, sussurrou uma voz em sua cabeça.

— *Este* é o pior pesadelo de sua mãe — disse o pai. — Este seu destino recém-descoberto. Agora você vai ser ainda mais parecido comigo. E com seu avô, e seu bisavô.

Douglas deu uma risada amarga e sacudiu a cabeça.

Cal ficou olhando para ele.

— Sério, eu não sei *mesmo* do que você está falando — disse.

O pai suspirou.

— Parece meio engraçado ter a "conversa séria" com você agora, mas acho que não tem jeito. Embora sua mãe seja devotada aos deuses de seus ancestrais, de uma maneira... excepcionalmente dedicada, ela não aprova que esses mesmos deuses, hã, se envolvam com mortais. Ela considera que, no passado, os casamentos de humanos com imortais foram a fonte de todos os problemas. Ela não sabia que eu tinha nas veias sangue dos olimpianos. Que meu bisavô era um deus que havia caído de amores por uma mulher mortal. Nas histórias antigas, diziam que esse tipo de coisa acontecia o tempo todo, mas no século XIX isso já não era nem um pouco comum.

Cal imaginou que devia ter ficado meio pálido.

— Você quer dizer que você é... que nós somos...

— Semideuses? Bem, mais exatamente meio deuses. Não somos meio divinos, mas ainda assim... Mesmo em quantidade mínima, o sangue de um deus tem uma bela força. Se sua mãe tivesse suspeitado, antes de casarmos, que ele corria em minhas veias, você não estaria aqui agora. Mas ela não sabia. Droga! Nem eu sabia até chegar aos vinte anos, e aí já era tarde demais. — Douglas encolheu os ombros. — Eu já estava apaixonado por Daria, e não ia deixar que uma bobagem qualquer, como um eventual aparecimento de brânquias, se colocasse entre nós. Claro, sua mãe no fim acabou percebendo. Quando sua irmã Meredith nasceu, Daria suspeitou que havia algo diferente nela, embora ninguém mais achasse. Ela era só um bebezinho perfeito. Mas, quando *você* chegou, a coisa foi evidente. Você era um filho de Posêidon, estava evidente no verde brilhante dos olhos e nas membranas entre os dedos das mãos e dos pés.

Cal olhou para suas mãos, perfeitamente normais.

Ele ergueu uma sobrancelha para o pai.

Douglas assentiu com a cabeça.

— Cirurgia plástica, quando você tinha dois anos. Fiquei surpreso por ela ter esperado tanto tempo, mas foi porque não conseguiu encontrar um médico sequer disposto a fazer o procedimento quando você era mais novo. As membranas eram muito finas. Não foi difícil removê-las. E nosso povo recupera-se muito melhor do que os humanos normais, por isso não ficou cicatriz alguma.

Cal fez um muxoxo de pouco caso.

— Para mim tudo isso é besteira. Olhe para meu *rosto*.

Ele não conseguiu esconder a amargura de sua voz.

— Foi alguma outra coisa que fez isso? Alguma coisa... sobrenatural? — o pai perguntou em voz baixa, inclinando-se para a frente na cadeira de rodas.

Cal concordou relutante.

— Foi o que pensei. Mas aposto que o corte que você tinha na cabeça quando foi trazido para cá, o que sofreu durante o acidente na ponte, já praticamente desapareceu.

Cal ergueu a mão para a testa, do lado oposto ao das feridas feitas pelas garras do *draugr*, que ainda marcavam sua pele. Havia um curativo ali, preso com esparadrapo logo abaixo da linha do cabelo. Ele removeu todo o curativo e examinou-o. Por dentro tinha uma grande mancha de sangue, mas quando Douglas ergueu um espelhinho para que ele se olhasse, tudo o que Cal viu foi um leve rosado na pele. Como uma área recém-queimada de sol. Seu olhar desviou-se mais uma vez para as pernas do pai, envoltas na manta.

— Isso foi um acidente durante a pesca? — Ele indicou com a cabeça.

— Um peixe de respeito. Bem grande. Titânico, pode-se dizer.

— Um... Titã?

— Um deles, sim.

Douglas ajeitou-se na cadeira.

— Um dos menores, mas ainda assim...

— Sinto muito.

— Não sinta. Eu tinha que fazer algo útil com minha vida depois que sua mãe me excluiu da vida dela. E da sua. Meri pelo menos me manda uma carta de vez em quando.

Ele encolheu os ombros e apontou com a mão para as pernas sob a manta.

— Na verdade, foi assim que isto aconteceu. Eu estava fazendo um favor a ela.

— E no resto do tempo você faz o quê? Navega para cima e para baixo pelo East River, esperando que um filho desgarrado caia de alguma ponte?

Cal tentou suavizar seu tom, mas até aos seus próprios ouvidos as palavras soavam amargas e revoltadas.

Para sua sorte, Douglas parecia preparado para não fazer caso da hostilidade mal disfarçada de seu filho e respondeu com um sorriso.

— Não. Na verdade, eu estava mergulhando na costa de Antígua quando as nereidas se encontraram comigo.

— Antig...

O queixo de Cal caiu.

— Há *quanto* tempo estou aqui?

— Umas 72 horas.

Cal sacudiu a cabeça, sua paciência estava se esgotando.

— Você acabou de dizer que seu barco está ancorado aqui. Não tem como vir de Antígua até aqui em menos de três dias.

— Você quer dizer que não tem como vir de lá até aqui em menos de três *horas* — seu pai o corrigiu. — Porque foi o que tive de fazer para ajeitar as coisas com a administração do hospital.

— Horas?

— Você ficaria surpreso com a velocidade que um barco pode atingir com ventos favoráveis, mar tranquilo e a ajuda de uma dúzia de divindades marinhas motivadas por uma consciência pesada.

O olhar verde de Douglas era penetrante, fixo.

— Deixe-me perguntar uma coisa a *você*, filho. O que você estava fazendo naquela ponte no meio da noite? E logo antes que ela explodisse?

— Eu estava ajudando uma amiga... Espere aí...

Cal calou-se quando registrou as palavras do pai, e a mão fria do medo pousou sua palma sobre o peito dele. Ele tentou controlar o tremor na voz ao perguntar:

— Logo antes que acontecesse *o que* com a ponte?

— Suponho que *essa* parte das festividades daquela noite tenha acontecido depois que você caiu.

A boca de Douglas formou uma linha reta e rígida.

— Alguém achou que valia a pena mandar pelos ares a ponte Hell Gate. *Mason...*

O medo se espalhou pelo peito dele e atravessou sua caixa torácica para circundar seu coração. E se tiver acontecido algo com ela? Cal não tinha certeza de que poderia conviver consigo mesmo se Mason tivesse se ferido. Ele ainda sentia uma pontada profunda ao pensar que boa parte do motivo de ela estar naquele trem, cruzando aquela ponte, era culpa dele.

Porque ele tinha sido um babaca com ela.

— Mase... — Cal se debateu contra os lençóis bem apertados ao seu redor. — Tenho que me levantar... Preciso encontrá-la. Ela tem que estar bem.

Douglas estendeu a mão e fechou seus dedos de aço ao redor do braço de Cal, impedindo-o de remover a agulha do soro intravenoso.

— Acalme-se, Cal! *Acalme-se.* De quem você está falando? O que foi?

Cal desceu da cama e ficou em pé, trêmulo, amparando-se na lateral do colchão. Ele encarou o pai e, depois de um longo momento, quando pareceu que já não ia cair de cara no chão, Douglas soltou seu braço. Cal puxou o esparadrapo que mantinha no lugar o tubo intravenoso e arrancou a agulha de sua mão. Ele sentiu a interrupção do soro hidratante de imediato, como uma maré que recuava, mas também se sentiu forte o suficiente para se aguentar sem ele.

— Eu estava tentando salvar uma amiga. Mason Starling...

— A filha de Gunnar?

— Sim. Ela estava em um trem que atravessava a ponte. Havia um cara que estava tentando impedir isso... Olha, eu na verdade não entendo o que estava rolando. É...

Ele ergueu a mão diante do rosto e abriu bem os dedos. O pai havia dito que não haveria cicatrizes, e estava certo. Mas Cal também podia imaginar com clareza como seria sua mão com as membranas entre os dedos intactas. Ele quase podia senti-las. Deixou a mão cair ao longo do corpo e olhou para o pai.

— É tão doido quanto tudo isto — prosseguiu. — Esse lance de deuses e outros reinos e o fim do mundo como o conhecemos...

— Ragnarök — o pai murmurou, os olhos fechando-se lentamente. — Maldito seja você, Gunn.

— Então é verdade?

— É o motivo pelo qual Gosforth existe — disse Douglas. — A razão pela qual você estuda lá. Muito tempo atrás, as famílias fundadoras, muitas delas inimigas entre si, e todas dedicadas ao serviço a este ou aquele panteão de deuses antigos, decidiram que seus filhos iriam crescer todos juntos. Tipo um programa conjunto de troca de reféns. Porque, sim, os deuses, os Reinos do Além, os monstros e a magia, isso é tudo real, Calum. *Tudo*. E você agora é parte disso.

Cal virou-se e viu que suas roupas tinham sido lavadas e estavam dobradas, formando uma pilha sobre uma cadeira a um canto do quarto. Ele foi até lá e começou a se vestir.

— Onde você está indo?

— Tenho que encontrar Mason — ele respondeu, enfiando um pé na perna de seu *jeans*.

No fundo de sua cabeça, sob os sons das ondas e da água que sussurravam em sua mente, Cal de súbito ouviu um berro estridente, quase como os gritos discordantes de um bando de gaivotas furiosas.

As nereidas.

O olhar de Cal desviou-se para a janela. As cortinas agitaram-se e ele pôde ver, para além das árvores e do gramado, o dedo fino do velho farol Blackwell, uma estrutura de pedra que se erguia na extremidade norte da ilha Roosevelt, sua luz acesa como uma vela que tentava afastar a escuridão.

Ele ouviu o berro de novo, mais alto, e então...

O grito débil e assustado de Mason, pedindo socorro.

XIX

O guarda de segurança entediado endireitou sua postura desleixada e atravessou o saguão de entrada do Top of the Rock. Estava repleto de turistas, um tanto descontentes por terem acesso negado aos elevadores que subiam até o mirante no alto do edifício número 30 da Rockfeller Plaza.

— Senhorita Palmerston, não é? — ele disse. — Bem-vinda novamente ao Rock. Já faz algum tempo. Achávamos que havia nos abandonado.

Ele mal conseguia evitar que o olhar se desviasse do rosto de Heather e descesse. Ela havia puxado a blusa o mais baixo que pôde e dado uma geral no cabelo e na maquiagem enquanto estava no táxi, a caminho dali.

Com sorte, seria distração suficiente.

— Ah, Paulo — disse Heather, lançando-lhe um sorriso malicioso por trás de seus enormes óculos espelhados, depois de dar uma olhada no nome que constava no crachá de identificação.

Em seguida, ela os ergueu para o alto da cabeça, para poder usar nele o olhar, em toda a sua intensidade.

— Você acha que eu faria isso? Eu só não queria que ninguém desconfiasse que estávamos tão apaixonados um pelo outro, só isso. As pessoas ficam com ciúmes, sabe?

Ela piscou o olho para ele, e Paulo ficou vermelho. Mas então, enquanto ela passava pelos turistas, seguida de perto por Gwen, indo na direção do ponto de checagem de segurança que levava aos elevadores, o guarda se apressou em postar-se a sua frente.

— Você sabe que o mirante está fechado hoje, não é?

Heather inclinou a cabeça de lado e lançou-lhe um olhar de curiosidade.

— É por causa dos tremores — ele explicou. — Os terremotos, sabe? Lá em cima balança demais. Quer dizer, não há nada para se preocupar, o edifício não vai desabar nem nada assim, mas é meio perturbador. Houve um pouco de pânico da última vez. E, hã, enjoo.

— Aah, turistas vomitando. Que delícia — exclamou Heather.

Ela estendeu a mão e pousou-a de leve no pulso de Paulo.

— Então o mirante está fechado para o "público em geral". Tudo bem. Nós não estamos aqui para ver a paisagem, querido.

Ela lançou um olhar sugestivo e fez um sinal com a cabeça apontando para Gwen, que fazia o papel de gata entediada e mal-humorada, com os braços cruzados com força abaixo dos seios para esconder as mãos manchadas com o sangue do fígado conseguido no refeitório, que ela não tivera tempo de lavar.

— Certo — disse Paulo, piscando um olho. — A senhorita Aristarchos está dando um de seus eventos exclusivos no Salão Weather. Um coquetel ou algo assim, certo?

— Algo assim — concordou Heather.

— Se fosse qualquer outra pessoa, a administração teria cancelado o evento quando fechou o mirante, mas você sabe que ela tem um bocado de influência. Só vou checar a lista de convidados para marcar vocês.

Ele começou a andar em direção à mesa.

— Já faz um tempo que os outros subiram. Vocês estão atrasadas... — Ele franziu o rosto, olhando para os *jeans* e os tênis de Heather. — Vocês não estão casuais demais?

— Nós somos o entretenimento, querido. — Ela virou de lado a cabeça, o sorriso tenso. — Nossas fantasias já estão lá em cima.

Heather sentiu que sua paciência estava se esgotando e que seu nervosismo estava a ponto de transparecer. Os nomes delas não estariam em lista alguma, de convidados ou o que quer que fosse. Mas então Gwen, de repente, deu um passo à frente e encostou uma unha no peito de Paulo, mantendo-o longe da mesa.

Ela deu um sorriso lento, felino, e praticamente ronronou.

— E se não estiverem, então nós desceremos de volta para cá e vamos entreter *você*.

O dedo dela traçou um coraçãozinho no peito dele, logo acima do crachá, e o rosto dele ficou ruborizado.

— É, claro. É lógico... — Paulo murmurou, com o olhar meio vidrado.

Heather prendeu a respiração, torcendo para ele não baixar os olhos e ver as manchas na mão de Gwen, mas ele não o fez. Só se virou e as conduziu até os elevadores, onde apertou o botão de chamada. Quando as portas se abriram, ele ficou de lado para deixá-las entrar na cabine. Heather soprou-lhe um beijo e as portas se fecharam de novo. Quando o elevador começou a subir, ela se apoiou na parede dos fundos e soltou a respiração que estivera prendendo.

— Achei que ele ia pegar a gente — ela disse, e revirou os olhos para Gwen. — É assim que se faz, gatinha manhosa. Eu não sabia que você podia ser assim.

Gwen estava tão pálida que parecia que iria vomitar ou desmaiar; ela deu um sorriso débil.

— Eu também não. Por favor, me diga que essa era a coisa mais difícil que tínhamos pela frente em toda esta história.

Heather mordeu o lábio e não disse nada. Ficou olhando os números dos andares subirem rápido e sentiu as palmas das mãos molhadas de suor. Suspeitava que Gwen tivesse usado algum tipo de magia, mesmo que a própria Gwen não tivesse consciência disso. Heather começou a se perguntar se tudo aquilo não era um grande erro. O que fariam quando as portas do elevador se abrissem e elas dessem de cara com Daria e sabe-se lá mais quem?

— Então... Quanto a isso. Seria bem útil saber o que, exatamente, vamos ter que encarar quando essas portas se abrirem — Heather disse.

— É o que estou dizendo o tempo todo: não sei. Nunca é assim tão claro. — Gwen franziu a testa frustrada. — Ainda tem coisas que *já* aconteceram e que não consigo entender, porque o que *sei* que aconteceu não bate com o que eu *vi* acontecer. Mas isso é porque nunca vejo tudo.

— Não entendo — disse Heather, e não era a primeira vez que ela dizia isso. — O que é que você não vê?

— Bem, para começar, nunca vejo o que acontece *comigo*.

Heather fez um ruído de impaciência.

— Acho melhor assim. Quem quer saber o próprio futuro?

— Só quero saber se *tenho* um — Gwen disse, praticamente sussurrando.

Heather estremeceu com a dor revelada pela voz de Gwen. Ela tinha uma habilidade incrível. Um dom. Que, mais que isso, era um fardo.

— Alguma vez você foi capaz de impedir algo que viu? — Heather perguntou com suavidade.

— Não.

— Então por que...

— Isso significa que eu deveria parar de tentar? — perguntou enfática, e Heather podia ver lágrimas se formando em seus olhos.

Heather sacudiu a cabeça e olhou para cima, para o teto de vidro do elevador, enquanto subiam até o 67º andar. Estavam quase lá. O Salão Weather era uma galeria de observação com janelas muito altas e terraços onde a elite de Nova York organizava luxuosos eventos privados, bem acima da cidade. Como a festa que Daria Aristarchos dera no ano anterior, para o aniversário de dezoito anos de Calum.

Gwen a encarava, esperando uma resposta. Em vez disso, Heather fez uma pergunta, baixinho.

— Foi por isso que você não me contou sobre Cal? Para eu tentar ajudar Mason, e não ele? Porque ela é irmã de Roth?

— Não — disse Gwen, apertando com força a mão de Heather entre as suas. — Juro. Não contei a você sobre Cal porque não o vi morrer, Heather. *Nunca* o vi morrer...

— Pare! — Heather soltou as mãos da outra. — Não faça isso. Não me dê falsas esperanças.

Heather mudou para um assunto um pouco menos doloroso:

— Você pode ver Starling? — perguntou. — Mason, eu quero dizer. Você sabe o que aconteceu com ela?

Gwen sacudiu a cabeça, uma ruga entre as sobrancelhas se formou, por baixo da franja de cabelo roxo.

— Ela se foi. Não morreu. Só *se foi*.

Heather lembrou-se do clarão ofuscante de luz que engolira o trem quando ele passou pela ponte. Foi para *onde*?

— Não sei para onde — Gwen disse como se respondesse à pergunta silenciosa de Heather.

O elevador fez um *ping* suave e as portas se abriram, deixando entrar uma lufada de ar perfumado com incenso. Gwen e Heather trocaram olhares e saíram hesitantes para o saguão pouco iluminado. Não havia ninguém por ali, e o local estava silencioso como um túmulo. Através das janelas de quase oito metros de altura podiam ver as luzes da cidade se espalhando a perder de vista, mas as luzes do Salão Weather estavam ajustadas para baixa intensidade. A maior parte da iluminação provinha de *spots* coloridos, escondidos por trás de painéis de tecido que pendiam do teto alto. Sofás brancos adornados com mantas cor de carmim dispunham-se ao redor de mesas baixas contendo tigelas rasas de prata cheias de frutas em decomposição. O odor enjoativo de romãs podres e cachos de uvas mofadas e fermentadas era tão intenso que Heather sentiu ânsia de vômito. Lâminas de prata afiadas em forma de foice pendiam dos galhos negros de oliveiras desfolhadas, espalhadas pelo recinto em vasos brancos de mármore. Feixes de espigas de cevada estavam dispostos de cabeça para baixo, amarrados a pilastras de mármore com fitas largas brancas como guirlandas. Heather esticou o braço para tocar uma das espigas, mas Gwen agarrou sua mão, apontando para uma protuberância cinzenta na planta, de aparência insalubre, que Heather não havia notado.

— *Ergot* — disse Gwen. — Um fungo. Ultratóxico. Na Europa antiga, chamavam de Dente de Lobo.

— E o que está fazendo *aqui*? — Heather perguntou, recuando enojada.

— É um alucinógeno muito forte. Às vezes, os sacerdotes e as sacerdotisas administravam esse fungo às vítimas antes de matá-las em sacrifícios. Para deixá-las em algum tipo de transe místico, acho.

— Que maravilha.

Talvez Gwen não estivesse exagerando o perigo que Roth corria, pensou Heather. Se é que ele estava ali. O salão parecia deserto...

— Também se acredita que era um dos ingredientes principais do *kykeon*, uma bebida preparada especialmente para os participantes nos ritos dos mistérios eleusinos.

O culto de Daria, Heather pensou; o sangue gelou-lhe nas veias.

— Então acho que estamos no lugar certo.

— Claro. *Nós* estamos. Mas cadê todo mundo? — Gwen perguntou, olhando em volta. — O guarda na recepção disse que havia um monte de gente aqui.

Heather encolheu os ombros e entrou com cautela no salão principal. Os cabelinhos de sua nuca se arrepiaram, e ela teve a sensação de que alguém as observava, apesar de o lugar estar vazio e cheio de ecos. O único movimento vinha das cortinas brancas do outro lado do aposento, onde uma porta que dava para o terraço norte estava escancarada. Heather indicou a porta com a cabeça, e as duas moças, silenciosas, foram até a porta e saíram para o terraço.

O lugar estava vazio, sem qualquer decoração, a não ser por um bloco maciço do que parecia ser granito negro entalhado, da altura de uma mesa, sustentado por dois pedestais de pedra. Era flanqueado por um par de fontes que borbulhavam nos cantos do terraço. A água fluía musical e hipnótica dos olhos de jovens chorosas de pedra e caía em cubas de mármore.

— Ah, *não*...

Gwen ficou pálida. *Mais* pálida, se isso era possível.

— Veja o altar.

— O que foi?

Heather avançou e olhou a superfície do bloco de granito. Fora entalhada com uma cabeça de cavalo, havia serpentes no lugar da crina e estava rodeada por uma guirlanda de espigas de trigo e papoulas.

— Esta não é uma reunião rotineira dos eleusinos de Daria. — Gwen apontou para a pedra. — É uma cerimônia dedicada a Deméter Aganipe, também chamada de Demônio da Noite. E também conhecida como Aquela que Destrói com Piedade.

— Destruição e piedade?

Gwen a agarrou pelo pulso e a puxou de volta para dentro, sua voz estava tomada de pânico:

— Temos que sair daqui agora!

— Mas... e Roth? — Heather perguntou, correndo para acompanhar a outra moça na direção dos elevadores.

Gwen não respondeu, e Heather quase a derrubou quando Gwen parou de repente no saguão e ficou olhando para a janela de observação de uma sala dois andares acima, que dava vista para o Salão Weather. Chamava-se Breezeway, e em circunstâncias normais abrigava uma instalação de arte interativa, um show de luzes computadorizado que constituía uma das atrações turísticas do Top of the Rock. Porém, naquele momento, parecia mais uma prisão de cristal saída de um pesadelo. Todas as luzes do recinto ficaram vermelhas, destacando a figura de Roth Starling, que se comprimia contra o vidro acima delas, os membros abertos em *x* e os olhos arregalados e... vazios.

Sua boca estava aberta num grito silencioso.

— Roth... — Gwen sussurrou paralisada. — O que fizeram com você?

Heather agarrou Gwen pelo braço e a puxou na direção do elevador mais próximo. Ela apertou desesperada o botão, mas ele não acendeu. Ela não podia ouvir qualquer ruído do motor do elevador erguendo os cabos. O único som era o das unhas de Roth arranhando a parede de vidro acima delas...

Heather se virou, em pânico, no mesmo instante em que quinze ou vinte pessoas, homens e mulheres vestindo túnicas longas e brancas com capuzes, viraram uma esquina de mármore, deslizando silenciosos. Eles cercaram Heather e Gwen, formando um círculo em torno delas. Cada uma das mulheres segurava uma foice prateada e dava a impressão de que a usaria sem hesitar, caso as jovens tentassem fugir. Heather tentou abrir a bolsa, onde escondera a pequena balestra, mas uma das mulheres a arrancou de seu ombro e a jogou ao chão, fazendo-a deslizar para fora de seu alcance. Não que Heather soubesse o que fazer com a arma. Duas flechas contra uma sala cheia de lunáticos...

Os olhos escuros de Daria Aristarchos brilharam frios quando ela deu um passo adiante e afastou do rosto o capuz.

— Isso é inesperado — ela disse. — Não imaginei que Gwendolyn traria uma convidada, mas creio que é apropriado. Já que você amava meu filho, poderá testemunhar as consequências da morte dele. — Ela se virou para Gwen. — Enquanto você... vai me ajudar a proteger esta cidade daquele louco, Gunnar Starling, cujo filho está sendo muito útil para mim. E uma isca perfeita e tentadora para atrair você para cá.

— Não vou fazer isso!

Gwen lutou contra os devotos que a seguravam.

— Se você ferir Roth ou Heather, não lerei mais o futuro para você, juro!

Ela estremeceu quando Daria agarrou seu rosto e a forçou a olhá-la nos olhos dela.

— Não quero que você simplesmente veja o futuro, Gwendolyn — ela rosnou. — Eu quero que você o *crie*. Juntas, faremos o Miasma cair sobre Manhattan.

— Essa é uma péssima ideia — Gwen disse, entre dentes cerrados.

Daria sorriu fria.

— Você é muito mais do que uma arúspice, eu sempre soube. Você é uma canalizadora. Uma feiticeira, mais poderosa até que Circe ou

Medeia. Use seus dons para conjurar o Miasma, a maldição do assassino consanguíneo, e cerque esta ilha com a Névoa do Sono. Então eu semearei os dentes de dragão e manterei a salvo nosso povo.

Heather gritou um alerta, mas não pôde fazer nada quando uma das mulheres encapuzadas deu um passo até Gwen e colocou uma seringa hipodérmica de encontro a seu pescoço. Gwen deu um grito de terror quando a mulher enterrou a agulha em sua carne, apertando o êmbolo da seringa cheia de um líquido cinza-prateado que emitia um brilho fraco.

Os gritos morreram em sua garganta, e o rosto de Gwen ficou sem expressão, suas pupilas dilataram-se até seus olhos ficarem negros. Heather sentiu lágrimas quentes de frustração e desespero encherem seus olhos, e Daria sorriu com um triunfo sombrio, enquanto acima delas, em sua cela de vidro, Roth Starling gritava como uma alma perdida e amaldiçoada.

XX

A primeira coisa que Fennrys percebeu ao recobrar a consciência foi uma dor aguda na cabeça. A segunda, que havia espaço demais no barco. Estava faltando alguém...
— Mason!

Fennrys colocou-se em pé em um salto, e o Zodiac balançou perigosamente quando ele se lançou na direção do espaço vazio.

— O que aconteceu? Onde ela está?

— Ela caiu do barco!

Toby estava debruçado sobre a amurada, com um braço mergulhado na água turva quase até o ombro.

— Mase! Mason!... Droga! Não consigo sentir nada! — disse Toby.

Ele soltou um silvo de dor e se afastou da água com um movimento brusco. Seu braço encharcado estava marcado com três sulcos longos e superficiais, e a manga da jaqueta estava em frangalhos.

— Saia da frente! — disse Fennrys, passando pelo instrutor de esgrima, com a intenção de mergulhar, mas Rafe o agarrou e o puxou para o chão do barco.

— Tire suas patas...

— Pare!

O deus colocou o joelho sobre o peito de Fenn para imobilizá-lo.

— Você não poderá ajudá-la se estiver morto. As nereidas são como piranhas. Vão arrancar a carne dos seus ossos antes mesmo de você ter uma chance de se afogar.

— Mas a Mase...

— *Pare* — Rafe tornou a dizer.

Havia um eco de poder em sua voz que atingiu Fenn como uma onda de choque. Os olhos do deus chacal reluziram, e ele soltou Fennrys para que se sentasse dentro do barco. O olhar de Rafe percorreu a água que ainda espumava, branca, no local onde o touro marinho quase havia virado o barco deles.

Rafe ergueu a mão, como se sentisse algo no ar.

— Há alguma coisa...

A calmaria baixou como uma mortalha. Até Fennrys, quase entrando em pânico no desespero de encontrar Mason e salvá-la, sentiu. E, fosse o que fosse, aquilo o paralisou completamente.

— Alguma coisa...

Fennrys e Toby tomaram posição, um de cada lado de Rafe, que olhava para o rio.

— Aqui.

Sob o espelho negro das águas, Fennrys viu luzes que tremeluziam, mudando de cor, entre azuis e verdes e roxas. Formas se moviam. Sombras... e então algo subiu das profundezas como um torpedo e uma cabeça rompeu a superfície.

Calum Aristarchos.

E trazia Mason aninhada nos braços.

Os dois saíram da água, erguidos no dorso de uma das fantásticas criaturas das nereidas, um cavalo-marinho prateado, e Fennrys não pôde deixar de notar que Cal cavalgava o animal com tanta facilidade quanto montara a Harley-Davidson. Parecia ter nascido para isso. Majestoso. *Diferente...*

Fennrys ouviu Toby assobiar entre dentes.

— Por essa eu não esperava — disse o mestre de esgrima sobre aquele que havia sido seu protegido.

O rosto de Cal estava sereno, seus cabelos castanho-dourados, afastados da testa, escorriam sobre o peito nu e os ombros. Vestia apenas *jeans*, e Fennrys viu que um curativo envolvia suas costelas e outro, o antebraço esquerdo. Em um lado da testa havia marcas de um ferimento quase curado — do mesmo lado em que fora danificado o capacete de motociclista encontrado na ponte. O outro lado do rosto ainda tinha as marcas das cicatrizes deixadas pelo primeiro encontro com os *draugr*. As marcas das garras brilhavam brancas na pele bronzeada. Mas de alguma forma ele ainda conseguia parecer... um príncipe.

As cabeças das várias sereias que haviam atacado o Zodiac assomaram à superfície, e elas nadaram num círculo amplo ao redor de Cal, enquanto ele conduzia sua montaria até o bote inflável. Ele ajeitou Mason nos braços com suavidade, para entregá-la a Fennrys e Rafe, e depois subiu no barco. Enquanto o cavalo-marinho desaparecia sob as ondas, Fennrys percebeu que Mason não estava respirando.

O pânico dominou Fenn. No entanto, Cal o afastou para o lado e se ajoelhou ao lado de Mason, erguendo-lhe a cabeça e colando seus lábios aos dela. Ficou assim por um bom tempo, e o procedimento começou a parecer mais um longo beijo do que respiração boca a boca. Fennrys estava a ponto de agarrar Cal e atirá-lo de volta ao rio quando este ergueu o corpo, sentou-se e afastou o cabelo encharcado da testa.

Na água, a nereida que Mason havia chutado na cara fez uma careta e se aproximou, fazendo bico enquanto emitia um som lamurioso.

— Para trás, Thalia — Cal disse, numa voz mais grave do que Fennrys se lembrava.

— Amigas legais essas suas, Calum. — Rafe olhou desconfiado para as sereias. — Você sabe que elas atiçaram um monstro marinho contra nós?

— Não me surpreende — Cal murmurou, concentrando sua atenção em Mason. — Foram elas que quase provocaram minha morte na ponte. As nereidas, pelo que me disseram, não entendem esse lance de "fragilidade humana". E não são de pensar muito, se você me entende. Só reagem.

Ele segurou uma das mãos de Mason e esfregou os dedos azulados para aquecê-los.

— Vamos, Mase...

— Tenha *cuidado* com ela...

Fennrys estendeu a mão na direção de Mason e quase desabou aliviado quando um espasmo sacudiu-lhe todo o corpo e ela começou a tossir convulsivamente, os braços se agitando enquanto tentava se sentar. Água escorria-lhe do canto da boca e os cílios negros pestanejaram quando ela abriu os olhos.

— Cal...? — murmurou, olhando para o rosto dele.

Havia espanto em sua voz.

Cal sorriu para ela, e ela soltou uma pequena exclamação.

— Cal! — Mason gritou feliz e passou os braços ao redor do pescoço dele.

Rindo e chorando ao mesmo tempo, abraçou-o com força, e Cal retribuiu. Ele enterrou as mãos nos cabelos longos e molhados de Mason, enquanto a apertava contra o peito, com os olhos fechados. Tinha nos lábios um sorriso de perfeita e completa felicidade. Mas então abriu os olhos e Fennrys viu neles um lampejo estranho: uma fome perigosa e crua.

Aquilo gelou o corpo de Fenn mais do que a água fria, e ele cerrou a mandíbula para não ordenar a Cal que recuasse. Fenn entendia que Mason estivesse exultante. Menos de uma hora antes, ela achava que Cal havia morrido durante a tentativa de salvá-la, e é claro que estava radiante por vê-lo ali, inesperadamente, vivo...

Fennrys notou os olhos de Rafe também fixos em Cal. E a testa dele, marcada por um sulco fundo. Ele se virou e compartilhou com Fennrys um olhar preocupado. Mas quando voltaram a olhar para Cal e Mason, estes riam juntos, o desejo faminto e ardente que Fennrys vira nos olhos dele estava oculto por um sorriso torto.

— Estou bem, Mase — ele dizia. — Sério. Fiquei um pouco ferido, só isso. Estive num hospital na ilha Roosevelt nos últimos dois dias. Desde o acidente. Mas estou bem.

— O que você está fazendo aqui? — ela perguntou. — Como soube onde nos encontrar?

Cal deu um tapinha no lado da cabeça, onde o ferimento da queda já havia quase sumido.

— Eu só... não conseguia tirar você da cabeça. Só isso.

Fennrys desconfiou que ele queria dizer do coração, e não da cabeça.

Foi então que Mason pareceu notar que havia algo de diferente em seu velho parceiro de esgrima. Na água, a nereida que Cal chamara de Thalia mostrou de novo os dentes a Mason numa careta ameaçadora. Cal franziu o cenho e, aparentemente sem pensar, fez um gesto com a mão na direção dela. Uma onda surgiu do nada na superfície da água e empurrou a sereia vários metros para longe do barco.

— Eu disse para se afastar — Cal murmurou, voltando sua atenção para Mason.

— Mas o quê...? — ela sussurrou.

— Vamos lá — Cal disse, acenando com a cabeça para Toby. — Vamos te levar para terra firme.

Fennrys guardou a arma na bainha e estendeu a mão para ajudar Mason a se sentar no banco, enquanto Cal a amparava.

— Ei, Aristarchos, achei que você tinha morrido — disse Fennrys, com um tom bem casual.

Ainda segurando Mason pela mão, Cal respondeu no mesmo tom:

— É, eu quase morri. Por sorte, eu nado como um peixe.

O que, claro, não explicava de forma alguma como ele havia sobrevivido ao terrível acidente e à queda da ponte Hell Gate, ou por que havia surgido de repente no meio do East River de forma tão inacreditável, mas Fennrys decidiu deixar aquilo de lado por ora.

Mason estendeu a mão livre para Fennrys, seus olhos brilhavam de felicidade. Fennrys entrelaçou seus dedos nos dela, controlando-se para não libertar a outra mão dela da mão de Cal. Segurou-a com firmeza enquanto ela se ajeitava no banco do meio ao lado dele; e se ela estranhou a súbita possessividade do gesto, não demonstrou nada.

— Você está ferido — ela disse, levando a mão ao corte na cabeça de Fennrys, de onde ainda saía um filete de sangue que escorria pelo rosto.

— Estou bem — ele disse e sorriu.

Então ele olhou por sobre a cabeça dela para Cal, que ostentava uma expressão cuidadosamente controlada e neutra. Cal voltou-se e sorriu para o mestre de esgrima.

— Oi, Toby — disse. — Eu podia perguntar o que você está fazendo aqui, mas acho que acabei me acostumando com as pessoas aparecendo meio que do nada assim de surpresa.

— Calum. — Toby saudou-o com a cabeça. — Eu com certeza estou muito feliz por ver você são e salvo.

Cal então voltou-se para Rafe, parecendo a Fennrys um tanto desconfiado, e disse:

— Hã, oi. Bom ver você também... Rafe? É isso?

— Isso mesmo.

Rafe inclinou a cabeça.

— Legal. É.

Cal olhou em volta, primeiro para as nereidas, depois para o nevoeiro ao longe e por último para a faixa de amarelo pálido que varria a escuridão a partir do farol da ilha Roosevelt.

— Escuta... Você pode nos levar de volta ao hospital? Tem alguém lá que eu quero que conheçam.

Ele olhou para Mason.

— Alguém que pode ajudar a entender tudo o que está acontecendo.

Nas instalações luxuosas da clínica de saúde, Mason estava sentada na beira da cama, com uma manta ao redor dos ombros, olhando de Cal para... uma versão mais velha e barbuda de Cal. A semelhança entre pai e filho era inegável, e quase chocante. Talvez não tão chocante, porém, quanto a notícia de que Calum Aristarchos, antiga paquera de Mason e colega em Gosforth, era um semideus.

— Mais um *meio* deus, na verdade — Cal murmurou, olhando meio ausente para o copo de água que segurava.

Mason viu que a superfície do líquido começou a ondular e se agitar. Um pequenino vulto prateado, como uma escultura de água na forma de uma mulher esguia com longos cabelos, portando uma espada, ergueu-se acima do copo e fez uma saudação de esgrimista para Cal, e em seguida perdeu coesão e caiu de volta no copo.

— Hã. Uau.

Mason piscou e olhou para Cal, que só então pareceu se dar conta do que havia feito. Seu rosto corou sob o olhar dela.

Mason desviou o olhar e olhou para Rafe, apoiado em silêncio ao batente da porta. Dava para perceber, só pela forma como ele havia reagido à narrativa do pai de Cal, Douglas Muir (e não Aristarchos, que ela descobriu ser o nome de solteira da mãe de Cal), que tudo o que ele contara era verdade.

— Vamos, Mase — Cal disse, olhando para ela por baixo da franja caída na testa —, é tão difícil assim acreditar? Quer dizer... Horas atrás, você estava em *Asgard*.

— É... Que semana, hein? — Fennrys disse.

Mason olhou para Fenn, que estava vestindo uma camiseta branca por sobre a cabeça. Havia um curativo novo em sua testa, logo abaixo da linha do cabelo, cobrindo o corte superficial que ele fizera ao bater com a cabeça no banco do barco. O pai de Cal conseguira tanto o curativo quanto a camiseta com o pessoal do hospital, e em seguida dispensou o enfermeiro que os trouxera, com ordens de que Cal e seus amigos não fossem incomodados.

— Não quero interromper... — disse Toby, que obviamente não se importava a mínima por estar interrompendo. — Mas realmente precisamos voltar já para Manhattan.

— Boa sorte, então — disse Douglas.

Toby olhou para o pai de Cal, erguendo uma sobrancelha.

— Sou todo ouvidos.

— Esse nevoeiro não é natural — respondeu o pai de Cal.

— Não disse? — Rafe lançou um olhar a Mason.

Douglas olhou para o filho.

— Sua mãe tem andado ocupada. Não me pergunte como, mas ela conjurou uma maldição de Miasma.

Pela primeira vez, Mason ouviu Toby Fortier praguejar numa língua desconhecida. Ela ergueu a mão ressabiada.

— O que é uma maldição de Miasma?

— Um tipo de magia de sangue. — Toby parecia querer derrubar alguma parede a pontapés. — E uma magia de sangue poderosa.

— Pode ser mais preciso? — Fennrys perguntou.

Mason se sentiu um pouco reconfortada ao constatar que Fennrys também não sabia do que estavam falando. Toby e Douglas trocaram olhares preocupados. Douglas pegou o controle remoto e ligou a televisão.

— Essas notícias começaram a chegar quando vocês estavam no rio.

Em uma emissora de Nova Jersey, um repórter com aparência assustada, sentado por detrás de uma mesa, fazia comentários sobre o mal súbito que, em questão de minutos, se espalhara por Manhattan, acompanhado de um forte nevoeiro, fazendo com que praticamente todos os habitantes caíssem em uma espécie de torpor. Gravações de câmeras de tráfego e de caixas eletrônicos de bancos mostravam pessoas inertes, caídas em calçadas ou sobre as mesas de restaurantes. Algumas ainda caminhavam pelas ruas desorientadas, como sonâmbulas. Por todo lado havia carros acidentados, os motoristas em estado catatônico, com poças de sangue e vidros partidos.

O apresentador falava de tentativas repetidas de fazer contato com as emissoras afiliadas em Manhattan, sem sucesso. A Guarda Nacional e as equipes antiterror tinham sido chamadas. Ninguém tinha a menor ideia do que estava acontecendo. Aparentemente, porém, qualquer um que cruzasse a barreira de nevoeiro — mesmo que fosse baixado pelos helicópteros, e usando roupas de proteção da cabeça aos pés, assim como respiradores — sucumbia quase de imediato. Parecia que Nova York estava sitiada. As autoridades davam palpites variados sobre a natureza do fenômeno — questionavam se era natural, bioquímico ou algo totalmente diferente. Até o momento, ninguém havia suposto que o ataque pudesse ser de origem mística.

Mason não conseguia tirar os olhos da tela.

Por fim, Fennrys pigarreou e disse:

— Então, o que você quer dizer é que não vamos conseguir entrar em Manhattan tão cedo.

— Sim, é exatamente isso que estou dizendo. — Toby passou a mão sobre o rosto. — Parece que, de algum modo, Daria Aristarchos conseguiu obter um poderoso assassino consanguíneo. E encontrou um canalizador ainda mais poderoso para drenar toda a magia livre que está jorrando dentro do rio pela fenda entre os reinos. Ela está se utilizando de ambos para focalizar esse poder e direcioná-lo para lançar um feitiço.

— O canalizador é provavelmente a arúspice que trabalha para ela — disse Douglas.

Toby assentiu com a cabeça.

— É o mais provável.

Mason ergueu a mão de novo.

— O que é uma arúspice?

Douglas fez uma careta de nojo.

— Uma vidente. Normalmente, alguém que lê as entranhas de animais mortos para ver o futuro.

— E, sim, é tão nojento quanto parece — Rafe completou.

— E, se for quem eu estou pensando, *essa* arúspice também tem a capacidade de acessar uma magia mais profunda. Bem mais profunda — continuou Douglas. — Ela é uma espécie de superfeiticeira turbinada... do tipo que só aparece de mil em mil anos. Como Semíramis, Merlin ou Medeia. Exceto que, neste caso, a jovem nunca teve controle de sua magia, ou de sua habilidade para acessá-la. Para qualquer coisa mais complexa do que ler o futuro nas entranhas de uma cabra, ela precisa de alguém que controle o processo e direcione a magia de modo a viabilizar um encantamento.

Ele girou a cadeira de rodas num semicírculo e foi até a janela alta; abriu as cortinas e olhou para fora, apesar de não ser possível ver quase nada além de árvores e escuridão.

— Esse alguém, no caso, seria minha amada ex-mulher. A harpia.

— Ela é uma harpia? — perguntou Rafe.

— Ah. Não. — Douglas deu sorriso amargo. — Eu disse isso como um insulto. Ela não é uma harpia de verdade.

— Mas havia uma harpia do lado de fora da janela do escritório dela na semana passada. Eu vi... junto com esse cara. — Cal apontou para Rafe. — Você estava lá com o irmão de Mason. Você trabalha com minha mãe.

— Não exatamente. — Rafe encolheu os ombros. — Tenho alianças com várias facções. Em linhas gerais, só tento manter o *status quo*. E Roth estava se encontrando com Daria em segredo porque, assim como nós, ele não deseja o Ragnarök. Não importa o que seu pai pense.

— Será que alguém pode ir direto ao *x* da questão? — Mason levantou-se e andou de um lado para o outro inquieta. — Quero dizer, já entendi. De repente, há muito mais no mundo... nos *mundos*... do que eu jamais pensei. Já entendi que Gosforth é algum tipo de... conexão. Entroncamento. Sei lá o quê. Já entendi que estamos todos metidos nisso. O que eu quero saber é o que é tudo isso de fato. — Ela fez um gesto em direção à cidade. — Esse Miasma. Maldição de sangue. Sei lá o quê. Quero dizer, meu pai, que obviamente é um maluco, quer destruir o mundo. Mas... o que sua mãe quer fazer, além de impedi-lo?

Douglas respondeu por Cal:

— Bem... Daria de fato quer impedir o fim do mundo. Mas só porque ela quer recriar o mundo a seu próprio modo. E não vai poder fazer isso se Gunnar Starling zerar tudo. Agora que ele está prestes a apertar o gatilho do Ragnarök, Daria está desesperada. Mas as mesmas circunstâncias que deram uma chance a Gunnar também abrem uma oportunidade para Daria.

— A fenda entre os reinos — disse Rafe.

Douglas assentiu com a cabeça.

— Toda essa energia arcana fluindo para o East River. Exato. Com Manhattan totalmente cercada por água, o fluxo de magia circunda a ilha como o fosso de um castelo.

— Então é por isso que ela usou o Miasma. Ela o está usando para drenar a água e isolar a ilha. Ela está transformando Manhattan em uma arena — Toby grunhiu. — O coliseu pessoal dela.

— Um palco apropriado para uma luta até a morte entre as forças dela e as de Gunnar Starling, em prol daquilo que, na mente dela, é a mais nobre das causas — disse Douglas.

— E uma tonelada de danos colaterais não significam nada para ela — disse Fennrys, com a voz carregada de repulsa.

Douglas suspirou.

— Não. Não significam. Costumávamos ter discussões violentas sobre isso. O maior sonho dela é transformar o reino mortal num lugar onde os deuses... os deuses dela, os deuses gregos... novamente sejam bem recebidos. O papel da humanidade seria simplesmente servir a esses deuses.

— E isso também se parece muito com o fim do mundo — Cal murmurou. — Pelo menos, o mundo que conhecemos.

Douglas assentiu.

— E a vida da maior parte dos seres que vivem nele. A não ser, claro, que se sintam inclinados a se tornarem serviçais de um bando de seres superiores ultramimados. Sem querer ofender. — Ele acenou com a cabeça para Rafe.

— Não ofendeu. — O deus também inclinou a sua, cortês. — Sou um bocado superior. E naturalmente presumo que o "ultramimados" se referia a outros.

— Não posso acreditar que minha mãe faria isso — Cal murmurou.

— Gunnar a forçou a isso. Mas, na verdade, as ambições de Gunnar quanto ao Ragnarök são só uma desculpa conveniente para ela, filho — disse Douglas. — Uma forma de tirar do caminho, de uma vez por todas, seu maior competidor e, até hoje, maior obstáculo.

— Ela está usando a ameaça do Ragnarök para convencer os outros eleusinos de que tudo o que ela faz é para protegê-los — explicou Toby. — E a toda a humanidade.

— Quem dera que o espírito dela fosse tão nobre... — Douglas disse, com um suspiro. — A verdade é que ela sempre quis ter um poder assim. Poder e vingança.

— Vingança? — Fennrys perguntou.

— Yelena Starling era a melhor amiga de Daria — Douglas disse. — Desde meninas, as duas eram inseparáveis, mais próximas do que irmãs. Foi Daria quem apresentou Yelena a Gunnar. Ela nunca admitiria, mas acho que por causa disso ela se julga parcialmente responsável pela morte da mãe de Mason. Mas, claro, nem de longe tão responsável quanto Gunnar. E, detesto dizer, você também, Mason...

Havia compaixão nos olhos verdes de Douglas. Mas naquele momento não era o que Mason desejava. Ela sabia perfeitamente pelo que era responsável. E não era por isso. E, acima de tudo, ela sabia pelo que nunca seria responsável: o fim do mundo.

De jeito nenhum.

Sua mão apertou o cabo da espada, num reflexo.

— Veja, a lança de Odin está lá em Asgard — ela disse, com uma ponta de raiva mal reprimida transparecendo. — Mas eu não estou. Mesmo que ainda estivesse, depois de saber de tudo isso, acha que eu chegaria a menos de um quilômetro de distância dela? E, se não há nenhuma chance de que eu me transforme em uma Valquíria, não há motivo para sua ex--mulher maluca manter essa droga de Miasma mágico. Acho que precisamos encontrar um jeito de informar isso a ela. Da forma mais clara possível. E depois... faremos o mesmo com meu pai.

— Ela tem razão — Douglas disse aos outros.

Ele afagou a barba pensativo e voltou-se para o filho:

— Mason pode ser a única pessoa capaz de impedir o pai dela. E acho que *você* com certeza é o único capaz de impedir sua mãe.

— Isso é ridículo. — Cal fechou a cara. — Mesmo que a gente conseguisse chegar até ela, mamãe não iria me ouv...

— Cal... você é o *motivo* pelo qual ela está fazendo isso. — Douglas debruçou-se para a frente em sua cadeira de rodas. — Você não entende? O motivo pelo qual ela finalmente chegou a este extremo. Houve outros momentos no passado em que Daria poderia ter agido contra Gunnar e quebrado o pacto de Gosforth, mas ela manteve a paz. Agora ela acha que não tem nada a perder porque você está *morto*.

Cal fez um som de pouco caso, mas um momento de dor cruzou seu rosto quando disse:

— Como se ela se importasse.

Douglas sacudiu a cabeça e desviou o olhar.

— Ela se importa muito mais do que você pensa, com certeza. Eu gostaria de... — Ele deixou a frase morrer, em um silêncio que se prolongou entre pai e filho. — Olha, eu conheço Daria. Ela só toma atitudes extremas quando perde alguma coisa que realmente importa para ela. E você é a coisa que mais importa para ela. Se conseguir chegar até ela... Se ela vir com os próprios olhos que você está bem... Talvez você consiga trazê-la de volta à razão.

— A não ser pelo fato de que estamos aqui, e ela está lá na cidade — Toby ressaltou.

Mason franziu a testa, pensando em tudo o que acabava de ser discutido. Era muita coisa para digerir, e ela ainda não estava certa de ter entendido metade do que fora dito. Mas o que sabia era que precisava entrar na cidade para impedir Daria, e precisava ver seu pai. Mesmo sem ter a menor ideia do que aconteceria quando o visse.

— Tudo bem — ela disse para o pai de Cal. — Me explica toda essa história de Miasma. O que ele faz, exatamente?

— O Miasma também é chamado de Sono da Morte — ele respondeu. — Na Idade Média, uma versão diluída do conceito foi usada em contos de fadas como "A Bela Adormecida", em que todo um reino fica isolado por uma barreira impenetrável e é lançado em um sono mágico. Em tempos mais modernos, a palavra "miasma" passou a significar uma doença ou praga carregada pelo ar. De novo, algo que requer isolamento.

Douglas falava com uma voz de contador de histórias, e era fácil acreditar que era só isso: uma história. Um conto de fadas.

Ele prosseguiu:

— Na verdade, é uma magia antiga que era tradicionalmente utilizada pelos deuses, por intermédio de seus agentes mortais, os sacerdotes e as sacerdotisas; um castigo que afetaria toda uma tribo ou um reino, colocando todos para dormir, na maioria das vezes em consequência da má conduta de reis e rainhas, quando algum deles cometia um crime imperdoável. Um crime de sangue, normalmente. O assassinato de um parente era uma das coisas que causavam o Miasma.

— Certo... Então esse seria o lance do "assassino consanguíneo" que você mencionou — Mason disse, erguendo a mão, concentrando-se para conseguir seguir a lógica da magia. — Você quer dizer que a mãe de Cal matou um membro da família?

Cal estava de cara fechada, e Mason sabia que ele devia estar se perguntando a mesma coisa.

Que coisa mais horrível de imaginar sobre alguém que você ama, ela pensou.

Mas Douglas sacudiu a cabeça.

— Não — ele disse. — Não é Daria que está sendo amaldiçoada; ela está *amaldiçoando*. Está usando algum pobre infeliz que assassinou um parente como instrumento da maldição. Nova York é uma cidade grande, cheia de gente, e algumas dessas pessoas, eu tenho certeza, já fizeram coisas bem ruins. Ela encontrou alguém que já fez a *pior* das coisas.

— Como assim, "pobre infeliz"? — Mason exclamou indignada. — Para mim, se alguém mata um membro da própria família, merece tudo de ruim que lhe acontecer.

— Talvez sim. — Douglas encolheu os ombros. — Talvez não. Prefiro não julgar antes de analisar todos os fatos.

Mason se sentiu corar pela reprimenda sutil. Tudo bem. Ela havia julgado sem pensar antes. Ainda assim, perguntou-se se seria capaz de perdoar numa situação daquelas.

— Sejam quais forem as circunstâncias, trata-se de magia de sangue, e essa é a mais poderosa das magias, como disse Toby — explicou Rafe. — O que Daria está fazendo é usar um assassino consanguíneo como foco para o feitiço, a arúspice como instrumento para implementá-lo, e o vertedouro de magia nas águas em torno de Manhattan como combustível.

Mason estremeceu.

— É horrível.

— É a cara da minha mãe.

Mason olhou para Cal. A água do copo agora flutuava diante dele na forma de um globo de cristal que girava devagar.

— As circunstâncias estão todas a favor de Daria no momento; é uma situação ideal do ponto de vista místico. Não tenho dúvidas de que ela vai ser capaz de manter o feitiço enquanto conseguir manter vivo o assassino consanguíneo. Gunnar vai ficar preso na ilha, como um rato em uma ratoeira, pelo tempo que ela precisar para encontrá-lo e vencê-lo. E pode apostar que ele vai resistir como um louco, ainda mais agora que tem quase ao alcance da mão os meios de causar o Ragnarök. Entre as forças dela e as que ele puder reunir, vão destruir a cidade, se não os impedirmos.

— Então, tudo o que precisamos fazer é impedir sua mãe de destruir a cidade, e meu pai de destruir... todo o resto — Mason disse. — Temos uns pais bem ferrados. — Dirigiu o olhar para Douglas. — Menos o que está aqui, eu acho.

O pai de Cal acenou educadamente com a cabeça, em resposta.

— O que aconteceria com a gente lá dentro? — ela lhe perguntou, apontando com a mão para a cidade envolta no nevoeiro. — Ficaríamos tão inúteis quanto o resto dos... adormecidos?

Douglas sorriu.

— Bem... como eu disse, é chamado de O Sono da Morte. Mas, reunidos aqui nesta sala, temos um deus da *morte*; dois jovens que provaram que podem cruzar para além da morte; meu filho, cujo sangue faz dele um imortal, imune à morte... e, bem, também temos Toby. Que pode se virar melhor que muita gente, e imagino que mesmo em circunstâncias como estas.

Mason virou-se e encarou Toby, que evitou olhar nos olhos dela. Apenas encolheu os ombros e murmurou:

— É... Sou perfeitamente capaz de me virar num Miasma... Já passei por isso.

Mason decidiu que, quando tivesse tempo, precisaria sentar-se com seu instrutor de esgrima para uma longa e informativa conversa. Seja lá quem, ou *o quê*, ele fosse.

— O Miasma foi criado por deuses, e eles não são idiotas — continuou Douglas. — O Sono da Morte foi concebido para atuar sobre a fisiologia e os pontos fracos dos humanos. Ele não afeta os divinos, ou os semidivinos. Mas o verdadeiro problema seria passar pela parede externa do Miasma. Penetrar na barreira, mesmo para vocês, ainda seria como passar por seu pior pesadelo. Isso provavelmente deixaria todos vocês temporariamente psicóticos, e é por isso que não recomendo. — Ele encolheu os ombros. — Mas... se vocês de alguma forma conseguirem passar, acho que não terão muito problema com o Miasma em si. Os únicos seres ainda conscientes em Manhattan são os que têm proteção mágica... ou sangue mágico.

— Então pelo menos teríamos o apoio dos meus chacais.

— Chacais? Você quer dizer aqueles *lobos* que estavam com você no parque? — Mason perguntou.

— Um chacal é um lobo — Rafe respondeu seco. — Os membros de minha matilha têm a vantagem adicional de também serem *lobisomens*, graças a mim. São muito úteis numa luta.

— E eles também não são afetados pelo Miasma? — Fenn perguntou.

— A fisiologia dos lobisomens é reforçada de forma sobrenatural. — O deus encolheu os ombros. — A minha magia os torna praticamente impossíveis de matar. Você sabe... como lobisomens.

— E qual é o lado ruim da coisa? — Mason perguntou desconfiada.

— São *lobisomens*, Mason. — Rafe a encarou com um olhar inexpressivo. — Monstros.

— Mas... foi você que os transformou nisso.

— Foi.

— Por quê?

— Diferentes motivos.

O rosto do antigo deus continuou impassível, mas seu olhar se turvou.

— Alguns tinham dívidas, outros fizeram barganhas...

— E você transforma as pessoas em seres de pesadelo por esses motivos? Por que te *deviam* alguma coisa? — Mason podia ouvir a raiva indignada em sua voz.

Ela estava estressada demais com tudo aquilo para sequer tentar ser diplomática.

O olhar de Rafe ficou ainda mais turvo.

— Não transformo mais, já faz um bom tempo. E não era só por esses motivos. E sabe o que mais? Eu sou um *deus*, Mason Starling. Seria muito bom para você lembrar-se do que eu lhe disse sobre deuses e barganhas.

A voz dele adquiriu um tom soturno, como o ribombar de um trovão e, por um instante, Mason temeu ter passado dos limites. Mas então Rafe respirou fundo e pareceu se recuperar do rompante de emoção.

— E é tudo o que vou dizer sobre esse assunto, certo? — Ele deu um leve sorriso. — Como um deus, mesmo em exílio, tenho o direito de ser inescrutável de vez em quando.

Mason assentiu com a cabeça e desviou o olhar.

— Tudo bem — ela disse, imaginando o que qualquer um ali naquele quarto poderia acabar devendo ao deus milenar quando tudo terminasse.

Não que isso importasse naquele momento. Estavam praticamente sem opções.

Mason cruzou os braços e olhou de um rosto para o outro na sala, fazendo o possível para aparentar uma tranquilidade e uma racionalidade equilibrada que na verdade não sentia. Voltou-se de novo para a televisão e as imagens que apareciam no telejornal.

— Se não pudermos *atravessar* a parede de névoa, poderemos passar *por cima* dela? — perguntou.

Toby olhou-a com um olhar penetrante. Estratégia era com ele, e Mason tinha um plano.

— No que está pensando, Mase? — Fennrys perguntou em voz baixa.

— No teleférico da ilha Roosevelt — ela disse, apontando para a TV no canto da sala que apresentava imagens dos fenômenos aterrorizantes que assolavam Manhattan.

Em uma das imagens, parecia que uma das gôndolas que iam da ilha Roosevelt direto para o coração de Manhattan ainda estava funcionando, mesmo sem ninguém dentro.

— Olhem. Ninguém se deu ao trabalho de desligá-lo. Os bondinhos podem estar vazios, mas continuam indo para a cidade.

A boca de Toby se curvou em um sorriso seco.

— O teleférico. A-há. *Touché*, garota — ele disse, como dizia quando ela fazia um ponto num combate de esgrima. — Esse é o lance com essas maldições antigas... Foram calculadas para afetar gente *antiga*. Antigamente, você só precisava de paredes altas para manter as pessoas do lado de fora. Os bondinhos circulam com altura suficiente para passar por cima da beira da barreira. Brilhante.

Douglas assentiu, concordando, com um olhar firme e satisfeito.

O plano tem dois fãs, Mason pensou e olhou para Fennrys.

Ela sentiu que ele estava dividido entre apoiar a ideia dela — o que implicaria segui-la até o coração do perigo — e simplesmente arrancá-la dali e levá-la para longe de tudo. Ela entendeu o impulso. Ele tinha ido até Asgard atrás dela, encontrara-a e a salvara. Mas e agora? Agora ela estava prestes a pedir-lhe que se arriscasse a perdê-la de novo.

Da mesma forma que você está prestes a se arriscar a perdê-lo.

Essa simples ideia era insuportável, e Mason a afastou de seus pensamentos com força.

— Fenn, o que você acha? — ela perguntou.

Fennrys manteve o olhar fixo nos olhos de Mason, e a fé incondicional que ele tinha nela brilhou em seus olhos azul-claros.

— Acho que devemos ir. Estou com você.

Mason sentiu a tensão no pescoço se esvair um pouco. Até olhar para Cal, que estava rígido ao lado da mesa com o jarro de água. A reação dele era o oposto exato da de Fenn.

— Será que sou o único aqui que acha essa ideia totalmente idiota? — Cal perguntou, com uma expressão de oposição intransigente.

Uma vozinha raivosa sibilou no fundo da mente de Mason. Como ele ousava? Quem ele pensava que era? Droga, o que ele pensava que *ela* era? *Uma fraca? Insignificante? Uma covarde?* Bem, sim. Ele já havia dito isso a ela, não havia?

Você hesitou, ele havia dito. Ele tinha posto a culpa nela. Fizera com que ela se sentisse inferior, e não a guerreira que era...

Opa! Calma... mais devagar com isso, Starling, ela pensou, percebendo de repente que, em sua raiva, tinha começado a pensar na participação dela nesse... nesse sei lá o quê, nessa esquisitice, com os termos que seu pai teria usado. Guerreira...? Não. *Você não é uma Valquíria, Mason,* ela se repreendeu em silêncio. *Você não pegou a lança. E você não é como Cal. Você é humana. E vai continuar a ser.*

— Então? Sou? — Cal insistiu, olhando para Rafe em busca de apoio.

— É, sim — Mason disse irritada. — É o único.

Fennrys pôs a mão sobre a boca para esconder o sorriso.

— Olhe o que está acontecendo com a cidade, Cal. — Mason apontou de novo para o televisor. — Nossa escola está lá... Nossos amigos...

— E daí? — Cal rosnou. — Um bando de riquinhos metidos? Não finja que se importa com eles mais do que eu, Mase...

— A Heather está lá — Toby disse baixinho, seu olhar estava fixo em Cal. Mason sentiu um frio na espinha.

— O quê? Mas eu pensei... Quero dizer, a Heather estava comigo no trem. Ela não atravessou a ponte para o Queens como você, Toby? Pensei que ela estivesse segura. Pensei...

249

Na verdade, Mason não tivera muito tempo para pensar em Heather. Heather, que havia ido ao ginásio para alertá-la. Que havia demonstrado ser uma amiga melhor do que Mason jamais teria imaginado antes de tudo isso acontecer. Ela sentiu uma pontada de culpa.

— Sim, Mase, ela estava no trem — Toby disse. — Depois da travessia, seu pai queria que eu... — O instrutor de esgrima fez uma careta ao lembrar. — Bem, vamos só dizer que ele não queria que eu deixasse Heather partir. — Ele ergueu a mão para impedir a reação revoltada de Mason. — Mas eu a *deixei* ir e a mandei de volta para Gosforth, porque na verdade achei que ela estaria a salvo lá. Então, ela está, sim, em Manhattan.

— Cal? — Mason voltou-se de novo para ele, que ficava trocando o peso de uma perna para outra, com um olhar relutante. — Você não se importa com ela?

— É claro que me importo. No entanto eu...

Ele abria e fechava as mãos, dos lados do corpo, como se quisesse estendê-las para agarrar algo. Mason notou que a água na jarra sobre a mesa ao lado dele de repente ficou turva e congelou, partindo-se. Cal pareceu não perceber.

— É *perigoso*, Mason — ele disse, numa voz tão gelada quanto a água. — Não quero que nada aconteça com você.

— Você não precisa se preocupar comigo — ela disse. — Posso tomar conta de mim mesma.

Um esgar de angústia distorceu as belas feições de Cal e fez as cicatrizes de seu rosto repuxarem mais o canto da boca. Mason lembrou-se do que Heather lhe dissera que Cal sentia por ela, lembrou-se de como ele havia agido com ela nos últimos dias... mas tudo o que conseguiu sentir por ele foi uma enorme piedade, que ela jamais deixaria transparecer. Ao menos isso podia fazer por ele. Porém não mais que isso. Ela olhou para Fennrys e viu que seus olhos tranquilos azuis estavam cravados nela. A expressão dele era plácida. Confiante. Ele iria com ela até o fim do mundo. E se fosse necessário, ela lhe pediria que fosse. Porque *isso* era o amor.

Ela voltou-se para Cal.

— Tudo bem. Faça o que quiser, Calum. Eu vou entrar na cidade. Só terei que convencer sua mãe de que você está bem.

— Certo. — Fennrys deu um passo à frente e estalou as juntas dos dedos, flexionando a mão que segurava o punho da lâmina embainhada em sua cintura. — Estou pronto quando você estiver, Mase.

Mason se sentia exultante com a perspectiva de uma luta e percebeu que poderia estar desenvolvendo um gosto não só pelo combate, mas pela guerra.

— Já estou pronta.

XXI

No fim, Cal decidiu ir junto com eles, o que não surpreendeu Fennrys nem um pouco, e vinte minutos depois eles deixaram na estação do teleférico o carro do hospital que Douglas Muir havia conseguido. Também deixaram Douglas para trás, a pedido dele. Era melhor não correr o risco de colocá-lo numa situação que poderia vir a ser, em razão das circunstâncias, incontornável. Fennrys não sabia ao certo se era uma boa ideia: o imenso conhecimento do pai de Cal poderia vir a ser muito útil.

Por outro lado, pensou, *Toby parece estar bem por dentro de maldições antigas e das seitas malucas que as usam...*

Também admitiu que, se fracassassem, seria necessário ter alguém do lado de fora da cidade para tentar encontrar ajuda de outras fontes. E se a maldição se espalhasse a partir da cidade, Douglas tinha seu barco e podia escapar. Se a coisa chegasse a esse ponto.

— Estou preocupada com ele.

A voz de Mason arrancou Fennrys de suas reflexões sombrias. Seguindo o olhar dela na direção de onde Cal estava se despedindo, sabia que ela não estava falando de Douglas. Como Mason, ele também tinha reservas quanto a Calum, e quanto a trazê-lo junto ao entrarem na cidade. Fennrys teria alegremente deixado Cal ali, colocando as fofocas em dia com o pai, se achasse que havia a mais remota chance de que o rapaz concordasse. Mas, apesar dos protestos de momentos antes, estava evidente que Cal não iria deixar Mason fora de suas vistas. Ela se virou e, ao ver Fennrys de cara amarrada, estendeu a mão para desfazer as rugas da testa dele. As pontas de seus dedos estavam frias, e ele se entregou à carícia.

— Só estou preocupada — ela disse. — Mais nada. Fenn... Lembra o que eu disse quando estávamos na ilha *North Brother*? Não sinto a mesma coisa por Cal.

— Mase, eu me lembro, sim. — Ele sorriu e segurou o rosto dela entre as mãos. — E não me importa o que você sente por Cal. Não me importa o que você sente por *mim*. Está tudo bem. E você com certeza não precisa se preocupar com o que eu sinto por você. Isso não vai mudar. Aconteça o que acontecer.

Na verdade, a única coisa que preocupava Fennrys era o que Cal estava sentindo no momento. Fenn sabia que Mason tinha ficado esfuziante ao ver que Cal estava vivo, e não a censurava. Era uma reação perfeitamente normal para alguém que acabava de reencontrar o amigo que achava estar morto. Mas aquela expressão espontânea de alegria tinha sido interpretada de outra forma por Cal. Naquele momento, Fennrys viu algo reviver nos olhos do rapaz. Algo assustador. Ávido. Implacável.

E ele sabia que Mason não havia percebido isso. Não da mesma forma que ele.

Ela continuava a olhá-lo, e ele percebeu que estava calado fazia tempo demais. Os olhos dela brilharam na escuridão, de um azul-safira, transbordando de emoção.

— Fennrys, eu... — ela disse baixinho.

— Psiu.

Ele pousou um dedo com suavidade nos lábios dela e sorriu quando, em resposta, ela o beijou. Ele podia prever, pelo olhar dela e seu tom de voz, exatamente o que ela estava a ponto de dizer. Podia sentir, e seu coração ansiava por ouvi-la dizer tais palavras. Mas, em vez disso, ele traçou com o dedo os contornos dos lábios dela, memorizando sua forma, deleitando-se com sua suavidade, o calor delicado de sua boca.

— Diga-me quando tudo isto terminar — ele disse. — Quero que você me diga quando só estivermos você e eu. Sem monstros ou deuses... Sem perigo. Só nós dois. Certo?

— Certo — ela sussurrou. — Sem deuses, nem monstros. Só nós dois. Gosto do som disso, Fennrys, o Lobo.

Ele também gostava.

Entretanto, naquele momento, eles estavam indo direto para o coração do perigo.

Seguindo Toby, conseguiram chegar sem problemas à estação do teleférico e subiram em um dos bondinhos. Praticamente todas as pessoas na ilha Roosevelt estavam trancadas em casa, grudadas a seus televisores e aos noticiários, ou então já fazendo planos para fugir para um lugar bem longe de Manhattan. Agachados no piso de um dos bondinhos, eles aguardavam a hora de agir em silêncio, enquanto o veículo atravessava a noite a caminho da cidade enfeitiçada.

Quando já estavam quase sobre a margem ocidental do rio, Mason ergueu-se de joelhos para poder olhar pela janela. Fennrys fez o mesmo, e juntos olharam para a ponte de Queensboro, abaixo deles, onde havia um congestionamento quase até o Queens, e policiais e soldados com equipamento pesado e grandes armas circulavam por entre os veículos. Andavam de um lado a outro, a poucos metros da borda indefinida da barreira, parecendo indefesos e frustrados.

Fennrys prendeu a respiração quando a parte inferior da gôndola passou raspando sobre a parte superior da muralha de névoa. Lá embaixo, no interior da massa branca que rodopiava e refulgia, ele vislumbrou um punhado de silhuetas humanas movendo-se desorientadas, provavelmente eram membros da Guarda Nacional que tentaram forçar caminho e acabaram vítimas de um pesadelo vivo, presos dentro da parede externa do Miasma. Acima do ranger estridente do mecanismo do bondinho, os passageiros ouviram os gritos torturados lançados por inúmeras gargantas. E então rajadas esporádicas de tiros.

Os homens e as mulheres que estavam na ponte se jogaram ao chão. Puxando Mason para baixo, Fennrys escondeu-se de novo no chão da gôndola. Depois de alguns momentos, eles ultrapassaram a barreira, e a estação de Tramway Plaza surgiu diante deles como uma boca escancarada.

– Conseguimos – disse Mason, suspirando de alívio. – Entramos.

* * *

Ao chegar à rua, Mason quase girou nos calcanhares e subiu as escadas da estação para tomar o próximo bondinho de volta para a ilha Roosevelt. Ao cruzar as portas da estação ao lado de Fennrys, com Cal e Toby logo atrás, teve a sensação de ter entrado num filme de terror. As nuvens formavam um teto denso e opressivo, ocultando a lua e as estrelas, deixando aos postes de luz e luminosos de néon a iluminação da estranha paisagem da cidade enfeitiçada. Dentro da área cercada pela barreira, somente uma névoa rala pairava nas ruas entre os edifícios, brilhando e dançando, formando redemoinhos, ora ocultando, ora revelando os vultos dos moradores caídos por todos os lados. "Pesadelo" era de fato a única palavra que chegava perto de descrever a cena que se descortinava diante deles.

Mason conhecia Nova York o suficiente para ser capaz de se orientar sem problema por praticamente toda a cidade. Mas, enquanto se detinha na esquina da Segunda Avenida com a rua 60 Leste, o silêncio e a calma relativos transformavam as ruas em cânions assustadores e desconhecidos. De repente, sentiu-se como se estivesse de volta a Helheim.

Olhou em volta, para Fennrys, Cal, Toby e Rafe. Nenhum deles disse nada. Simplesmente dobraram na Segunda Avenida e rumaram na direção sul. Antes de saírem da ilha Roosevelt, Douglas tinha sugerido que o primeiro lugar onde deveriam procurar Daria seria na Rockefeller Plaza. Era onde ficava seu escritório e também onde ela costumava dar "festas" suntuosas. Tais festas, segundo Douglas, eram na verdade cerimônias que reuniam os seguidores eleusinos para a prática de seus ritos estranhos e misteriosos.

Caminharam algumas quadras até encontrarem um utilitário parado a um lado da rua, com o motor ligado, a janela aberta e o motorista recostado no banco, com a cabeça jogada para trás e a boca aberta. Toby abriu a porta e levou o homem até a calçada, entrou no veículo e acomodou-se ao volante, acenando para que os demais embarcassem.

Enquanto avançavam, Fennrys e Cal tiveram de sair do carro algumas vezes para tirar do caminho pessoas adormecidas, caídas bem no meio de cruzamentos. Toby seguiu por ruas laterais e becos para evitar engarrafamentos e mais de uma vez passou por alguma praça ou trafegou pela calçada, mas, graças a sua navegação criativa, eles seguiram adiante com surpreendente rapidez. Mason viu um número considerável de carros que tinham subido na calçada, ou se chocado com algum ponto de ônibus ou com outros carros. A maioria apenas se detivera na rua, em ângulos estranhos, os motoristas estavam caídos sobre o volante ou nos bancos em sono profundo, como as pessoas que enchiam as calçadas, desacordadas.

Nem todos estavam completamente inconscientes. Alguns ainda estavam acordados, mas não se podia dizer que estivessem atentos. Mason viu uma mulher trajando Chanel da cabeça aos pés, que obviamente tinha sido atingida pelo estupor enquanto passava um batom vermelho vivo; só metade de seu lábio superior estava pintada, e um risco da mesma cor descrevia uma linha queixo abaixo. Ela ainda vagava, arrastando-se de vitrine em vitrine, parando para olhar os produtos expostos com um olhar vazio. Era como ver um teatro de sombras da vida das pessoas.

Era assustador como o inferno.

Também passaram por quatro incêndios fora de controle, não havia bombeiros para apagar as chamas. E Mason sabia que, entre os vultos sem sentidos, havia cadáveres. Pessoas que tinham batido a cabeça, ou sido atingidas por carros, ou caído de escadas... Havia sangue nas ruas. Mas eles não podiam se deter por nada disso.

Houve, porém, algo que os fez parar. Os lobos de Rafe.

A algumas quadras de distância da Rockefeller Plaza, Rafe pediu a Toby que dobrasse à esquerda. Seguiram até parar diante do prédio principal da Biblioteca de Nova York, onde Mason reconheceu as formas negras e elegantes da matilha de Rafe; alguns lobos estavam deitados e outros caminhavam de um lado para outro nos degraus do terraço. Sentado no meio deles, com os cotovelos apoiados nos joelhos e a cabeça baixa, havia um jovem.

— Maddox! — gritou Fennrys.

Ele saltou da caminhonete antes mesmo de Toby parar o veículo. Mason viu o jovem levantar-se, e ele e Fennrys se abraçarem. Curiosa, ela saiu do utilitário e foi atrás dele. Não estava acostumada a ver Fennrys com... bem, com ninguém, e vê-lo abraçando um amigo a fez sorrir, no meio de toda a situação sombria.

— Pelos sete infernos, Madd! — Fennrys gritou. — Você conseguiu!

— Eu te disse que ia conseguir. — Maddox encolheu os ombros sorrindo. — O que são alguns macacos com lança-chamas para um guarda Jano totalmente equipado?

Ele se virou quando viu Mason ali em pé e ergueu as sobrancelhas. Olhou dela para Fennrys e de novo para ela.

— Olá — disse, e Mason teve a sensação de que ele já sabia algo a seu respeito.

— Mason Starling, esse é Maddox. Ele é um guarda Jano, assim como eu era. Passamos juntos muitos Halloweens, matando monstros.

— Bons tempos! — Maddox disse sorridente.

— Ele também é meio idiota, mas é bem útil numa briga. — Fennrys deu um soco no ombro do outro. — Ele nos ajudou, a Rafe e a mim, a vencer uma série de obstáculos para que pudéssemos chegar até você em Asgard. Estou devendo isso a ele.

Mason sorriu para o rosto atraente de Maddox, com seu ar meio de garoto, e estendeu a mão.

— Parece que eu também devo a ele — disse, mesmo lembrando-se do que Rafe dissera sobre ficar devendo àqueles que um dia poderiam vir cobrar.

Mas se Maddox havia ajudado Fenn a resgatá-la, ela estava disposta a correr o risco.

— Obrigada, Maddox.

Maddox segurou a mão dela e fez uma mesura de cortesão.

— Tudo para uma linda dama — ele disse. — Especialmente uma que consegue enfrentar esse grosseirão de igual para igual. Precisamos de mais gente como você no mundo...

— Já chega. — Fennrys enfiou um cotovelo nas costelas dele. — Que aconteceu depois que nos separamos?

Maddox se endireitou e apontou para a biblioteca. Mason achou que ele parecia um pouco alguém que tivesse passado por um triturador de madeira em chamas. A camisa e o *jeans* estavam rasgados em alguns luga-res e queimados em outros. Uma mecha de cabelos cor de areia num dos lados da cabeça parecia queimada, e a testa e um dos lados do rosto estavam sujos de fuligem.

— Foi como um passeio no parque — ele disse. — E me refiro a um passeio no Central Park, e você sabe como esses passeios sempre terminam.

Ele se virou para Mason e explicou:

— Quero dizer que quase morri.

— Claro, herói. Claro que sim. — Fennrys revirou os olhos.

— Não. Na verdade, não. — Ele sorriu.

Mason curtiu o modo despreocupado como ele se referia a um perigo épico. Sentiu o coração acelerar, divertindo-se com essa postura, e sorriu também.

— Então. Tudo isto... — Maddox girou o dedo no ar, indicando o estado da cidade — é algum tipo de feitiço, certo?

— É. — Fennrys assentiu. — Viemos para desfazê-lo. Você quer ajudar?

Maddox olhou torto para ele.

— E você ainda pergunta?

Eles se viraram para retornar ao utilitário, bem na hora em que dois centauros, empunhando balestras, saltaram por cima de um táxi com a elegância de puros-sangues de espetáculo.

— Ah, não, esses caras de novo, não... — Fennrys grunhiu.

— Tá legal, isso é algo que você não vê todo dia — disse Maddox. — Mesmo em Manhattan.

Mason ficou olhando os centauros atônita e de queixo caído. Um dos homens-cavalo, musculoso e sem camisa, chutou um carro para fora do caminho com um coice casual de uma pata, e o outro perfurou o capô e o bloco do motor do utilitário com o casco. Uma nuvem de vapor subiu do radiador partido, e Toby e Cal saltaram do carro e galgaram correndo a escadaria da biblioteca.

Rafe também corria.

Mason, Fennrys e Maddox correram pelo terraço também. Desceram a toda os degraus rasos para o nível inferior e, um a um, saltaram por sobre a balaustrada larga de pedra, aterrissando na calçada da rua 42.

— Continuem correndo — Rafe gritou. — Esses são os guarda-costas de Daria, e eles são só uma distração para nos impedir de chegar a ela. É óbvio que estamos nos aproximando...

Uma flecha de balestra passou zunindo perto de sua orelha, e ele rosnou ferozmente, dando o que pareceu ser uma ordem para sua matilha, numa língua que Mason desconhecia. Ela não ousou se virar, mas ouviu uma cacofonia de latidos e rosnados vindo de trás deles. E então gritos furiosos e pragas.

— Era por causa de lances como esses centauros que eu queria reunir a matilha — Rafe disse a ela, pegando-a pelo pulso e puxando-a para fora do caminho de uma arara de roupas que rolava perdida rua abaixo; uma fileira de vestidos de festa agitava-se de um lado a outro ao passar. — Eles são bons nesse tipo de coisa. Deixe-os fazerem seu trabalho.

— Ei, Rafe! — Mason disse, arfando, enquanto se agachavam atrás de um carrinho de *pretzels* ainda fumegante e as flechas voavam sobre suas cabeças. — Sua matilha... Tem algum momento em que eles deixam de ser... sabe... *lobos*? Chacais? Seja lá como você os chama?

— Claro que sim. Vê aquela fêmea ali, com a mancha branca na testa?

Ele apontou para um dos animais ameaçadores e elegantes que se esgueiravam pela calçada para cercar um centauro que havia parado para recarregar a arma.

– Ela é uma banqueira de investimentos em Wall Street. Mas neste momento não precisamos de uma banqueira de investimentos. Precisamos de noventa quilos de músculo com dentes grandes e afiados. Então, é exatamente isso que Honora generosamente providenciou para nós.

Mason tentou imaginar a loba vestida num terninho risca de giz. Depois de ter visto Rafe várias vezes em sua forma intermediária, quase conseguiu.

– No momento, sua função é apenas continuar correndo – disse Rafe. – Dirija-se para o Rockefeller Center! Vá!

Mason ficou em pé de um salto e começou a correr. Arriscou olhar por cima do ombro e viu os lobos avançarem em direção aos centauros que se moviam entre os carros parados. A matilha atacou como se fosse um só indivíduo, esquivando-se dos cascos maciços quando chegavam ao alcance dos homens-cavalo e de seus coices mortais.

Quando uma segunda dupla de centauros apareceu galopando por entre dois prédios, Cal fez menção de se lançar na direção de Mason. Mas Fennrys já a havia agarrado e tirado do caminho, salvando-a por um triz de uma flecha de balestra que teria atravessado seu esterno. Por um breve instante, ele a segurou de encontro ao peito. Ela sentiu o coração dele batendo e pôde ver o brilho dançando no fundo de seus olhos azuis quando ele olhou para os dela e disse:

– Eu protejo você.

Ele se alimenta do perigo, ela pensou. *É como cafeína para ele.*

Mas ela também sorriu em resposta. Seu coração também batia forte, e a pele formigava no local onde ele a tocara. Ela poderia se acostumar com isso... o perigo, a emoção... Especialmente se o tivesse a seu lado, compartilhando tudo.

Maddox saltou, vindo de um espaço entre dois carros estacionados, girando uma corrente sobre a cabeça como se fosse um laço. Ele enlaçou o braço de um centauro, arrancando a balestra da mão da criatura. Mason viu Toby correr agachado, do outro lado da rua, e atacar a outra criatura por trás, com uma faca de lâmina negra na mão. Com precisão assustadora, ele cortou os tendões do centauro, que emitiu um grito de dor e desabou no chão.

— Por ali. — Rafe apontou para um trecho desobstruído da rua.

— Vamos! — Fennrys pegou Mason pela mão. — Toby e Maddox nos darão cobertura.

— Vem, Cal! — Mason chamou.

E então os três saíram correndo de novo. Ela podia sentir, sem ter que se virar, uma hostilidade gélida emanando de Cal enquanto ele corria ao lado dela, mas não havia o que ela pudesse fazer. Os lobos e os demais mantiveram os centauros longe deles. Tudo o que Mason e Cal precisavam fazer era chegar à Plaza. Correndo, passaram pelo parque Bryant e viraram na Avenida das Américas, repleta de carros parados, desviando das investidas que os centauros faziam sempre que conseguiam se desvencilhar dos outros. Na esquina seguinte, no entanto, a avenida ficou totalmente intransponível, com os carros imóveis e um ônibus de turismo acidentado.

Cal virou-se e gritou:

— Por ali. — E então ele tomou a dianteira.

Ele os levou pela rua 49 Oeste e seguiu pelo calçadão em frente aos Channel Gardens, com suas estátuas de deuses marinhos montados sobre golfinhos esguichando água na longa escadaria formada pela sucessão de belos espelhos d'água que percorriam o estreito parque em toda a sua extensão. Passaram pela estátua de Prometeu e continuaram correndo até sair de volta na Rua 50, na direção do número 30 da Rockefeller Plaza.

Quando entraram no edifício, Cal os levou pelos corredores até a entrada para o Top of the Rock, um saguão circular no qual se destacava um lustre gigantesco que pendia do teto, feito de centenas de cristais Swarovski que partiam a luz em milhares de minúsculos arco-íris e trouxeram a Mason uma lembrança desconfortável de Asgard. Ela hesitou ao olhar para a instalação, e, de súbito, os cristais começaram a oscilar e sacudir, batendo uns contra os outros num protesto musical, enquanto o chão sob Mason estremecia e roncava.

Ela trocou olhares com Fennrys e Cal.

— Tremores? Como se já não tivéssemos diversão suficiente? — ela disse.

— Claro. O que seria do Ragnarök sem alguns bons e velhos terremotos? — Fennrys murmurou.

— Não. Sem essa de Ragnarök.

Mason bateu o pé no chão, e não inteiramente de brincadeira. Os tremores cessaram, e ela lançou um olhar a Fennrys. Então virou-se e foi até o ponto de checagem de segurança. Vários guias uniformizados estavam caídos sobre o balcão de ingressos ou amontoados no chão. Um homem caminhava num círculo lento, com uma expressão atônita de estupor no rosto.

— Vamos precisar de um cartão magnético para fazer funcionar os elevadores — Cal gritou para ela. — Ele deve ter um.

Mason foi até o homem e estendeu a mão hesitante, então puxou um cartão magnético de elevador do bolso da jaqueta dele. Ele nem pareceu notar.

— Obrigada, hã... — Mason leu o nome dele no crachá — Paulo. Mais tarde eu devolvo.

Ou assim espero.

Paulo murmurou e estremeceu de leve, e uma linha fina de baba escorreu do canto de sua boca quando ele balbuciou algo como "aprecie a visita". Mason e os outros passaram por ele e atravessaram rápido o saguão do lustre rumo aos elevadores.

Ela hesitou quando as portas se abriram.

— Esperamos os outros?

— Acho que não podemos nos dar a esse luxo — Cal disse baixo. — Quanto antes minha mãe souber que estou vivo, melhor... mais rápido poderemos tentar parar essa loucura.

Mason olhou para ele. Seu olhar já não era frio, mas apenas triste e resignado. Ela quase não conseguia imaginar como ele devia se sentir, sabendo que a mãe dele estava por trás de todo aquele caos e toda aquela destruição. Mas então lembrou-se de que seu pai era igualmente responsável, e se deu conta de que sabia *exatamente* como ele se sentia. Ela estendeu a mão e apertou-lhe o braço, e ele deu um breve sorriso antes de entrar no elevador. Mason e Fennrys o seguiram.

No momento em que as portas do elevador se fechavam, a mão bem cuidada de Rafe as segurou, e o deus egípcio se esgueirou pela abertura.

— Cabe mais um? — perguntou, arfando um pouco em razão do esforço.

— Claro, nunca se sabe quando um deus poderá ser necessário — disse Cal.

— E os outros? — Fennrys perguntou.

— Estão bem — Rafe disse. — Estão lutando. Virão quando puderem.

Mason sentiu um frio na barriga quando o espetáculo de luzes do Top of the Rock teve início no poço do elevador, os lampejos e reflexos ficaram visíveis através do teto transparente assim que a cabine iniciou sua rápida subida para o 67º andar. Ela sabia que não era o rodopio das cores que estava lhe causando tontura. Estavam a ponto de defrontar-se com algo que ela nem sequer teria imaginado ser possível. Mas, até poucas semanas antes, *nada* do que ela havia vivido recentemente seria possível em sua mente. Sentiu a mão de Fennrys pousar com suavidade entre suas escápulas por um instante. O calor se irradiou da palma da mão dele e pareceu penetrar em sua pele para envolver-lhe o coração e reconfortá--lo com seu calor. Fosse lá o que estivessem a ponto de enfrentar, ela podia encarar. Com Fenn a seu lado, podia encarar qualquer coisa.

— Ou talvez não... — murmurou, quando as portas do elevador se abriram e eles saíram para o corredor mal iluminado e espiaram com cautela ao redor da esquina da parede de mármore.

A área da recepção que levava ao Salão Weather, com suas paredes altíssimas, parecia ter sido decorada para fazer lembrar um templo da Grécia antiga.

As narinas de Rafe se dilataram, e ele fechou os olhos. Quando os abriu, Mason lhe dirigiu um olhar interrogativo, e um canto da boca dele ergueu-se num sorriso meio selvagem.

— Tenho saudade disso — ele sussurrou. — Houve uma época em que as pessoas me adoravam dessa forma. É algo que não dá para esquecer.

Não, Mason pensou, não devia dar mesmo. Ainda assim, alguma coisa na forma sonhadora com que o olhar dele examinou a decoração elaborada da sala ao redor deles, com suas cortinas e sofás e tigelas de frutas apodrecidas, a deixou inquieta. E era evidente que Fennrys também ficara nervoso.

Ele deu um passo na direção do deus e disse baixinho:

— Isso vai ser um problema? Porque se você acha que existe algum perigo de... ter uma recaída ou o equivalente divino disso, talvez seja melhor você esperar lá embaixo.

Rafe encarou Fennrys por um longo instante.

— Estamos aqui para tentar impedir o fim do mundo do qual você tanto gosta, lembra? — Fenn disse, a voz dura como aço. — O clube, as roupas, a flautista de jazz ruiva...

Rafe pestanejou rapidamente e pareceu desvencilhar-se dos efeitos do templo de Daria. Seu olhar clareou, e o brilho agudo e sarcástico voltou-lhe aos olhos. Ele assentiu com a cabeça.

— Foi um momento de nostalgia, seguido pela lucidez com relação a nossa situação atual. Seja indulgente com um antigo deus.

— Tudo bem. Você já pode continuar?

— Com certeza! Vamos lá dar um basta nessa bobagem, ok?

No mesmo instante, o vulto de Rafe ficou indistinto, alterou-se, e ele assumiu sua forma homem-deus. Era algo que Mason estava começando a achar curiosamente reconfortante: eles tinham um deus do seu lado. *Dois* deuses, se contassem a quase divindade de Cal. E o que teria Daria Aristarchos a seu lado?

Uma pobre feiticeira qualquer que podia ler entranhas e um assassino.

A sala de recepção, imersa na iluminação difusa de *spots* ocultos, estava vazia, mas eles ouviram o murmúrio de uma cantoria vindo de algum lugar mais adiante. Mason afastou com cuidado a ponta de uma cortina e viu uma multidão de devotos eleusinos trajando túnicas brancas. Estavam de costas para ela, atentos ao que quer que estivesse rolando lá fora, no terraço rodeado por vidro, situado além da outra extremidade do recinto. Os capuzes dos celebrantes estavam baixados, e Mason vislumbrou seus perfis. Alguns eram familiares.

Chocada, ela percebeu que eram apenas pessoas normais. Olhou para Cal e viu que ele havia empalidecido. Alguns dos celebrantes eram os pais de colegas seus em Gosforth. Mason reconheceu vagamente um ou dois rostos, que vira em eventos ou festas na escola. Não eram *draugr*. Não eram monstros. Mason não poderia feri-los. Com certeza, não poderia matá-los. Mesmo que, considerando o que havia dito Douglas Muir, em algum lugar daquele recinto houvesse um *assassino*. Alguém que não somente matava, mas matava gente da própria família. Um assassino consanguíneo. O pior dos tabus. A raiz das maldições de sangue mais horríveis.

Quem seria?, ela se perguntou.

Mason sabia que Fennrys tinha a expectativa de que houvesse violência no que precisariam fazer. Ele a avisara antes de deixarem a ilha, e ela havia aceitado esse fato de imediato. Lembrou-se de ter até sentido um entusiasmo pungente e eletrizante com a ideia de uma luta de verdade, naquela hora...

E voltara a sentir o mesmo naquele instante.

Mas então ela reconheceu alguns rostos, e o entusiasmo se extinguiu como uma vela sendo soprada. Ela afastou a mão do punho da rapieira e deixou a espada pender, embainhada, de seu quadril. *Palavras primeiro, Mason.*

Falar e correr sempre eram preferíveis a lutar.

A espada era o último recurso.

Ela olhou ao redor, procurando uma forma de chegar ao ponto onde o ritual era realizado, sem ter de abrir caminho entre a multidão por meio da força. Observando os longos painéis brancos de tecido sedoso que pendiam do teto para dar ao recinto a sensação exótica de uma tenda, notou que havia *spots* coloridos instalados no assoalho por trás deles. As luzes apontavam para cima, banhando o tecido brilhante em ciclos sucessivos de roxo, vermelho e azul. Cores do sangue. Cores de ferimentos. Havia um espaço estreito entre as paredes do Salão Weather e as estruturas decorativas de tecido que criava um corredor desimpedido, passando ao largo da multidão de eleusinos e terminando justo nas portas que saíam para o terraço.

Mason cutucou o braço de Fennrys e apontou para a passagem; ele fez um sim com a cabeça e virou-se para Rafe, que sinalizou que daria a volta e faria a mesma coisa pelo outro lado da sala. E então Mason olhou para Cal. Seus olhos se encontraram. Ela fez um gesto para que ele a seguisse. Mas ele só deu um sorriso sombrio e então virou-se e caminhou direto para a horda de seguidores de sua mãe.

XXII

alum ignorou a expressão de choque no rosto de Mason e, virando-se, passou decidido por entre as cortinas e começou a cruzar a sala. As pessoas vestidas de branco viraram-se para ver quem estava interrompendo os trabalhos e, ao reconhecê-lo, recuaram e abriram caminho para que ele seguisse em frente. Em sua visão periférica, ele podia ver sombras movendo-se por trás das paredes de tecido, e sabia que eram seus companheiros, correndo para flanqueá-lo. Por ele, tudo bem. Eles podiam ir por vias tortuosas se quisessem. Cal estava cansado de ficar evitando que as coisas acontecessem. Estava cansado de negociar.

— Mãe! Você tem que pôr um fim nisso. Agora! — ele gritou, e sua voz reverberou nas colunas de mármore e no teto alto do aposento.

Do lado de fora, no terraço, Cal viu o vulto alto e elegante da mãe retesar-se e virar-se. As maçãs do rosto, altas e bem formadas, estavam tingidas com um rubor excitado, e os olhos estavam dilatados em abismos negros e faiscantes. Ela parecia estar mergulhada em uma loucura arrebatadora, e tinha na mão uma lâmina ensanguentada, com formato de foice. Cal estremeceu por dentro, e seus passos hesitaram.

Então viu de onde provinha o sangue que manchava a lâmina.

O irmão de Mason.

Roth Starling estava estendido sobre um altar de pedra negra. Exibia cortes longos e superficiais em ambos os braços e no peito, e o rosto estava revestido por uma camada de suor e, muito provavelmente, de lágrimas vertidas pelos olhos da garota magra e pálida, de cabelos roxos, que pairava sobre ele. Cal demorou um instante para reconhecer Gwen Littlefield, pois o rosto dela estava contorcido em um grito aterrorizante, silencioso, e o pranto escorria por suas faces. Ela estava de pé, imóvel, entre duas fontes de mármore esculpidas na forma de deusas, que choravam junto a ela. E, na verdade, os únicos sons que rompiam o silêncio que envolveu o terraço depois do grito de Cal eram o fluxo musical das fontes e o choro entrecortado da garota.

Então ele ouviu uma exclamação abafada.

Os olhos de Cal varreram ao redor e ele viu Heather Palmerston, ajoelhada no canto do terraço, com as mãos amarradas com uma tira de tecido branco e os lindos olhos arregalados e fixos nele. Havia incredulidade neles, e Cal percebeu que Heather devia ter passado os últimos dias achando que ele estava morto. Viu uma centelha de esperança brilhar no fundo dos olhos dela e sentiu no peito uma pontada lancinante de culpa. Ele havia sentido muita pena de Heather desde que ambos tinham rompido. Mas nada daquilo foi culpa dele... Ele colocou de lado qualquer pensamento sobre os motivos pelos quais Heather tinha terminado com ele. Sabia o que tinha de fazer, e sabia por conta de quem estava fazendo aquilo.

— Mãe! — gritou mais uma vez, virando-se de novo para onde Daria Aristarchos estava em pé, imóvel.

— Que tipo de truque é esse? — ela sibilou, revirando os olhos arregalados.

— Não é nenhum truque. Não estou *morto*. Sei que você achou que estava, mas não estou. Mamãe... por favor. Escute-me.

Ele deu um passo à frente, e os dedos de sua mão se apertaram em volta do cabo da faca.

– Você tem que parar o que está fazendo. Eu estou bem. Estou vivo e tudo vai ficar bem. Não vai haver nenhum Ragnarök. O mundo *não* vai terminar. Tá legal? Eu juro. Mas você tem que...

– *Roth!*

O grito repentino partiu da garganta de Mason assim que ela chegou ao terraço. Cal virou-se para vê-la horrorizada com os olhos fixos no irmão mais velho, e então o olhar dela ricocheteou de Roth para Daria. Ele pensou ter visto um brilho vermelho nos olhos de Mason.

– O que você fez com ele? – ela berrou.

Mason prendeu a respiração quando um sorriso frio apareceu no rosto de Daria Aristarchos. A resposta a sua pergunta de repente estava horrivelmente evidente. Daria queria derrotar Gunnar Starling. Fazia muito tempo que desejava isso. E para isso queria usar o filho dele.

Mas como...

Os músculos de ambos os lados do pescoço de Roth estavam saltados, tensos como cabos de aço, enquanto ele jazia sobre o altar, os membros se agitando com violência, a cabeça virando de um lado para outro. Suas botas escoiceavam a pedra sob elas, e a camiseta estava encharcada de suor. Filetes vermelhos escorriam dos cortes abertos na parte de dentro de ambos os braços, fluindo para canaletas escavadas na pedra negra do altar. Esta parecia estar emanando uma névoa de um tom cinzento mórbido, iridescente, que se lançava como uma cascata fantasma pelas laterais do edifício, chegando às ruas da cidade lá embaixo. O Miasma.

Não entendo...

Uma garota esguia e pálida, com uma massa de cabelos roxos e olhos chorosos e vermelhos, estava em pé junto a Roth; seu rosto estava paralisado em uma máscara de horror e as palmas de sua mão estavam pressionadas, abertas, sobre o sangue que empoçava na superfície do altar.

O sangue de Roth.

— Roth...? — Mason sussurrou aterrorizada.

A cabeça dele virou sobre a laje de granito, e seu olhar se encontrou com o da irmã. As pupilas estavam tão dilatadas que não havia cor em seus olhos. Pareciam tão negros quanto a pedra polida sobre a qual ele estava.

— Mase... — A voz dele falhou ao dizer o nome dela. — Eu sinto *tanto*...

E, naquele momento, Mason sentiu-se caindo no abismo daquele olhar.

Ela viu o que havia acontecido, tanto tempo atrás, e que havia levado àquele momento.

Ela viu *tudo*.

Presa no círculo negro do olhar fixo de Roth, Mason de imediato sentiu-se amortecer da cabeça aos pés. O olhar dele penetrou nela, e foi como se uma comporta se abrisse entre a mente de ambos. A visão se abateu sobre ela, uma lembrança do passado. Mason de súbito viu Roth Starling quando criança, um garotinho de talvez dez ou onze anos, o Roth de que ela se lembrava na infância, em pé nas manchas de luz do sol que se filtravam sob a copa de um velho carvalho.

Ele fora seu irmão grande, forte e atlético, e ela o amava.

Assim como a garotinha desajeitada e tímida que às vezes se juntava a eles quando brincavam no pátio de Gosforth. A filha de uma cozinheira, uma das empregadas da casa de Daria Aristarchos. Uma garota comum, e não uma criança privilegiada, super-rica como todos os outros em Gos.

Uma garota chamada Gwen.

Na época, Mason gostava de Gwen. E pelo que se lembrava, Roth também gostava.

Na visão, Mason o viu usando um presente que Gwen lhe dera, um amuleto caseiro, infantil, feito com um dente de lobo entalhado, preso a um cordão trançado de barbante roxo. Mason lembrava-se do dia em que Gwen o atara timidamente em volta do pescoço de Roth. Ela o havia ganhado da mulher muito boazinha para quem a mãe dela trabalhava. Aquela que havia tomado conta de Gwen quando esta esteve muito doente com ataques e alucinações febris... A mulher que conseguiu para ela uma bolsa em Gosforth. Daria Aristarchos.

Na visão, a cena mudou, mas Mason ainda conseguia distinguir claramente o padrão hachurado entalhado no amuleto. Ele lembrava as espigas de cevada trançadas que pendiam à volta dela, em cada pilar de mármore. Os sulcos no dente de lobo emitiam um brilho tênue, bruxuleando com uma luz cinza-prateada. Era a mesma luz que preenchia o olhar do jovem Roth enquanto ele cruzava por uma porta escura e estreita... entrando em um antigo galpão de jardinagem, sombrio e cheio de teias de aranha, onde um vulto miúdo, de cabelos escuros, jazia encolhido sobre um banco.

Roth fora alto para sua idade, sério, com olhos escuros e mãos de longos dedos. Mãos que, na visão de Mason, ele pressionou com força sobre o rosto da irmã mais nova, tampando-lhe a boca e o nariz de forma que ela não pudesse respirar. Mason não podia ver sua própria face quando criança. Ela não sabia se a garotinha de longas tranças sequer chegara a despertar do sono exausto e faminto em que caíra depois de ficar presa por dias no galpão abandonado. Ela não conseguia lembrar-se.

Ela não podia impedir. Não podia mudar o passado.

Roth... Não...

Na visão, os olhos de seu irmão estavam escuros, vazios. Sem luz, exceto pelos lampejos de luz cinza-prateada que se contorciam no fundo deles. Ele não tinha ideia do que estava fazendo naquele momento, estava bem evidente, e Mason compreendeu, de repente, que de algum modo o dente de lobo com que Gwen lhe presenteara tinha dado a Daria poder sobre Roth. E ela havia usado aquele poder para fazê-lo assassinar a própria irmã.

Mason Starling tinha morrido naquele dia.

O fato de Roth não ter agido por vontade própria, de nem sequer ter *sabido* que cometera aquele feito tão horrendo, não alterava a realidade. E tampouco o fato de Mason ter, de algum modo, voltado dos mortos. Daquele momento em diante, Roth estava sob uma maldição de sangue.

E agora toda a Manhattan ia sentir os efeitos daquela maldição. Daria Aristarchos tomaria providências para que isso acontecesse. Mason ouviu a si mesma urrar de fúria, e a visão se estilhaçou.

* * *

Cal ficou ali parado, sem saber direito o que estava acontecendo. Num minuto, Mason estava tensa, imóvel, quase como se estivesse sendo eletrocutada, e no instante seguinte estava gritando de angústia. Por trás de Mason, Cal viu Fennrys se lançar para a frente para chegar até ela, deixando livre a longa faca que portava na bainha ao quadril. Cal sabia muito bem que Fennrys a usaria sem hesitação se a situação piorasse ainda mais. Fenn segurou Mason pelo braço, mas ela o afastou com violência e avançou sobre Daria.

A mãe de Cal tinha mexido num tremendo vespeiro.

Oh, Deus... O que ela havia feito?

— Como você *pôde?*

O som da voz de Mason era o som de um coração sendo despedaçado. O rosto dela estava pálido e contorcido pela dor, e sua mão havia recaído sobre o cabo da espada a seu lado.

O sangue de Cal gelou quando ele se lembrou de algo que Rafe dissera na noite em que cruzaram a Hell Gate. *Roth... sua irmã morreu*, havia dito o deus milenar. Mas naquele momento Roth ficou tão chocado quanto todos os demais. No entanto, se era o irmão de Mason quem estava no altar, então...

— Sua... *vadia...* traiçoeira! — Mason deu mais um passo ameaçador na direção da mãe de Cal. — Nós éramos *crianças.*

Cal sentiu aquelas palavras como um soco no estômago. Ele sempre soubera que a mãe tinha um lado frio e calculista. Que podia ser implacável para conseguir o que queria. Mas nunca havia imaginado que poderia fazer aquilo de que obviamente Mason a estava acusando. Mas ainda assim ele soube, naquele momento, que ela o fizera.

Mason puxou metade da rapieira para fora de sua bainha, e o ar do terraço de repente ardeu com uma luz rubra. A face de Mason, contorcida pela fúria, parecia emitir uma luz interna.

— Mase! — gritou Fennrys.

Cal percebeu que o brilho vermelho intenso que circundava Mason não provinha das luzes que a iluminavam, mas emanava *dela*.

— Mase... não!

Ela terminou de sacar a espada, e de repente a luz vermelha como sangue banhou o terraço como o resplendor de uma pira funerária. Um relâmpago riscou o céu acima deles, e no lampejo da luz intensa Cal viu Fennrys arremeter para a frente, sacando a faca da bainha e rasgando o ar com a lâmina. Atacando Mason.

Antes de poder pensar, Cal reagiu instintivamente para protegê-la.

A água da fonte mais próxima de repente jorrou pelo ar em direção a suas mãos estendidas. Ele sentiu a água tocar sua pele como se estivesse eletrificada, e o poder que, desde o dia de seu nascimento, corria livre por suas veias moldou-se segundo seu desejo. O desejo de um deus marinho. O líquido sem forma solidificou-se em sua mão, endurecendo e brilhando como aço forjado. E tão afiado quanto.

Diante dele, a lâmina de Fennrys brilhou à luz vermelha.

Cal reagiu.

E foi só depois, quando o instante de confusão terminou, que Cal compreendeu exatamente o que havia acontecido. Que Fennrys não havia tentado ferir Mason. Ele não havia tentado matá-la.

Ele havia tentado salvá-la.

* * *

Fennrys teria permitido que ela o fizesse.

Ele viu o que havia sido feito ao irmão de Mason e compreendeu naquele momento exatamente pelo quê Daria Aristarchos era responsável. E simplesmente não conseguiu se forçar a interferir, intercedendo para protegê-la. O que acontecesse a seguir seria decidido por Mason. Era direito dela.

Mas algo... a *luz*... estava terrivelmente errado.

— Mase! — ele gritou; um alarme disparava em sua cabeça.

Enquanto ela tirava a espada de dentro da bainha, Fennrys teve um vislumbre da joia que estava no centro do boldrié que ela usava. Aquele que ele mandara fazer sob medida, com uma pedra azul que ele escolhera para combinar com os olhos dela...

A pedra estava vermelha como sangue.

Ela refulgia ferozmente, como se estivesse em chamas... um tom carmesim bruto, *exatamente* da mesma cor com que brilhara a ponta de ferro da lança de Odin. Fennrys xingou-se *mil* vezes por ter sido tão estúpido. Não era de admirar que Heimdall tivesse permitido com tanta facilidade que partissem de Valhalla sem a lança de Odin. Não era de admirar que tivesse esperado do lado de fora do salão de Asgard, onde Mason deixara a espada sobre a pilha de armas, ao lado da porta de entrada. Quer ela pegasse ou não a lança que estava dentro do salão, a *verdadeira* lança, modelada por um encantamento de transformação para parecer com a rapieira de cabo recurvo, iria para casa com a jovem depois que fosse recolhida da pilha. E na primeira oportunidade em que Mason empunhasse a arma, esta a transformaria em uma Valquíria.

Heimdall tinha planejado tudo, desde o início.

Como Fennrys podia ter sido tão cego?

— Mase... não!

Com a negativa ressoando no cérebro, Fenn lançou-se para a frente e sacou sua própria lâmina, baixando-a em um arco, tentando despedaçar a rapieira enquanto ainda estava na bainha. Antes que Mason selasse seu destino, e o destino do mundo. Antes que ela se tornasse aquela que escolhia quem seria morto em batalha.

Mas a arma voou de sua mão, em uma trajetória descontrolada, fora de prumo.

Todo o corpo dele se retesou para trás, em uma rigidez súbita e surpreendente. Imóvel...

Fennrys, o Lobo, olhou para baixo e viu duas pontas de um tridente, de formas elegantes e afiadas como navalhas, aflorando dos músculos de seu peito e de seu ombro. Era o mesmo ombro que já havia sido trespassado com uma espada e recebido um tiro.

Imagino que a terceira vez seja a última, ele pensou, com um distanciamento de quem está em choque.

A terceira ponta do tridente de Cal não lhe perfurara a carne por um triz e tinha apenas deslizado ao longo de suas costelas, mas duas já eram o bastante. Sobretudo quando Fennrys podia sentir que uma delas lhe perfurara o pulmão, e que a outra talvez, apenas talvez, tivesse roçado seu coração. O coração que pertencia à garota ali em pé a sua frente, de súbito trajada, da cabeça aos pés, com uma armadura prateada reluzente. Um elmo alado sombreava-lhe a testa acima dos olhos azuis como safira. E havia um corvo negro como carvão pousado na lâmina da lança de Odin, que a mão de Mason brandia com firmeza.

Fennrys sentiu as pernas cederem debaixo de si, e de repente Rafe estava a seu lado, amparando-o, baixando-o até a superfície dura e fria do terraço. Mason olhava de cima, com uma expressão distante, remota. Parecia uma deusa. Mas então o esboço de uma ruga surgiu entre suas sobrancelhas.

— Isto não está certo — ela murmurou baixinho, enquanto caía de joelhos ao lado dele.

A respiração que borbulhava em seus pulmões era quente e úmida de sangue.

— Sou a que escolhe os mortos...

Ela era a coisa mais bela que ele já tinha visto.

— Esta *não* foi minha escolha.

— Nem a minha, querida — sussurrou Fennrys. — Não desta vez.

Ele havia enganado a morte tantas vezes. E agora, tendo uma Valquíria ajoelhada de um lado e um deus da morte ajoelhado do outro, e sentindo que a vida estava de fato deixando seu corpo, ele pensou: *Tudo bem. Estou feliz. Se o rosto dela é a última coisa que verei... Então posso ir.*

Mas quando os olhos dele começaram a se fechar, sua cabeça rolou para o lado e ele viu uma pena branca em meio a uma poça de seu sangue. A pena da biblioteca. Ele a havia colocado na bainha da faca, e ela devia ter escapado quando ele sacou a arma. A pena de seu coração... lentamente ficando vermelha com seu sangue.

Fennrys pensou no quanto ansiava por ouvir Mason dizer a ele as palavras "eu amo você". Enquanto deslizava para a escuridão, quase pensou tê-la ouvido dizer exatamente isso. Mas então percebeu que estava enganado.

Ela não havia dito "eu amo você".

Havia dito "devo a você".

E dissera isso para Anúbis. O deus dos mortos.

XXIII

O céu estava em chamas.

Rory estava na varanda do apartamento de cobertura do pai, olhando de cima para a cidade que, lá embaixo, distorcia-se tomada por um caos bizarro. No aposento atrás dele, a monotonia frenética dos noticiários prosseguia. Ele tinha parado de vê-los pela televisão uma hora atrás e saíra para a varanda, no frio ar noturno, para ver e *sentir* por si próprio o que estava acontecendo. Estava pensando em voltar para dentro quando um violento brilho vermelho irrompeu subitamente do mirante da Rockefeller Plaza, meia dúzia de quarteirões ao norte, tingindo as nuvens baixas com tons de sangue e fogo.

Roth não havia voltado, e Rory não via o pai desde que recobrara a consciência. Suas mãos seguravam o gradil da varanda, uma mão quente — de carne e osso e pele — e a outra fria. Prateada e estranha. Fruto de magia. Assustadora...

Poderosa.

Toda a paisagem noturna estava carregada de poder. Saturada, repleta até o âmago.

Rory podia sentir isso. Ele fechou os olhos e pensou no diário do pai.

Uma árvore. Um arco-íris. As asas de uma ave entre os ramos.
Três sementes da macieira, crescidas, altas.
Quando a lança de Odin for empunhada pela mão da Valquíria,
os filhos de Odin despertarão.
Quando o Devorador retornar,
o martelo cairá sobre a terra, para renascer.

Rory podia ouvir as palavras ecoando em sua cabeça. E não se surpreendeu quando o pai apareceu de repente a seu lado, uma sombra silenciosa na escuridão. Gunnar Starling apoiou os cotovelos no gradil, e seu olhar desceu até os dedos reluzentes de Rory. Ficou olhando para eles por um instante e então ergueu a cabeça e indicou a luz vermelha que irradiava da torre da Rockefeller Plaza, vermelha como sangue arterial. Enquanto pai e filho observavam, um relâmpago branco-azulado atingiu o cerne daquela luz. Então outro, e um terceiro. À distância, ouviram o estrondo de trovões. Como o som de um deus despertando de seu sono.

— Está começando — disse Gunnar, numa voz tranquila.

Ele se virou para olhar o filho mais novo, e Rory viu que filetes de uma estranha luz dourada se contorciam no fundo do olho esquerdo do pai. Gunnar sorriu, e foi a expressão mais aterrorizante que Rory jamais vira no semblante de outro ser humano.

— O começo do fim... — disse Gunnar, voltando a olhar para a cidade. — E quem poderia adivinhar que tudo o que seria necessário era que minha filha se apaixonasse?

Agradecimentos

Enquanto esta série continua sua viagem rumo ao Ragnarök, encontro-me na gratificante posição de mais uma vez dizer obrigada a todas as pessoas que ajudaram a pilotar este ônibus da magia.

Jessica Regel, minha maravilhosa agente, que continua a acreditar em mim e em minhas histórias, é a primeira da fila para uma mala cheia de gratidão. Vá em frente! Você e Jean Naggar e toda a equipe da JVNLA são demais. Por favor, continuem assim.

Em seguida, claro, minha incrível editora Karen Chaplin e todo o pessoal eficiente e criativo da HarperCollins; as diretoras editoriais Barbara Lalicki e Rosemary Brosnan; Maggie Herold, da produção editorial; Cara Petrus e Laura Lyn DiSiena, minhas diagramadoras; e Andrea Martin. Obrigada também a Hadley Dyer e a todos da HarperCollinsCanada por continuarem a cuidar tão bem de mim aqui em cima.

Minha mãe e minha família maravilhosa merecem todo o amor e a gratidão que posso dar e um pouco mais. E também meu incrível grupo de amigos que são brilhantes e malucos (com frequência, as duas coisas).

Mas, desta vez, especialmente Karl (e Nathaniel, Michelle, Mike e Casey) pela hospitalidade envolvida em chuva e pelo apoio generoso.

E, uma vez mais, obrigada não é suficiente para John. Estou ficando sem formas de dizer o quanto significa ter você não apenas a bordo do ônibus mágico, mas lendo os mapas, abastecendo de combustível, limpando o para-brisa e muitas vezes saindo para empurrar quando eu atolava na lama. Assim, em vez disso, vou apenas lhe fazer o sinal supersecreto de uma piscadinha de olho e torcer para que você entenda a mensagem.

Como sempre, agradecimentos sem fim a meus leitores e aos fãs e blogueiros que divulgam estes livros e fazem com que cada quilômetro desta viagem doida valha a pena. Mantenham os cintos apertados... a viagem vai continuar alucinante.